KB060817

황악산
거북이의
꿈

황악산 거북이의 꿈

항보 김성순 지음

도서 모시는사람들

항보 김성순 선생의 삶과 생각을 엮으며

『황악산 거북이의 꿈』은 항보(恒步) 김성순 선생의 삶과 생각을 선생이 그동안 써 오신 글들을 중심으로 엮은 것입니다.

항보 선생의 삶의 여정은 우리 근현대사의 살아 있는 증언이자 그 격동의 시대를 온몸으로 기록해 온 민중의 생생한 역사라 할 것입니다.

일제 식민 지배 아래에서 태어나 해방의 격동기와 한국전쟁이라는 민족상잔의 참혹한 비극을 맨몸으로 견뎌 내며 구사일생의 삶을 이어 오면서도 언제나 사람답게 사는 바른길을 향해 혼신으로 걸어온 길은 그 자체로 어떤 역사적 기술로도 대체할 수 없는 살아 있는 증언이요, 귀중한 역사적 자산이 아닐 수 없습니다. 그리고 그 길에서, 때로는 고통과 절망의 캄캄한 어둠 속에서도 참되게 사는 사람, 그 참사람의 길을 찾기 위한 치열한 모색을 놓지 않고 마침내 사람이 하늘인 여기까지 오신 선생의 삶 그 자체가 이 시대를 살아가는 이들과 앞으로 살아갈 이들에게 하나의 귀감(龜鑑)이 될 수 있으리라 믿습니다.

선생은 어느덧 우리 나이로 94세(1929년생)이십니다. 그동안 선생이 걸어오신 길을 기록으로 정리하고자 했으나 여의치 않아 계속 미루어오다가 이제 더 이상 지체할 수 없다는 생각에서 우선 몇 사람이 먼저 나서서 이 일을 서두르게 되었습니다.

처음엔 선생의 일대기를 중심으로 당신이 걸어오신 길을 정리해서 거기에 당신이 써 오신 일기와 다른 곳에 실었던 글들을 정리하여 묶고자 했습니다. 이미 선생의 구술을 바탕으로 일대기를 정리해 놓은 글도 있었고 인터뷰 등의 자료들도 적지 않았기 때문입니다. 그러다가 선생의 일대기를 중심으로 하는 평전 형태의 책은 훗날의 인연으로 기약하고 이번 책은 선생을 저자로 하여 당신의 글을 중심으로 엮는 것이 더 바람직하다는 생각으로 선생의 글을 모았습니다.

서둘러 묶은 것이라 선생이 쓰신 글 가운데 미처 챙기지 못하고 빠뜨린 것들도 있을 것입니다. 또한 쓰신 글 가운데서도 중복되는 부분이 많은 글은 다 싣지 못하고 제외한 부분이 있기도 합니다. 이후에 이런 부분들을 보완하여 좀 더 충실한 책이 나오기를 기대합니다.

한 사람을 생각합니다. 한 사람입니다. 한 시대의 아픔과 고통과 어둠을 맨몸으로 보듬고 한 마리의 거북처럼 한 걸음 한 걸음 앞으로만 내디뎌 온 그 한 사람입니다. 그 한 사람이 있어 그가 꿈꾸는 한 세계를 또 봅니다.

백두대간 황악산 자락에서 한 생을 오롯이 그 꿈을 향해 걸어온, 걸어가고 있는 큰 거북 항보 선생의 길과 꿈이 지금 대전환의 시기에 새로운 길을 찾는 우리에게도 하나의 길이고 설레는 꿈임을 봅니다.

이 책을 엮어 내는 데 인연한 모든 분들께 고마움을 전합니다.

2022년 4월
항보 김성순 선생 문집간행위원회

김구 선생에서 코로나까지

코로나 재난이 3년째, 선거와 겹쳐 혼란이 계속되는데 구순 노인의 삶의 기록이 무슨 의미가 있을까?

눈먼 거북이 대양에서 나무토막을 만나 좋은 인연으로 살아온 이야기… 9·11사태와 전쟁 위기 속에서 생명평화순례가 시작되고, 실상사에서 단식 수련에 참가한 2006년 정초부터 기록한 일기(日省錄)가 스물일곱 권이 되었다. 동학을 접한 지 십수 년, 동학농민혁명 120주년인 2014년을 중심으로 스스로 걸어온 자취를 살펴보았다.

세월호 사건, 촛불혁명을 거쳐 3·1운동 백주년을 겪으며 남북회담의 희망과 좌절 가운데 노환이 겹치면서 오늘 하루를 마지막인 듯 살고 있다.

*

1949년 8월, 단독정부 반대 전단 한 번 뿌린 것으로 국가보안법 위반이 되어 대구형무소 미결감에서 6·25를 맞았고, 기·미결 수용자 8,100여 명 중 3,700여 명이 가창과 경산 코발트 광산에서 학살되는 와중에 살아남았다. 공군과 육군에서 7년을 복무한 끝에 제대하여 나이 30에 결혼하였으나 갈 곳이 없었다.

김천 직지천 하천부지 모래땅에 포도를 심고, 결혼반지를 팔아 리어카에 똥장군을 싣고 4킬로미터 거리를 하루 4회 왕복하며, 눈 덮인 황악산을 바라보면서 농사를 지어, 4년생부터 생활이 안정되고 허공을 헤매던 발이 대지를 밟은 느낌을 가질 수 있게 되었다.

1970년 『씨올의 소리』 창간 독자가 되고, 1976년 크리스찬아카데미 농촌 9기 교육을 거쳐 농민운동에 참여하게 되었고, 함평 고구마 사건, 영양 오원춘 감자 사건으로 단식과 구류 생활을 경험했다.

1980년 광주항쟁이 일어나 창립총회도 없이 한국포도회를 조직, WTO와 FTA 파동 속에서 3만 헥타르였던 포도 재배 면적이 지금 반 토막 이하가 되었으나 주산지마다 영농조합을 만들어 새로운 품종과 재배 기술을 교류하면서, 수년 전부터 중국, 동남아 등 세계 시장의 수출 경험도 쌓아 가고 있다.

*

지금은 성장에서 성숙으로 가는 과정이다. 포도 농사 60년의 경험에서 이야기하자면 개화기까지는 초기 생육이 진행되고 그 후로는 에너지가 개화·수정되는 데 집중되어야 하며, 전환기를 거쳐서 열매가 비대·성숙되는 후기 과정으로 전환되어야 한다. 사람도 고등학생 무렵까지 몸의 성장이 거의 완성되고, 그 후 정신적으로 철이 들어야 사회인으로서 제대로 활동할 수 있는 것과 같으며, 인류의 문명도 원불교에서 말하는 '물질이 개벽되니 정신을 개벽하자'는 단계에 왔다고 본다.

미국은 9·11사태와 2008년 금융위기-99퍼센트가 월가를 점령하라는 시기를 거쳐 샌더스의 선풍이 일어났으며, 트럼프 시대를 거쳐 근본적 사회 개혁 운동이 일어나고 있는 것 같다. 스페인 바르셀로나에서는 수 많은 협동조합 연합운동이 주목되고 있다.

코로나 사태는 기후 위기와 겹쳐 장기화되고, 기울어진 운동장, 부익 부빈익빈의 현상이 심화되고 있는 가운데 도올 김용옥 선생과 박진도 교수가 앞장선 국민총행복 개벽 대행진이 진행되고 있다. 18개 시군 민회를 거쳐, 지난 1월 19일 프레스센터에서 진행된 집회에서, 도올 선생은 '기후 위기, 먹을거리 위기, 지역 위기는 한국만의 위기가 아니라 전 세계 첨단의 문제다. 자본의 횡포와 도시집중의 문명의 폭력이 너무 강해서 다 같이 해결해야 하는 상황이라' 했다.

*

동학에 접한 지 십여 년이 되었다. 나는 무엇을 배웠고, 내 삶은 어떻게 변화하고 있는가? 「탄도유심급」과 「도마복음」 10절까지를 A4 용지에 적어서 수첩에 넣고 틈나는 대로 읽는다. 동학의 시천주와 예수님의 말씀이 대동소이(大同小異)하다는 생각을 지울 수 없고, 다문화 공생의 시대에 걸맞게 경전과 사상을 새롭게 해석하고 실천해야 한다고 다짐한다.

2022년 4월 12일
항보 김성순

차례

간행사_ 항보 김성순 선생의 삶과 생각을 엮으며 ── 5
머리글_ 김구 선생에서 코로나까지 ── 7

제1부 | 항보의 삶과 생각

I. 거북이의 꿈

한 농민의 고백 ──────────────────── 17

농민도 사람이다! ──────────────── 27

봄바람 밤새 불더니 ──────────────── 30

백대 서원 절 명상과 '참나' ──────────── 40

정신과 물질의 개벽 ──────────────── 45

한 가족의 역사 ──────────────────── 48

고3 학생과 80 노인의 대화 ──────────── 55

거북이의 꿈 ──────────────────── 61

아이야 어서 오너라 위로 날자 예, 정신개벽의 길 ──── 68

거북이 하늘을 날다 ──────────────── 77

『천 년의 만남』에서 동심원(同心圓)의 세계로 ──────── 87

60년 포도 농사 달인의 동학 이야기 ──────── 95

구순의 동학 열정가, 김성순 선생과 이야기 나누다 ──────112

황악산
거북이의
꿈

II. 동학 수행자의 여행

동학 한일 교류(1) ——————————121

동학 한일 교류(2) ——————————129

동학 한일 교류(3) ——————————138

탈핵·상생, 처용의 노래 ——————————144

수운 선생의 부부 싸움 ——————————150

나는 아시아인이다 ——————————155

남쪽 별 둥글게 차고 북쪽 은하수 돌아온다 ——————164

한국은 무엇을 세계에 자랑할 것인가? ——————169

열린 사람 열린 교회 ——————————175

회화나무 이야기 ——————————180

머리는 하늘에 발은 땅에 ——————————184

자랑스러운 스승님, 자랑스러운 후손 ——————188

땅은 똥거름을 받아들여야 오곡이 풍성하고 ——————193

멀리 구하지 말고 나를 닦으라 ——————————197

하느님은 모든 사람과 사물에 존재한다 ——————201

중국인이 본 조선과 천도교 ——————————208

동학 사과의 맛을 아시나요? ——————————212

작은, 그러나 큰 학습 운동으로 ——————————218

제2부 | 자성록(일기)

Ⅰ. 2006년 자성록 ————————————————225

Ⅱ. 2014년 자성록 ————————————————239

Ⅲ. 2015년 자성록 ————————————————285

제3부 | 나와 항보

정농의 씨앗을 뿌린 사람 /임낙경 ————————————293

김성순 씨와 '한일 시민 동학 기행' /나카즈카 아키라————309

존경하는 김성순 장로님 전상서(前上書) /김경재————313

청년 구도자 김성순 장로님 /도법————————————315

항보 김성순 선생의 보증서 /이병철————————————320

황악산의 큰 소나무, 항보 김성순 선생님 /정지창————327

뛰어난 '시상'과 '부지런함', 이웃에 대한 '배려'가 넘치는 분! /배종렬—339

항보 선생과의 인연 /이길재————————————————346

나의 삶의 스승/박택균 ————————————————348

한 그루 큰 나무 /이수안————————————————353

누군가에게 등을 내어 줄 수 있는 용기 /신채원————357

항보 김성순 선생님과의 만남 /임근수 ————————361

항보(恒步) 김성순(金聖淳) 연보 —— 365

제1부

항보의 삶과 생각

황악산
거북이의
꿈

I

거북이의 꿈

한 농민의 고백[*]

1.

8·15 해방이 왔을 때 나는 대구사범 심상과 3학년에 재학 중이었다. 중국에 우리 임시정부가 있다는 희미한 소식을 상급생으로부터 들었을 뿐, 세상이 어떻게 돌아가는지 우리 민족의 운명이 어떻게 될 것인지 전혀 백지상태에서 갑자기 맞은 해방…. 그것은 어두운 방 안에 갇혀 있던 사람이 갑자기 대낮의 거리 한복판에 세워진 것과 다름없었다. 철저하게 주입된 일제 식민지 노예화 교육에 중독되어, 한글도 제대로 못 쓰고 머릿속에서 생각하는 것을 나도 모르게 일본말로 하는 습관을 고치는 데 3~4년이나 걸렸다. 지금도 일제시대 교육을 받은 기성세대들은 구구 셈을 일본말로 하는 경우가 많다는 것을 생각할 때 서글픔과 두려움을 느낀다. 눈에 보이는 제도나 경제 건설의 경우에는 10년이면 강산도 변한다는 말이 합당한 듯하나, 눈에 보이지 않는 의식 세계의 경우에는 몇 십 년 전의 일제 잔재, 아니 몇백 년 전의 봉건 잔재가 고스란히 보존되고 있는 사실을 발견하는 것이다.

* 『씨올의 소리』 통권 81호(1979년 2월호)

아무튼 해방 직후의 혼란기에 나는 정신적 허무주의에 빠져서, 대구 거리의 메마른 먼지바람을 마시며 고서점을 기웃거리기 일쑤였고, 세계문학·사상·철학의 숲속을 안내자도 없이 방황하였다. 그러다가 마침내 이승만의 단독정부안이 구체화되어 가고, 김구·김규식 선생께서 동족상잔의 비극을 예감하고 민족 분열을 막고 남북협상을 위하여 38선을 넘나들며 피맺힌 호소를 하실 때, 나도 모르게 그 대열 속에 뛰어들었고, 그것은 미처 생각지도 못한 숨 막히는 역사의 한복판으로 나를 인도하였다. 나는 6·25의 격랑(激浪)을 이중의 고통으로 맞이하였고, 요나처럼 죽을 수밖에 없는 파도와 물고기 뱃속에서 기적처럼 다시 살아났을 때, 나는 망연자실(茫然自失) 바보가 되어 있었고, 문둥이처럼 소외되어 끝없이 이어지는 외로운 가시밭길을 헤치며 오직 동물적인 삶을 이어가며 날마다 밤마다 가슴 깊은 골짜기에서 소리 없는 울음을 삼키고 있었다. 이럭저럭 7년여의 사병 생활로 군 복무를 마칠 때까지 정신적 위기를 용하게 지탱시켜 준 것은 니체의 『차라투스트라는 이렇게 말했다』 속의 한마디였다.

> "이리하여 어디까지나 깊이 내려가지 않으면 아니 된다. 이리하여 어디까지나 높이 오르지 않으면 아니 된다."

1958년 1월 제대 후 김천 집으로 돌아왔을 때 내 나이는 30이었다. 그해 4월 5일 식목일에 청송군 산골에서 구식으로 결혼식을 올리고(나의 3형제는 모두 식목일에 결혼식을 올렸다.) 그간 가친께서 교직에 계시며 틈틈이 개간한 하천부지 일천여 평에서 난생처음 삽과 괭이를 들고 농사

일을 시작하였다. 수박과 참깨 땅콩을 심고 똥장군을 지게로 지고 뒤뚱거리면서 고생하였으나, 닷새만 가물면 잎이 시들고 장마철 홍수로 침수되는 등 어려움이 겹쳐 기대하는 성과는 오르지 않았다. 갓 시집온 아내는 좋은 옥토에서도 농사지어서는 살 수 없다고 외면하는 판국에 남이 다 버린 백사장을 경험도 없이 사서 고생하는 남편을 보다 못해 어디든지 취직을 하라고 보채었으나 『25시』의 주인공 요한 모리츠처럼 험난한 세파에 지칠 대로 지친 나는, 무인도에 표류한 로빈슨 크루소같이 한 5년 달라붙어 보면 무슨 결과가 날 것 아니겠냐고 억지를 부렸다.

1960년 봄, 3·15 부정선거 3일 전에 '캠벨' 포도 묘목 400주를 심었다. 아직 어둑어둑한 새벽부터 저녁 늦도록까지 정성을 기울였고, 한발에는 하루에 물지게로 수십 짐씩 냇물을 퍼 날랐다. 내외 단 두 사람의 힘으로 밭 전체를 무릎 깊이로 심경하는 데 꼬박 3년이 걸렸다. 2년생 어린 가지에 3~4송이씩 혹은 7~8송이씩 탐스러운 결실이 맺혔을 때의 기쁨은, 더욱 용기를 불러일으켰고, 4년생부터는 조수익 30만 원을 달성하여 당시 쌀로 100가마 가까운 수익이 올라 비로소 식생활이 해결되었다. 아버님이 5·16 군사혁명으로 교원 정년이 60세로 갑자기 단축되는 바람에, 아무런 노후 보장도 없이 사택을 비우고 나온 뒤 10명의 식구가 겪은 곤란은 이루 다 말할 수 없다. 구호공사에 나가서 밀가루를 타 왔고, 아침부터 죽을 끓인 때도 많았고, 양조장 술지게미로 끼니를 이은 때도 있었다. 별도 얼어붙은 새벽에 나는 리어카를 끌고 시내로 나가 4킬로미터 거리를 하루 4회 왕복하면서 인분을 날랐다. 밤에는 포도에 관한 책과 다른 서적들을 읽었는데, 함석헌(咸錫憲, 1901-1989) 선생님의 『뜻으로 본 한국 역사』를 읽으며 감회가 깊었고 차츰 "나는 나대로 나에게 주신 뜻"

항보(恒步) 김성순 선생(김천 직지천 앞, 2021년)

을 찾게 되었다. 유석창(劉錫昶, 1900-1972) 박사가 "나는 죽을 때 논두렁을 베고 죽겠다" 라고 하신 말씀에 감동되어, 농업기술자협회 운동에 참여하여 친목을 도모하고 농업기술을 보급하기 위해 노력하였다.

또 재건국민운동에서 벌인 마을금고 교육에도 참여하여 1965년 김천시에서 처음으로 다수동에 새실마을금고를 세워 저축과 상부상조를 일깨우기도 했고, 진학하지 못한 청소년들을 모아 재건학교를 열어 보기도 하였으나, 조그만 뜻 하나만 가지고는 안 되는 능력 부족을 절감하기도 하였다.

2.

　1970년 10월에 하천부지 농장을 처분하고 현재의 덕천농장(약 2,500여 평)으로 옮겼고, 교회에도 나가기 시작했다. 그 후 어두워 가는 하늘 아래 남모르는 상처를 안은 한 마리 새처럼 나는 떨고 있었다. 날마다 설레는 가슴으로 단숨에 탐독하는 『씨ᄋᆞᆯ의 소리』와 『현존』은 깜박이는 작은 등불에 기름을 부어 주었고 "씨ᄋᆞᆯ 여러분 안녕하십니까?" 하는 선생님 말씀을 대할 때마다 묘목의 성장을 안타깝게 응시하는 시선을 몸으로 느꼈다.

　월남 사태의 충격파가 밀려와서 「사회안전법」이 공포될 때, 시대적인 운명 앞에서 도피할 수 없는 하느님의 억센 손길을 느끼며, 나는 요나를 생각했다. 니느웨로 가서 정의를 외치라는 하느님의 명령을 어기고 다르싯으로 가는 배를 탔고, 풍랑이 일자 배 밑창에서 잠들고자 했던 요나, 그는 아마 깊은 잠을 자지도 못했을 것이다. 마침내 선원들에게 붙잡혀 끌려 나와서 재앙을 유발한 사람을 정하는 제비를 뽑았을 때, 그는 오히려 마음의 평안을 얻었을 것이다. 파도 속에 뛰어들 때 그에게는 이미 두려움도 없었고 다시 살아나고자 하는 마음도 없었다. 그러나 하느님은 그를 물고기 뱃속에 보존하셨다가 다시 육지에 토해 내셨다. 그렇다. 나도 요나처럼 두려움 없이 다시 살아서 영화를 누리자는 마음 없이 바다에 뛰어들자. 살 만한 가치가 있다고 보시면 다시 살리실 것이다. 그리고 물고기 뱃속에서 토해져 나와 내침을 받은 요나처럼 나는 살아야 한다.

　이제 나이 50에, 언제 무슨 사고를 만나 최후를 맞을지 모를 일, 죽음의 순간 나에게 잠깐이라도 의식이 있을진대, 거울 앞에 서듯 하느님 면전에 설 때, 말 없는 그의 시선이 나의 전신을 비추실 때, 주님을 위하여 세상 어둠을 비추기 위하여 "제 힘대로는 노력하였습니다." 하는 변명이라도 할 수 있어야지 않겠는가? 변명 한마디도 못 한다는 것은 숨 막히게 안타까운 일, 그것이 심판이 아니겠는가.

그 다짐은 깊은 골짜기에서 피어오르는 한 줄기 안개처럼 가냘픈 것이었으나 어느덧 지금은 상당히 단단한 것이 된 듯하다. 시대적 사명 앞에 소극적 회피의 모든 구실을 청산하고 적극적인 자세로 전환하는 반환점이요 나의 신앙고백이다. 돈 몇 푼, 하찮은 명예, 타성과 안일을 버리고 대담하게 모험하는 자 되리라. 한 달란트의 돈을 흙 속에 묻어 두는 어리석은 자가 되지 말아야 한다.

3.

1976년 가을 크리스찬아카데미에서 베푼 농촌지도자 9기 교육에 참여하여 많은 것을 배웠다. 현실 문제를 과학적으로 분석하고, 자유와 평등을 지향하는 민주화(인간화)의 과정에서 양극화 현상을 약자의 편에서 어디까지나 비폭력적 방법으로 해결해 나가자는 뜻으로 보였다. 그 후 가톨릭농민회와 연결되어 일하고 있으며, 어려움이 파도처럼 겹겹이 닥쳐 오는 속에서도 보람과 기쁨을 느끼며 차츰 자신감을 얻어 가고 있다.

그러나 근자에 와서 농정의 방향을 살펴볼 때에 심각한 우려를 금할수 없다. 갈수록 태산이라더니 앞으로 우리는 무슨 농사를 어떻게 지어야 살아갈 수 있을는지 암담하기만 하다. 공업이 발전하면 차츰 농촌에도 혜택이 돌아올 것으로 기대하여 그동안 수출 공업을 뒷받침하기 위한 저임금과 저임금을 지탱하기 위한 저곡가 정책을 내세워 생산비에도 미달되는 가격으로 추곡 수매를 하여 해마다 막대한 희생을 당해 왔는데, 이제 수출이 백억 불이 넘자 상대국의 물자도 안 사 줄 수 없어 농산물도 수입해야 하는데 마침내 채소와 생우유를 제외한 전 품목을 포함한다 하니, 앞으로 농민의 생활이 어찌될까.

실제로 주곡농사에 의욕이 상실되고 노력 부족이 겹쳐 묵혀지는 논이 늘어날 것이고, 농사짓는 작물은 조금이라도 유리한 다른 작물로 전환될 것이므로, 앞으로 주곡의 자급이 다시 위태로워질지도 모를 일이다.

며칠 전 연두 기자회견 시에 농가 소득이 178만 원이 되었다고 발표했는데, 이것을 듣고 놀랐다. 우리 마을 47호 중 30호 가량이 추곡 수매한 것이 약 600가마이니, 호당 20가마 정도인데 이를 14,600원씩으로 계산하여도 30만 원 미만이고, 농외소득도 부녀들 홀치기 정도인데, 소득 금액이 178만 원이 되자면 조수익이 250만 원은 넘어야 되지 않겠는가? 우리 마을이 평균 이하의 빈촌이라는 것을 인정하더라도 수긍하기 힘들다. 또 주택 문제에 대하여는 300만 원 들여서 집을 지으면 400~500만 원을 받는다 하였는데, 도시 근교에서는 그럴 수도 있겠으나 대부분의 농촌 지역에서는 들인 건축비도 못 받는 경우가 많고, 살 사람이 없어서 팔리지 않는 경우도 있는 형편이다. 돌이켜 지난해 노풍 피해 조사 때도 사실보다 적게 보고하여 자기 책임을 면하려는 관리들의 속성을 드러냈다.

땀 흘려 정직하게 일하는 수많은 노동자와 농민들에게 최저 생활을 보장해 주고, 인간다운 삶의 기쁨도 누리게 해 주어야 하리라. 농민과 노동 천시 사상이 모든 악의 근원이라고 생각한다. 마땅히 당국은 약자(농민)의 편에 서서 강자를 억제해 나가야 할 것이다.

그간 20년의 포도 농사 경험을 통하여 배운 것은, 질소가 과다한 강세한 나무와 가지에서는 개화 수정이 불량하여 결실이 적고 병충해가 심한 반면, 다소 연약한 듯 보이는 가지에서는 오히려 수정이 잘되고 당도 높은 탐스러운 열매가 잘 결실한다는 사실이다. 또 모든 결과지(結果技)가 평균적으로 일광을 잘 받도록 지나치게 강한 가지는 억제하고 약한 가지는 볕을 잘 받도록 쳐들어 주는 것이 좋은 관리자가 할 일이라는 것을 깨닫게 된다.

1978년 10월 26일《동아일보》에 의하면 제도 금융의 60퍼센트인 7조 원을 대기업에 융자해 주고 있으며 그중 한 기업체에는 6천억 원을 융자해 주었다고 한다. 그런데 1,200만 농민을 위하여는 제도 금융의 4퍼센트에 지나지 않는 1천 40억 원밖에 지원하지 않았다 하니 1개 기업체의 5분의 1도 안 된다. 이것이 과연 농민을 위하는 중농정책이라고 할 수 있을까?

그동안 공업 건설에 밑거름이 되어 희생해 온 농민에게 더 이상의 출혈을 강요하지 말았으면 한다. 그리고 차제에 바라고 싶은 것은 농협임시조치법을 폐지하여 농협을 농민에게 돌려주길 바란다.

떡갈나무 잎은 봄이 되어도 떨어지지 않으나, 마침내 새 움이 돋아나서 밀어낼 때 그것은 힘없이 대지로 돌아간다. 알찬 내실을 다지며 다가오는 봄을 맞이하자.

우리는 간다

산을 넘고 물을 건너
우리는 간다.
칠흑같이 어둔 밤
눈보라는 휘몰아치는데
한 줄기 별빛 따라
우리는 간다.

농민이 사는 길
민족이 사는 길
인류가 사는 길
이 길을 간다.

혼자서는 진정 외로워라
친구여 뜻을 나눈 또 다른 나여
좀 더 가까이 다가서자꾸나
얼싸안고 춤도 추자꾸나
분회 그것은 계(契)보다 풍성하고,
육친보다 반갑고
우정보다 더 아름다워라
아, 꿈에도 그리는 자유의 나라
사랑의 공동체 그 봉오리

기미년 그날은 다시 돌아와

짓밟힌 함성이 메아리친다.

서럽게 살다가

서럽게 죽어 간

죽어서도 부릅뜬 그 눈길 속

산을 넘고 물을 건너

우리는 간다.

농민도 사람이다!*
─함평 고구마 투쟁, 단식 농성을 풀면서

사람답게 살 권리가 있다!

그러나 우리의 피땀 어린 생산물이 정당한 대가를 보장받고, 농민도 엄연한 이 나라의 주권자임을 현실적으로 확인하기 위하여, 마침내 농민 집단 단식이란 엄청난 과정이 필요했다는 것은 분명 우리 사회의 기본적 모순을 노출한 것이 아니었습니까? 몇 달째 계속되는 가뭄 속에 봄못자리도 팽개치고 우리는 4월 24일 이곳 광주에 모여 하느님께 기도했고, 목청껏 외쳤고, 마침내 24일 정오부터 농민회 지도 신부단과 함께 죽음을 각오한 무기한 단식에 들어갔던 것입니다.

그러나 단식 제8일이 된 지금, 우리가 내걸었던 요구 가운데 첫째, 함평 고구마 피해 보상금 309만 원은 단식 5일 만에 해결을 보았으나, 둘째, 구속된 정성헌·유남선 두 회원 형제의 즉시 석방은 실현되지 못하였고, 셋째 농민회 활동 보장 문제는 지역적 사정으로 전남에서만 해결을 보았습니다. 이 정도의 성과를 가지고 단식 농성을 푼다는 것은 참으로 서글프기 짝이 없으나, 현 단계의 모든 사정을 감안하여 부득이한 일이었습니다.

*   『한국가톨릭농민회 30년사(1966-1996)』, 237~238쪽.

그동안 우리를 걱정해 주신 존경하는 광주 시민 여러분! 특히 27일 YMCA, 29일 양림교회, 5월 1일 광주교구 사제단 주최의 기도회를 통하여 보여 주신 여러분의 뜨거운 형제애에 깊이 머리 숙여 감사합니다. 철통같은 경찰의 제지를 무릅쓰고 위로하고 격려해 주신 사회 각계 단체 대표 여러분과 성직자를 비롯한 모든 이에게 감사를 드리며, 특히 북동성당 주변 시민들께 본의 아니게 불안과 불편을 끼쳐 드린 데 대하여 우리의 처지를 형제적 입장에서 깊이 양해하여 주시기 바랍니다. 윤공희 대주교님, 광주교구 사제단, 특히 북동성당 정 신부님과 형제자매들의 성원에 뜨거운 감사를 드립니다. 간장통을 담 넘어 넘겨 주시고, 수건을 치마 밑에 숨겨 갖다 주시며 단식 현장에 오셔서 눈물을 흘리시던 아주머니와 할머니를 우리는 길이 잊지 못할 것입니다.

우리의 피맺힌 호소가 전국에 메아리쳐서 사회 각계 양심 인사들에게 충격과 각성을 주고 마침내 '전국농민인권위원회'가 탄생됨으로써 진실로 하느님의 섭리를 알고 농민도 결코 외롭지 않다는 사실을 깨달을 수 있었으며 옳은 일을 위하여 죽음을 겁내지 않을 때 많은 선의의 사람들의 지원을 얻고 문제를 해결하는 실마리도 찾을 수 있다는 것을 확인하였습니다.

그동안 적지 않은 동지가 쓰러지는 8일간의 단식을 끝내며 등에 붙은 허기진 배를 움켜쥐고 떨리는 다리를 가다듬으며 우리는 마음 깊이 다짐합니다. 전체 농민의 생존을 위한 싸움, 기본적인 자유를 누리고 사람답게 살기 위한 거룩한 싸움은 이제부터 시작된다는 것을! 구속된 두 형제를 위한 투쟁은 계속될 것임을! 그리고 우리의 복음적 사명의 참뜻을 곡해하여 마치 반국가적 용공 단체인 양 몰아붙이려는 망국적 책동에 대하여는 가차 없는 싸움을 전개할 것을!

　전국 회원 여러분!
　우리의 그간의 희생이 비록 작은 것이나 헛되이 되지 않도록 자신을 가지고 가속된 노력을 집중합시다. 언제나 가난한 자 억눌린 자 편에 서시는 하느님! "날마다 자기를 부인하고, 자기 십자가를 지고 나를 따르라." 하신 그리스도 예수여!
　오늘 이 땅 위에 당신의 뜻을 이룩하고서 애쓰는 농민의 아들딸 장한 행렬에 축복하소서. 언제나 함께하소서!

1978. 5. 2.
한국가톨릭농민회 단식자 일동

봄바람 밤새 불더니[*]

고난의 민족사 속에

1949년 6월 26일, 백범 김구(金九, 1876-1949) 선생이 안두희의 흉탄에 쓰러지고 8월 어느 날 단독정부 반대 전단 사건으로 대구사범 동창 김철회(9기), 손정기(13기), 류칠용(15기 동기)과 함께 구속되어 국가보안법 위반으로 대구형무소 미결감에서 6·25를 맞이하였다. 10·1 사건, 2·7 사건 등으로 그때까지 일심 공판도 받지 못한 채 밀려든 사람들 때문에 칼잠을 자는 판에, 팔공산에서 쏜 박격포가 대구 시내로 떨어지더니, 어느 날 삼엄한 분위기 속에 두 번에 걸쳐 번호를 부른 후 미결감 수용인이 반수나 줄었는데, 소지품을 안고 나가면서 어딘가 더 넓은 곳으로 옮기는 줄 알고 싱긋 웃으면서 떠난 이도 있었다. 노무현 정부 때 진실화해위가 발표한 내용에 따르면 기·미결 포함 8,100여 명 중 3,700여 명이 가창·경산 코발트 광산 등에서 학살되었다고 한다. 며칠 뒤 간수로 있던 존고종숙이 진상을 전해 주었다. 1950년 8월 15일, 종로초등학교 마당 천막 임시 법정 공판에서 3년의 언도를 받고, 부산 서면 연필 공장으로 가서 9월 중순 인천 상륙 후 다시 돌아와 의무실에 근무하는 동창(?)의 호의로 병동

[*]   『씨올의 소리』 창간 50주년 특집호(2020년 3·4월호)

에서 그해 겨울을 나고, 당시 칠성동에서 인산당한약방을 하시던 할아버지께서 냉방에 견디시면서 재심(오완수 변호사)을 청구한 결과 1951년 4월 22일 출감하여, 늦은 벚꽃 휘날리는 거리를 꿈속인가 하며 걸어서 돌아왔다.

이승만은 미국에 의지하여 반쪽 정부를 만들었다. 『삼국지』 이야기를 종종 하시던 할아버지는 가난 속에서도 올곧게 사셨는데, 장손을 살려주신 것이다. 사진 찍기를 싫어하셔서 사진이 한 장도 없다.

하천부지에 포도를 심고

모진 목숨 살아남아, 공군과 육군에서 7년의 군 생활을 마치고 1958년 1월 제대하니 나이는 30세, 4월 5일 청송 두메산골에서 결혼식을 올렸는데 갈 데가 없다. 아버님이 교직 생활 중 틈틈이 잔디를 일구신 직지천 하천부지에 포도를 심은 것이, 4·19가 나던 1960년 봄 몹시도 바람이 불던 날이었다. 결혼반지를 팔아 리어카에 똥장군 네 개를 싣고 4킬로미터 거리 김천 시내까지 인분과 퇴비를 날랐다. 닷새만 가물어도 포도 잎이 시드니, 물지게로 냇물을 하루에 100짐을 날라 관수하였더니 2년생에도 포도가 몇 송이씩 열리고, 4년생 때는 조수입이 30만 원에 달했다. 쌀 한 가마 3천 원 시대라 쌀 100가마 수입이 되니, 아버님이 5·16 쿠데타로 정년이 단축되어 2개월 봉급을 받고 퇴직되어 여덟 식구가 사택을 비우고 나와 초가삼간에서 아침부터 나물죽 끓이던 형편에 어머님도 기뻐하시고, 동네 사람들은 '산꼭대기에 가도 살 사람'이라 했다. 나는 이제사 허공을 헤매던 두 발이 대지를 밟게 되었다고 느꼈다.

『소심록』으로 시작된 류달영(柳達永, 1911-2004) 선생의 글은 가문 땅에 스미는 단비 같았는데『유토피아의 원시림』서두에 있는 글을 만났다.

"산에 오름은 달을 보잠일세.

들에 나감은 바람 쐬잠일세.

태평양 건넘은 무엇하잠인가

그대 수평선 넘을 젠

나 바위처럼 서서 보려네

그대 돌아올 때도

나 바위처럼 서서 보겠네.

갈 제 그대 얼굴

올 때도 그 얼굴일까?

이것은『이상』이란 잡지에 실린 함석헌 선생님 시〈떠남〉이다. 무슨 동기로 쓰셨는지 나는 모른다. 나는 나대로 나에게 주신 글로 생각하고 스스로 경계하게 되었다. 바위 같은 존재가 되어, 조국에서 떠나는 나를 조국으로 돌아오는 나를 바라보고 있다는 것은 나의 더 없는 격려였다."

"나는 나대로 나에게 주신 글로 생각하고"란 한구절이 크게 확대되어 다가왔다! 나는 큰 충격을 받고 "이것이다!" 하고 소리쳤다. 함석헌 선생의 이 글을 읽고『뜻으로 본 한국 역사』와『죽을 때까지 이 걸음으로』책 표지에 썼다. 김성순 군에게 드림. 함석헌.

그로부터 1:1로 생각하는 버릇(?)은 내 인생의 고비마다 큰 계기가 되었는지 『씨울의 소리』 창간 독자가 되고 안양교육원에서 하는 첫 독자 수련회에 가서 함 선생님과 안병무 교수, 김동길 교수, 김지하 시인 등 유명한 분들을 만났고, 어느 날 원효로 4가 70번지를 아내와 함께 방문하였다. 여름이라 아이스크림을 주셨는데, 나는 의자에 앉고 함석헌 선생님은 쪼그리고 앉아서 말씀하신 것이 지금도 기억에 남아 있다.

『씨울의 소리』 제60호(1977년 1월)에 실린 '한국 기독교의 오늘날 설 자리'를 읽고, 문득 이 글의 육필 원고를 가졌으면 하는 생각이 나서 편지를 썼더니, 며칠 뒤 박선균 님이 보내 주셔서, 가보로 삼아 간직하고 있다. 노자 강의도 몇 번 들었으나, 농사 핑계로 장례식에 못 간 것이 지금도 죄송하다. 그러나 교육의 효과는 '다 잊어버린 후에 남은 것'이라 하듯 나에게 혹 작은 불씨 하나 살아 있는지 모를 일이니 너그럽게 용서를 빈다.

시골 장로 동학 순례기(일기)

■ 2005년 9월 13일(화)

생명평화 전국순례단이 김천에 왔다. 직지사에서 도법(1949-현재) 스님을 만났는데, 『부처를 만나면 부처를 죽여라』라는 스님의 책을 가지고 가서 서명을 받았다.

이튿날 우리 농장을 거쳐, 봉산면 골프장 반대 현장과 YMCA 회관에서 지역 인사들과 대화하고 6·25 직후 김천소년형무소에 수감 중이던 보도연맹 관계자 1,700명을 학살한 세 곳 중 한 군데인 구성면 한곳 가까이 가서 묵념하고 부항댐 반대 현장 방문 등에 동참하였다.

■ 2006년 1월 1일(일)

남원군 실상사 교육장에서 효소단식에 참가했다. 도법 스님 설법은 '진리가 우리를 자유케 한다.'로 시작하여 '이웃을 내 몸같이'로 끝냈다. 전국에서 50명 정도 참가했다. 조영옥 님 차로 귀가했다.

■ 2007년 1월 1일(월)

그간 기독교농민회 정농회 운동에 함께한 의성 김영원 장로 승천, 1월 4일 장례식을 치렀다.

■ 2007년 6월 3일

서울 단성사 앞 해월 최시형(海月 崔時亨, 1827-1898) 선생 추모식에 참석하면서, 천도교 중앙대교당을 처음 방문한 차에, 『용담유사』를 구입하여 동귀일체·후천개벽 등을 생각했다.

검무가 지향하는, 잠재된 민족정기를 회복하여 화해 상생의 새로운 문화를 창조하는 것이 오늘 우리의 과제인가?

■ 2007년 6월 8일(금)~9일(토)

전북 제석사에서 생명평화결사 종교분과 2차 모임이 있었다.

참석자: 김경일, 황대권, 황선장, 도법, 송기득, 김기숙, 이철중.

나의 발언: 민주화 투쟁 시 기독교인으로서 자랑스러웠다. 그러나 지금 3보 1배에 참가했던 목사가 왕따를 당해 쫓겨나고, 2004년 3·1절 서

울광장에 수만 교인이 모여 미군 철수 반대를 외치는 시대는 부끄럽다.

이라크전쟁은 미국의 실체를 드러낸 것인데 성경의 이스라엘과 오늘의 이스라엘을 동일시하는 것이고 한미 FTA는 중국을 상대로 새로운 냉전 체제를 구축하는 것 같다.

■ 2007년 6월 17일(일) 덕천교회에서의 나의 기도

6월은 만물이 생육 번식하는 계절이다. 노아가 방주에서 나와 포도나무를 심고 농사를 시작했듯 자기와 가족을 위하여만 돈을 벌기 위해서가 아니라 이웃과 세상을 살리는 일에 기쁘게 땀 흘리고, 희망을 가지고 농촌을 지키게 하여 주십시오. 57년 전 6·25의 상처가 그대로 남아 있으니 남북이 화해 협력하고 팔레스타인과 이라크에도 평화가 오게 하소서. 멸망으로 인도하는 길은 넓고 찾는 이가 많다 하셨으나 우리는 그 길 찾지 말고 진리의 길을 하느님과 함께 가게 해 주십시오.

이 목사 왈, 장로님처럼 철저하게 생각하는 사람이 없습니다. 자꾸 그 이야기를 하세요.

■ 2007년 6월 18일(월)

10시까지 교회에 모여 농소면 반석교회에 가서 11시부터 창립 예배에 참석했다.

오후에 옥수수 포트를 만들고 가지에 퇴비를 주었다. 30도 넘는 무더위 속에서도 어린 포도 과립들이 하루가 다르게 자라는 모습이 볼수록 귀엽다. 대지에 충만한 화육하는 기운을 온몸으로 느끼는 행복에 젖어 보았다. 아내는 어른 주먹만 한 감자를 캐 보이며 대견해한다. 불과 석

달 만에 이런 기적이 일어난 것이다.

■ 2007년 6월 24일(일) 비

새벽 4시에 잠이 깨어, 『용담유사 연구』를 읽었다. 새벽기도에 나갔다. 우리 가족 셋, 목사 내외, 그리고 요즈음 사택에 기식 중인(가스중독) 청년, 이렇게 여섯이 「마가복음」 12장을 읽었다.

포도원 소작인들이 소작료를 받으러 온 자를 때리고 심지어 주인의 아들을 죽여서 주인이 그 농부들을 진멸하고 포도원을 다른 사람들에게 주었다는 이야기다.

분수를 모르고 과욕을 부리며 심지어 살생을 서슴지 않는 자에게는 징벌과 대안을 내신다. 현대 문명이 실상 어디까지 왔는가? 약자를 배려하지 않고 자연을 계속 파괴하여 어느 범위를 벗어나면 자연 재앙을 통하여 멸망과 다른 대안을 내신다.

부활에 대한 토론

칠 형제가 차례로 죽고 그들이 부활하면 그 맏형의 아내는 누구의 아내가 되는가? 예수님은 허망한 관념론에 대하여 명쾌한 답을 하셨다. 하느님은 죽은 자의 하느님이 아니라 산 자의 하느님이다.(「도마복음」 3장, 천국이 하늘에 있다면 새들이 먼저 거기 가고 바다에 있다면 물고기들이 먼저 갔을 것이다. 천국은 너희 안에 있고, 또 너희 밖에 있다.)

빗줄기가 세차게 내리는 가운데 『동경대전』을 읽었다. 무왕불복(無往不復)-가고 돌아오지 않음이 없다. 동귀일체(同歸一體)-모두 한 몸으로 돌아간다. 시천주 조화정 영세불망 만사지(侍天主 造化定 永世不忘 万事知)―하느님을 부모님처럼 내 심중에 모시고 살면 모든 조화가 이루어지고, 길이 잊지 않으면 모든 진실을 알게 된다. 척양척왜 보국안민(斥洋斥倭 輔國安民)―서양과 일본의 침략을 물리치고, 나라를 도와 백성을 편안케 한다. 염주를 세어 가며 암송했다.

WTO, FTA, 일본의 재무장이 현실이 되어, 120년 전인 1890년대와 조금도 다름이 없다. 『녹두 전봉준』 평전을 읽고 주위에 전하리라.

며칠 전 저녁기도 시간에 아무개가 간절히 기도했다.

"아버지 하느님, 저와 함께해 주세요. 그리고 …를 주시고, … 주시기를 …." 하느님 하시는 말씀이 내게 들렸다. "얘야, 나는 너와 함께한 지가 오래되었다. 네가 태중에 있을 때부터 너와 함께해 왔단다.… 나는 너희 안에 너희는 내 안에 있다."

하루에 꽃 한 송이

2003년 봄 교보문고에서 구입한 책『이 정도는 알아야 한다―일본과 한국 조선의 역사』 마지막 부분에 "이웃의 불행 위에 내 행복을 확보하려고 해도 그것은 머지않아 나에게 돌아온다. 이것이 일본의 근현대사의 역사적 교훈이다"라는 말에 감동하여, 전화로 저자와 교류를 시작하고 그해 9월 한일 역사 세미나에 저자가 왔을 때 만났다. 저자 나카즈카 아키라(中塚 明)는 나와 동갑인 1929년생으로, 한평생 청일전쟁과 동학농민혁명 연구에 집중하여 많은 저서를 남겼을 뿐 아니라 2006년 가을부터 여행사를 통하여 지난해까지 14차에 걸쳐 400명에 이르는 사람을 기행에 안내하고 몇 해 전 장서 일만수천 권을 전남도립도서관에 기증하였다.

대개 경복궁 영추문, 가흥, 보은, 전주, 정읍, 고창, 무장, 삼례, 대둔산, 우금치, 서울의 경로로 다니는데, 몇 차례 동행하다가 "동학사상의 뿌리는 대구·경북입니다."라고 항의(?)하였더니, 2013년에는 김천·대구, 2014년에는 경주·대구를 거쳐 남원으로 가게 되었고, 해월 선생이 유일하게 한글로 「내수도문」과 「내칙」을 쓰신 곳인 김천 구성면 용호동을 내가 안내하고, 대구 종로초등학교 교정의 400년 된 회화나무(최제우나무) 밑에서 졸시를 낭독하기도 하였다.

동학농민혁명 120주년이 된 2014년 일본 참의원 4선 의원 요시가와 하루코(吉川春子) 여사가 왔을 때, 지방지인 《영남일보》에서 크게 보도하여 그 파동으로 수운 선생 순도비가 건립되고 대구 지역 동학공부방에서 조촐한 월례강좌가 열리기도 하였다. 2009년 경주시 현곡면 용담정을 찾아 묘소에 참배하였을 때, 내 마음은 마치 어머니 품에 안긴 듯 편안했다. 그곳 현곡초등학교는 일제 말기에 내가 졸업한 모교다. 대구의 항공사진을 보면 큰 거북이 바다에 뛰어드는 형상이 완연하고, 지하철 벽에 걸린 도면을 보면 1·2호선이 교차하는 곳이 반월당인데 거북이의 심장에 위치한다.

마침 어젯밤 10시(2월 18일) 'KBS-1 〈역사저널 그날〉'에서 1946년 10·1 사건을 정면으로 밝혔다. 제주 4·3사건과 여수순천 사건을 해명한 '우린 너무 몰랐다(도올)'를 떠올리게 했다. 때마침 주시는 해월 선생의 말씀을 떨리는 손으로 기록한다.

"갑오년과 같은 때가 되어 갑오년과 같은 일을 하면 우리나라 일이 이로 말미암아 빛나게 되어 세계 인민의 정신을 불러일으킬 것이다."

"이 뒤에 또 갑오년과 비슷한 일이 있으리니 외국 병마가 우리 강토 안에 몰려들어 싸우고 빼앗고 하리라. 이때를 당하여 잘 처변하면 현도가 쉬우나 만일 잘 처변치 못하면 도리어 근심을 만나리라."
- 우리 도의 운, 경전, 391쪽

그러므로 너희가 제단에 제물을 드리려 할 때에 형제가 네게 어떤 원한을 품은 것이 생각나거든, 너는 그 제물을 제단 앞에 두고 나가서 먼저 형제와 화해하라. 그러고 와서 제물을 드리라.
-「마태복음」 5:23-24

백대 서원 절 명상과 '참나'*

'무왕불복지리즉천도야(無往不復之理卽天道也)', 가고 돌아오지 않음이
없으니 곧 하늘의 이치이다. 수운 선생의 말씀인데 요즈음 자주 이 말씀
을 되새긴다. 내가 아내에게 공손한 말과 자세로 대하면 아내도 그리 대
하고, 어떤 사람과 처음 인사하면서 깊이 머리 숙이면 그 사람도 깊이 머
리를 숙인다. 내가 정성 들여 백대 서원 절 명상을 한다면 감기로 스무
번이나 열 번밖에 못 해도 하느님의 은혜가 함께할 것이다.

원광대 박맹수(朴孟洙, 1955-현재) 교수는 "동학사상의 핵심은 바로 '모
신다'는 뜻을 지닌 시(侍) 자 한 글자에 있다."라고 했는데, 그 하느님은
어떤 이름에도 사로잡히지 않고 "해가 악인과 선인을 두루 비추게 하시
고 비가 의로운 자와 불의한 자에게 두루 내리게 하시는" 하느님이 아닐
까 한다.

로스앤젤레스에서의 김연아 빙상 춤을 실시간으로 한국에서 볼 수 있
고 돌을 갓 지난 외손녀의 옹알이를 휴대전화 영상으로 볼 수 있는 세상,
내 마음속에 일어나는 작은 파동이 온 세상에 일파만파로 퍼지는 세상
이다. 두렵고 떨리는 마음으로 하루하루를 살고, 더구나 노년을 맞이하
여 여우가 강을 건너면서 꼬리를 적시는 일이 없기를 다짐해 본다.

---

* 김하돈 외, 『생명평화 탁발순례 5년을 돌아보며 길에서 꽃을 줍다』(호미, 2010)

"한 사람이 영적으로 깨어나면 세계가 성장한다." 권술룡 선생이 주관하던 연초 단식 때에 내걸린 표어다. 간디 선생의 말씀이라고 하는데 수년이 지나면서 차츰 이해가 되는 듯하다. 한 사람의 영적 각성이 구체적으로 어떻게 진행되고 그것이 마침내 인류의 성장에까지 이르게 되는지 궁금하고, 생명평화결사에서 "세상의 평화를 원한다면 내가 먼저 평화가 되자"를 표어 삼아 내걸었으니 구체적으로 생각할 때가 된 듯하다.

어든 평생을 포도와 함께 살아온 나의 내력을 '포도와 인생'이라는 제목으로 포도회지에 연재하기로 하였는데, 1960년 봄 하천부지 모래땅에 캠벨얼리 묘목 사백 주를 심고 똥장군을 끌면서 농사한 지난날, 천지에 누구 하나 의지할 곳 없는 환경에서 장남으로서 책임을 지고 여덟 식구를 부양하는 문제를 안고 고민하면서도 도대체 인생이 무엇이고 역사란 무엇인가를 묻고 또 물었다.

우연히 류달영 선생의 『소심록(素心錄)』과 함석헌 선생의 『뜻으로 본 한국 역사』와 『죽을 때까지 이 걸음으로』를 읽었다. 몸은 고되나 자연 속에서 느긋하게 숨 쉬면서 조급하던 사고와 생활 태도가 어느새 사라지고 "대인은 발뒤꿈치로 숨 쉰다."라는 장자의 말도 음미하게 되었다. 이를테면 내 발바닥이 허공에서 대지로 내려온 것이었다. 지난번 정농회지에 '산에 올라 집을 보니'라는 제목의 글을 쓴 바 있으나, 최근 슈타이너(Rudolf Steiner, 1861-1925)의 글 중에서 비슷한 대목을 발견하였다.

아무리 바쁜 생활 속에서도 하루 오 분쯤 시간을 내어 고요히 자기를 돌아보는 내적 평정(平靜)의 시간을 가지고, 자기 자신을 마치 타인처럼 객관화시켜 보라. 마치 하루 종일 집 안에서 일하다가 저녁에 뒷산에 올라가 집과 마을을 내려다보듯이 말이다. 그렇게 하면, 본질적인 것과 비

본질적인 것이 구별되고, 일상적인 자기와 다른 또 하나의 고차원의 자기를 발견하게 된다.

이 고차적인 능력을 갖춘 '참나'를 발견하면 모든 행위에 안정감을 얻게 되고 옛날처럼 사소한 일에 화를 내거나 불안해하지 않으며 어떤 돌발 사태 앞에서도 평정심을 유지하게 된다는 것이다. 그러면 그의 내면에서 개인적인 것을 뛰어넘는 무언가가 생기를 얻게 된다. 이로써 그의 눈길은 일상을 통해 그와 결합되어 있는 세계보다 더 고차적인 세계로 향하게 된다. 더불어 그는 자신이 그런 고차 세계의 일원이라는 것을 느끼고 체험하기 시작한다. 이 세계는 그의 감각과 그의 일상사가 전혀 말해 줄 수 없는 세계다.

이리하여 비로소 그는 자기 존재의 중심점을 내면으로 옮기게 된다. 그는 평정의 순간에 자기에게 말을 걸어 오는 내면의 목소리에 귀를 기울인다. 그의 영혼은 온통 내면에서의 평온한 정관(靜觀), 순수하게 정신적인 세계와의 대화로 가득하게 된다. 예전에는 귀를 통해서만 듣던 것을 이제는 영혼을 통해서 듣는다. 내적인 언어의 문이 열린 것이다. 이 순간을 처음 체험할 때 수행자는 더없는 행복감에 사로잡힌다. 그의 외적인 세계 전체로 내적인 빛이 쏟아진다. 그에게 제2의 인생이 시작된다. 환희에 찬, 신적인 세계의 흐름이 그를 가득 채운다.

사람들은 명상을 통해 인간과 정신을 결합시키는 쪽으로 고양된다. 그렇게 고양된 사람은 자기 속에 영원히 존재하는 것, 곧 탄생과 죽음을 통해 한계 지워져 있지 않은 것을 자기 속에서 소생시키기 시작한다. 이런 식으로 명상은 사람들로 하여금 자기 존재의 영원하고 불멸하는 핵심을 인식하고 직관하도록 이끈다.

백대 서원 절 명상은 진리에 대한 외경과 참된 겸손을 바깥으로 드러내 주며, '참나'를 찾아가는 일상 속의 수행이다.

도법 스님은 백대 서원 절 명상 첫머리에 진리에 대한 절대의 신뢰를 말하고 있거니와, 슈타이너도 진리와 인식의 오솔길과 존경심의 오솔길을 걸어야 한다고 강조하며, 이 같은 기본 정서를 지닌 사람만이 수행자가 될 수 있다고 하였다.

세계와 삶에 대해서 경멸하고 재단하며 비판하는 부정적인 생각을 일단 내려놓고, 천지만물에 대한 놀라움과 경외로 우리 마음을 가득 채우면 우리는 급속도로 더 높은 차원으로 오르게 되고, 인간 정신의 눈이 열린다고 하였다. 이 정신의 눈을 통해 예전에는 볼 수 없던 자기 주위의 사물들을 보기 시작하고, 지금까지 주변 세계의 한 부분만 보았다는 것을 깨닫기 시작하는 것이다. 아직은 인간의 아우라를 볼 수는 없을 것이다. 겸손한 마음으로 활기찬 수행을 계속한다면 그와 같은 높은 수행 단계에 오를 수 있다. 태양빛을 통해 모든 생명체에 생기를 부여하듯 경외심이야말로 모든 영혼을 생기 있게 만든다고 하였다. (슈타이너,『고차 세계의 인식으로 가는 길』)

대지의 밤에 식물 종자는 싹이 튼다.
바람의 힘을 받아 푸른 잎이 무성하고
태양의 힘을 받아 과일은 익는다.

그와 같이 마음 깊숙한 곳에 혼이 눈을 뜨고
그와 같이 세계의 빛 속에서

영의 힘은 활짝 피고

그와 같이 영광 속에서

인간의 강인함도 성숙된다.

- 〈은총〉, 루돌프 슈타이너

정신과 물질의 개벽*
—영양주기이론

　1960년 이래, 60년 넘게 포도 농사를 지으면서, 그동안 숱한 시행착오를 겪었는데 식물의 성장과 결실 사이에는 어떤 법칙이 있다는 것을 알게 되었다. 포도가 봄에 눈이 트고(A), 5월 하순경 꽃이 피고(B), 6월에는 하루가 다르게 과립이 크고, 7월 상순경부터 착색이 시작되어(C), 8월 상순부터 성숙. 출하하여 11월이면 낙엽이 된다(D).

　작물의 초기 영양생장기와 후기 생식생장기 사이에 '교대기'라는 영양의 전환기가 있는데, 이 시기에 관리를 어떻게 하느냐에 따라 일 년 농사의 성패가 좌우되는 것이다.

　포도의 예를 들면, 4월 중순경 새순이 트기 시작하여 계속 자라나서 동화작용에 필요한 잎을 많이 확보하여야 하지만, 개화가 시작되는 5월

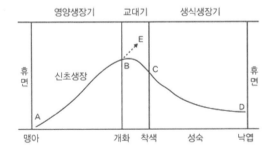

*　《개벽신문》 8호(2012.3.1)

하순부터는 성장이 둔화·정지되어, 에너지가 꽃으로 가야 수정이 잘되는데, 전정·시비·관수 등 관리가 잘못되어 계속 (E)처럼 신장한다면 그 가지는 이른바 도장지(徒長枝)가 되어 착립이 불량한 너슬포도가 될 뿐 아니라 이웃 가지를 덮어 햇볕을 차단해서 결국 병해충을 유발하고 흉작이 되고 만다.

그래서 포도밭 주인은 모든 관리 작업의 중심을 한 나무의 신초가 고르게 자라나서, 교대기부터 성장이 둔화·정지되어 모든 에너지가 꽃으로 집중되도록 노력하는 데 두며, 교대기에도 계속 성장하는 신초는 과감히 억제(적심)하거나 제거하여 모든 신초가 고루 햇볕을 받도록 해야 한다. 토질이 너무 비옥한 땅보다는 배수가 잘되는 다소 척박한 토질에서 좋은 포도가 생산되는 것은 이러한 교대기 관리가 용이하기 때문이다.

60년 포도 농사에서 터득한 이 원리가 사람과 역사에도 적용되지 않을까 생각한다. 우리가 키우는 자녀들이 중3만 되어도 어른 키가 되는데, 계속 그렇게 큰다면 어떻게 될까? 그쯤부터 자기중심에서 벗어나 철이 들고 정신이 성장해서 부모님 고생하는 것도 알아야 하는 것이다.

인간 사회의 문명도 물질적 발전이 어느 한계에 왔다고 보여지는데, 이제부터는 이웃(가정·계층·민족)도 함께 생각하는 정신적 가치의 비중이 높아져야 하고, 부익부빈익빈·기울어진 운동장을 바로잡아 상부상조하는 협동 사회로 나아가야 한다.

$$\frac{C(탄소)}{N(질소)} \quad \rightarrow \quad \frac{정\ 신}{물\ 질}$$

질소는 분모를 이루는 소중한 가치이나, 이 식의 값이 커지자면 질소는 작아지고 태양의 동화작용이 강화되어야 하듯, 인류의 정신문화가 압도적으로 강화되어야 한다.

좀 가난하지만 서로 나누는 공동체가 행복하지 않을까!?

2012.2.9

한 가족의 역사
—부끄럽지 않은 후손 되기

　　나의 선조는 의성군 춘산면 대사동(지금 덕양서원이 있다)에서 살았으며, 나는 아버지 김한규(金漢圭, 1900~1971)와 어머니 신정귀(申正貴, 1905~1999)의 4남 4녀 중 위로 누님 둘 다음에 아들로 태어났다. 세계 대공황이 일어난 1929년 10월 10일, 쇠북 종(鐘) 자 항렬로 종국(鐘國)이라 이름이 지어졌는데, 나라 국(國) 자를 선택하신 조부님의 뜻은 식민지가 된 이 나라에 유용한 인물이 되라는 것이었을 것이다. '인산당(仁山堂)한 약방'이란 간판을 내걸고 상주와 대구시 칠성동에 사시는 동안 나는 김두섭(金斗燮, 1883~1952) 할아버지와 한방에서 지낸 시간이 많았다.

　　조상님 제사를 모실 때면 한밤중에 일어나 세수하고 촛불 켜고 엄숙한 분위기에서 과실을 나누어 주시며 선조의 한 분은 사육신의 한 분이셨고, 또 고조부님은 중국에 여러 번 가서 우두법을 배워 오셔서 나귀 타고 팔도강산을 다니며 많은 생명을 구하셨다고 하셨다. 김녕 김씨 9대 백촌(白村) 김문기(金文起, 1399~1456) 선조의 그 같은 사실(史實)이 『조선왕조실록』의 기록으로 국사편찬위원회에서 정식으로 밝혀진 것은 1977년의 일이다. 환형(轘刑)으로 돌아가신 지 실로 521년 만의 일이었다. 당시 도진무(都鎭撫, 지금의 국방장관직)에 계셨던 것인데 남기신 칠언율시

부인 김정옥과 함께(덕천포도원, 2022년)

항보 김성순의 가족사진(덕천포도원, 2022년)

한 수 〈방백한시(放白鷳*詩)〉를 곰곰이 읊어 본다.

그대는 새장 속의 새, 나 또한 외로이 갇혀	爾爲覊鳥我孤囚
해 저문 창가에서 시름을 같이하네.	日夕窓前相對愁
어찌 구름 밖 천리를 날고 싶지 않으랴	雲外豈無千里志
새장 속에서 헛되이 십 년 세월을 보내노라.	籠中虛負十年秋
고향은 멀리 하늘 끝에 아득하고,	鄕關縹渺天窮處
푸른 바다는 아스라이 땅 끝에 망망하니.	碧海微茫地盡頭
함께 가고파도 갈 수 없네	同是思歸歸不得
차디찬 눈보라 견디어 머무르네.	歲寒風雪可堪留

고조부님 김익윤(金益潤, 1825~1902)에 대하여는 지석영 씨의 편지와 일제 강점기에 발행된 『의성군지』(1932)에 기록되어 있으나 자세한 내용은 아직 밝히지 못하였는데 얼마 전 갑오년 동학농민혁명이 일어나고 2년 뒤(丙申年)에 일어난 의병 싸움 때 의병 대장으로부터 차정(差定)된 임명장이 발견되었다. 당시 72세의 고령이라 찬획(贊劃) 즉 고문, 지도위원으로 참여하신 것이다. 바다를 사모하여 호를 사포(沙浦)라 하였고, 자는 덕여(德汝)이니 네가 크다는 뜻인 듯하고, 팔도를 나귀 타고 다니시며 돈 있는 이에게는 돈을 받고, 가난한 이에게는 무료로 시술하셨다 하는데 나는 처가(의성 김씨) 집안 어른에게서 내가 그 어른에게 우두를 맞았

---

*　백한(白鷳)은 꿩과에 속하는 황새

다고 들었다.

고조모님 경주 박씨는 부잣집에서 오셔서 오늘날 당뇨병인 소갈병을 앓으시고 증조모님 평산 신씨는 일찍 혼자 되셔서 물레질하시며 한 많은 삶을 사셨다 하고, 할머니 옥수선(玉水仙)은 3남 3녀를 두셨는데 집안에 큰 소리 한 번 없었다 한다.

아버님은 15개 학교를 전전하신 터라 온전한 가구 하나가 없었으나 채소나 분재 가꾸기를 좋아하셔서 휴일에도 하천부지 잔디를 일구셨는데 그 바탕 위에 나의 오늘이 있다는 것을 이제사 깨닫는다.

5·16 쿠데타 이후 65세 정년이 하루아침에 60세로 단축되어 2개월 봉급을 받고서 사택을 비우고 초가삼간에서 여덟 식구가 아침부터 나물죽을 먹고 때로는 양조장 술지게미로 끼니를 때울 때 그 마음이 어떠하셨을까? 다시 몇 해 복직하여 근무하셨을 때 낙동강 나룻배에서 찍은 사진을 보며 부자유친(父子有親)은 다시 되찾아야 할 덕목임을 이제사 깨닫는다. 해월 선생의 「내수도문(內修道文)」을 새롭게 읽으며, 봉건적 양반 사상을 벗어나 이 시대에 진정 행복한 가정의 새 전통을 세워 가야 한다는 것을 이제사 다짐한다. 장애가 있던 셋째 아들의 죽음을 겪으며 '나와 너'를 다시 생각하게 되었다. 덕천(德泉)의 지명 그대로 믿음직한 지역의 한 나무가 되길 바라는 것이다.

나의 어머니는 초등학교도 다니지 않고 오빠들 어깨너머로 배운 것뿐인데 시집 한 권을 남기셨다. 95세에 돌아가시기 수년 전까지 지난 이야기를 어제 일처럼 기억하시고 30편의 시를 암기하셨는데 동생 종인(鐘仁)이 녹음한 것이다. 체격도 크고 다정다감하셨는데, 가난한 생활의 고비고비에서 한탄조 시를 읊으시며 한과 응어리를 푸신 것 같다. 의성군

금성면 개일동에서 열여섯에 시집오신 후 외가가 대거 피난처를 찾아 논산 쪽으로 이주하였는데 그만 소식이 끊겨 나는 외가라고는 모르고 있다가 군대를 제대한 후에야 외가를 찾아갔는데 군납 채소 재배로 농협조합장도 하고 있었다. 어머니의 구술시 한 편을 소개한다.

표모(漂母)[*]

山谷間에 흐르는
맑은 물가에

저기 앉은 저 漂母
방망이 들고

이 옷 저 옷 빨 적에
하도 바쁘다
해는 어이 짧아서 西山을 넘네

물에 잠가 두드려
다시 헹구고
또 한 번 쥐어짜
널어 말릴 제

[*] 표모(漂母)는 빨래하는 여인. 중국 한신의 표모비(漂母碑) 이야기는 최근에 알았다.

나뭇가지 걸쳐

풀밭에 편다

해는 어이 엷어서 더디 마르네

종일토록 빤 옷이 다 말랐으니

주섬주섬 줏어서 가지고 간다

애는 어이 철없어 배고파 우네

서리 오고 바람 찬 長長秋夜에

옷 다듬는 저 소리

이 집 저 집서

장단 맞춰 웅하니

듣기도 좋다

달은 어이 다정히

窓에 비치네

- 1974.2.2 구술

　　제2차 세계대전 말기에 나는 평안남도 강서군 성암초등학교를 졸업
하고 경북중학·평양상업을 응시하였으나 모두 낙방하였다. 이 시기에

내 위의 누님 둘에게 혼담이 들어와서 고민 중 할아버지 뜻에 따라 부친은 사표를 내고 경주군 현곡소학교로 옮겼는데 나는 이듬해 대구사범 심상과에 입학되었다.

2009년 2월 25일 용담정과 수운 선생 묘소를 찾은 날 옛 모교 현곡초등학교를 방문하여 옛 학적부의 내 이름을 바로 찾았다. 할아버지의 강권으로 고향으로 내려오지 않고 거기서 살았다면

대구사범 심상과 입학 사진(1943년)

6·25를 겪으며 어떤 운명을 맞이하였을까? 잠시 생각해도 아찔하고 엄숙한 마음이 되어 오늘까지 나를 인도하시는 하늘의 뜻을 잠시 생각한다.

동귀일체

동귀일체(同歸一體)를 간단히 표현하면 민족은 유기체라는 뜻이다. 유기체란 것은 생물의 개체를 가리키는 말로서 민족 전체는 사람의 한 몸과 같고 국민은 육신의 세포와 같다는 말이다. 그러므로 세포가 신체를 위하여 한데 뭉치는 것과 같이 사람은 사회를 위하여 동귀일체가 되어야 한다는 뜻이다. 이돈화(李敦化, 1884-1950) 선생의 『동학지인생관』의 마지막 글이다.

고3 학생과 80 노인의 대화*

『풍경소리』

광주에서 1999년 봄부터 매월 발행되는 『풍경소리』는 정가가 없고 서점에서 판매되지 않으며 알음알음으로 그 내용에 접하여 신청하면 보내주는 잡지이다.

지난 1월 호에 광주고등학교 3학년 학생이 시 세 편을 투고하면서 "실어 주서도 좋고 신지 않아도 감사합니다."라고 하는데 단순 소박한 마음이 느껴져서 박맹수 교수의 문고판 『동경대전』을 한 권 보냈다. 며칠 후 도착한 회답을 보면서 나는 전기에 감전된 듯 놀랐다. 세상에 이럴 수가….

> "…어제 도서관에서 우연히 『동경대전』을 보고는 이 책을 소장했으면 하는 마음이 있었는데, 오늘 이렇게 장로님께서 동경대전을 보내 주셔서 참 놀랍고 감사합니다. 제가 『동경대전』을 가지고 싶어 하는 마음을 어떻게 알고 나흘 만에 이렇게 책을 보내 주셨는지요?…"

***

* 《개벽신문》 4호 (2011.11.1)

이것이 바로 시대정신이요, 집단무의식, 촛불집회 이후 거론되는 집단심리인가 하였다.

나는 몇 해 전부터 혼자 보기 아까운 귀한 글을 모아서 수첩에 적어 수시로 읽곤 하였는데, 그 글들을 묶어서 '행복한 인문학 명상 자료'라는 거창한(?) 제목으로 복사하여 200부 정도를 민들레 씨앗처럼 우편으로 주변 친구들에게 날리고 있다. 최소한 나 자신의 정신 건강과 치매 예방에는 효과가 있으리라. 명상 자료 제6호에는 최민자 교수의 천부경 해설, 다산의 홀로 웃음, 『참전계경』, 해월 선생의 〈강시〉, 〈개벽운수〉, 전택원씨의 『마음에 이슬 하나』를 엮었는데 광주 고3의 회답은 다음과 같다.

> "… 이번에 보내 주신 인쇄물… 뜻깊은 말씀이 많네요. 천천히 음미하며 읽겠습니다. 저는 도시에서 태어나 쭉 도시에서 자랐기 때문에 농사나 밭일, 포도 재배에 대해서는 문외한입니다. 그러나 장로님의 말씀에서 포도나무를 기르는 데 손이 많이 가고 심혈을 기울여야 하는 것이 느껴집니다. 저는 고3입니다. 평일에는 아침 7시에 등교해서 밤 10시에 하교하는데요 거의 15시간을 학교에 있다 보니 몸과 마음이 답답합니다. 그래서 주말에는 자주 산에 가고는 합니다. 산이라고 해서 크고 높은 산을 가는 게 아니고요, 집 근처에 있는 작은 산에 갑니다. 큰 산에 가면 챙길 것도 많아지고 정상을 생각하여 걸으면 마음도 조급해지고요. 사람이 많아서 시끄럽기도 하고요 반면에 작은 산에 가면 챙길 것이 적어서 홀가분하고 마음도 차분해지고요 사람도 많지 않아서 참 좋습니다. 산에 갈 때 주로 『채근담』이나 이현주 목사님이 쓰신 시집을 들고 갑니다. 바위에 앉아 조용히 『채근담』이나 시집을 읽으면 마음이 맑아집니다.

책의 말씀에 저를 비춰 보며 너무 이기적이지는 않았나, 내 눈의 들보는 못 보면서 남의 눈에 낀 티를 흉보지는 않았나 반성도 하고요. 앞으로는 더 친절해야지, 매 순간을 감사히 생각하며 살아야 다짐도 합니다.

저번에 보내 주신 『동경대전』은 감사히 읽었습니다. 뜻이 깊어서 전부 이해하지는 못했지만 동학에 대해 조금은 알 수 있었습니다. 언제 따로 시간을 내서 해설서와 함께 다시 정독해야겠습니다. 2011.5.19."

거북이걸음으로

지난 5월 21일. 서울 정릉에 사는 박원출 선생이 뜻밖에 거북 구 자 액자를 택배로 보내왔다. 내 거실 머리맡에 모셔 놓고 무시로 살펴보며 '필법'의 말씀을 곰곰이 생각한다.

"마음을 편안히 하고 기운을 바르게 하여 비로소 획을 긋나니 만법이 처음 찍는 그 한 점에 있느니라. 먼저 위엄 있게 시작하여 오직 바르게 그 형상은 태산과 같고 층암과 같도다."

이 구절을 되풀이하여 되새기다가 〈거북이걸음으로 날마다 꽃 한 송이〉라는 제목의 시 한 편이 떠올라 거북 구 자 복

수운 선생의 필적 거북 구(龜) 자

사본 30여 부와 함께 주변에 보냈다. 고3 학생에게서 얼마 뒤 서신이 왔다.

"…수운 선생님 글씨와 장로님의 해설 감사히 받았습니다. 아는 만큼 보인다고 하지요. 그냥 글씨만 주셨으면 무식한 저로서는 그저 '명필이구나' 하고 말았을 뻔했습니다. 다행히 해설을 해 주신 배려 덕분에 '구' 자 글씨의 뜻 깊음을 알 수 있었습니다. 문외한의 저에게도 '구' 자의 본 모양을 버리지 않으면서 '중(中)·정(正)·견(見)'을 담아 낸 수운 선생님의 글씨가 혼신의 힘을 담은 명필임이 느껴집니다.… 지난번 학교 선생님께서 학교 문집에 실린 제 시를 읽고 문단에 추천해서 등단시켜 주신다 하여 들뜬 마음으로 급하게 한 달 만에 5편을 더 써서 10편을 보내 드렸는데, 한 달이 넘도록 아무 말씀이 없으신 것을 보니 아무래도 많이 부족했나 봅니다.
장로님께서 보내 주신 '구' 자 글씨를 보니 "등단하고픈 욕심 때문에 시가 엉망으로 써지지 않았나" 하는 생각이 듭니다. 거북이걸음으로 한 걸음씩 걸을 생각을 하지 않고 문단 추천이란 요행수만 바란 제가 몹시 부끄럽습니다. 앞으로는 진심으로 마음에 사무칠 때 시를 써야겠습니다. 거북이걸음으로 한 걸음 한 걸음 걸으며 중정견 중심을 바로 보도록 노력하겠습니다. 2011.6.29"

기독교 근본주의

지난 7월 나는 명상 자료 7호를 엮었는데 그 내용은 "너 자신을 알라-도마복음"(오강남). "태양과 하나 된 삶", "죽음의 덫", "함석헌의 비길 데 없는 가치는", "어느 노 신학자의 고백", "슬픈 자화상"(만화 장도리), "어리석은 농부의 질문", "천부경의 요해"(최민자) 등이다. 이 가운데 '어느 노신학자의 고백'은 『씨올의 소리』와 『현존』에서 낯익은 송기득 교수의 '신학비평'에서 인용한 내용이었다.

> "예수가 십자가의 피를 흘린 것은 인류의 죄를 대속하기 위해서가 아니라 하느님의 나라 운동을 하다가 정치범으로 처형을 받은 것이다. 역사의 예수는 믿음의 대상이 아니라 그를 따르는 것, 그와 함께 사는 것, 오늘의 역사에서 그 예수를 살리는 것이고, 여기에 그리스도교가 다시 사는 길이 있다. 그게 가능할까? 아니다. 그것은 바로 그리스도교 자체의 해체를 의미하기 때문이다. 내가 그리스도교와 그 교회를 떠나니까 역사의 예수의 하느님 나라가 보였고, 참하느님이 보이기 시작했다. 이제 나는 역사의 예수를 넘어서 민중(다중)에게서 사람다움(인간화)의 길을 찾으려 하며 하느님과 함께 노닐며 사는 생천주의 자리를 넘보고 있다."
>
> - 한도명, '나는 어째서 그리스도교를 떠났는가'

이 명상 자료(7)에 대한 광주 고3 학생의 회신은 아래와 같다.

> "최근 노르웨이에서 청년 90여 명이 테러범에 학살당한 가슴 아픈 일이 있었지요. 그런데 사람들을 학살한 테러범이 기독교 근본주의자로서 기독교적 신념을 가지고 이슬람을 배척하기 위해 그런 만행을 저질렀다고 합니다.
>
> 어떻게 예수님의 이름을 내세워 저런 짓을 할 수 있을까요? 900년 전 지눌 스님이 말씀하신 "뱀이 물을 마시면 독을 만들고 소가 물을 마시면 우유를 만든다"라는 글과 2000년 전 예수님이 말씀하신 "거룩한 것을 개에게 주지

말고 돼지에게 진주를 주지 말라"라는 글을 생각했습니다. 옛 성현들의 말씀이 옳음을 다시 한 번 깨닫게 되었어요. 그 테러범에겐 이슬람이 그저 물리쳐야 할 사탄으로만 보였나 봅니다.

그런데 더 걱정스러운 것은 그처럼 생각하는 사람이 비단 테러범만이 아니라는 사실입니다. 제 주위 친구들만 보아도 교회나 성당에 다니는 애들이 절반이 넘는데 그중 넓은 시각으로 이웃 종교를 이해하는 친구는 한 명 정도밖에 안 됩니다. 그런 좁은 사고를 버리지 않는 한 얼마든지 그런 사건이 더 일어날 수 있다는 거겠죠.

종교가 살생과 반목의 수단이 될 수 있다는 게 참 마음이 아픕니다. 왜 이런 일이 일어날까, 사이좋게 지낼 수는 없을까? 고민하던 차에 장로님의 편지를 받았습니다. 보내 주신 말씀 중 맨 뒷장의 "유일신은 우주만물에 편재해 있는 보편자인 까닭에 특정 종교의 유일신이 아니라 만유의 유일신이다(『천부경』, 최민자)"라는 글을 생각해 보았습니다. 이 내용을 테러범이 조금만 이해했더라면 그런 불상사는 없었을 텐데. 또 우리나라 교회에서 이런 글을 가르쳐 주면 얼마나 좋을까 생각합니다. 안타까운 마음에 말이 조잡하고 길어졌습니다. 장로님 건강하시고 행복하시기를 바라며 이만 줄이겠습니다. 2011.7.30"

거북이의 꿈*
—시골 장로 동학 순례기①

초대받지 않은 손님

전남 곡성에 귀농하여 농민도서관을 운영하는 김재형 님은—나는 그 등불님을 정농회에서 만나고 그 후 나카즈카 아키라 역사학자가 2006년부터 매년 가을에 안내하는 동학농민혁명 사적지 여행에서 만났다.—주역을 공부하여 『개벽의 징후 2020』(모시는사람들)에 코로나 바이러스와 주역 수괘(需卦)에 관한 글을 썼다. 3천 년 전 동양의 지혜와 오늘의 과학적 분석을 종합하여 현실을 말하고 있는데, 연말이 가까운 지금 다시 읽어 보니 너무나 놀랍다.

2020년의 주역괘 수괘(需卦)는 기다림이다. 눈앞에 위험이 다가오고 있다. 하늘에 구름이 잔뜩 끼어 있고 비가 오지 않더라도 조급히 하지 말자. 좋은 친구들과 함께 저녁을 같이 먹고 서로 대화하고 우정을 나누자.

우리가 흔히 심포지엄이라고 하는 말의 번역은 '향연'이며 플라톤의 책 제목이기도 하다. 이 책의 내용은 소크라테스와 친구들의 사랑과 삶

---

* 『생명평화 등불』 51호(2020년 4호)

에 대한 철학적 토론이다. 현대 문명에 대한 근본적 비판자의 한 사람인 이반 일리치(Ivan Illich, 1926-2002)도 비슷한 이야기를 했다. 『절제의 사회』라는 책에서 conviviality라는 개념어를 쓰는데 '공생공락', '우정과 환대' 등으로 번역된다. 수쾌의 가장 핵심적인 메시지는 제일 마지막에 나오는데 초대받지 않은 손님이 왔을 때 공경하면 길하다는 것이다(不速之客來 敬之終吉). 해월 선생은 제자들에게 경천·경물·경인의 삼경(三敬)을 실천하라고 가르쳤다.

눈 덮인 황악산

눈 덮인 황악산을 정면으로 바라본다.
무게는 몇천만 관 지심에 뿌리박고
산정(山頂)을 이은 선의 늠름함이여

4·19가 나던 1960년 봄, 김천 직지천 하천부지에 포도를 심고 결혼반지를 팔아 산 리어카로 인분과 퇴비를 끌고 하루 30킬로미터를 걸으며 나도 모르게 읊은 노래이다. 10년 만에 지금의 봉산면 덕천동으로 이사하여 50년을 살면서 날마다 서천에 솟은 황악산을 바라보며 날씨를 살핀다. 사명당 스님은 밀양에서 나셨으나 열세 살에 이곳 직지사에 와서 열여덟 살에 승과에 합격하셨고, 50세 무렵 〈김천 스님에게 주노라〉라는 한시를 쓰셨다.

한때 김천에 산 지 30년이 되었네   一住金泉三十年

어느 때 내 수양이 서천을 이을까	幾時心法續西天
동쪽에 노니다가 남으로 간다	東遊又向南中去
나의 법통을 그대에게 한밤중에 전하리라	衣鉢君応半夜傳

　김천은 한국의 정 중심부에 위치하여 교통이 편리하고 올해 같은 유별난 기후에도 큰 피해 없이 지나갔다. 황악산의 높이가 1,111.4미터인 것을 알고 나서 '우주는 하나, 생명도 하나, 나와 너도 하나, 삶과 죽음도 하나'라고 뜻을 새겨 보기도 하였으나, 근래에 와서 이 시의 마지막 구절이 새롭게 다가왔다. 임진왜란이라는 국난이 닥쳤을 때 승병을 이끌고 칼과 창으로 나라를 지키고, 가토 기요마사(加藤淸正)와 대면해서 그대 모가지가 보배라고 질타하여 수보(首寶) 스님이란 말을 들은 스님의 정신을 되새길 줄 모르는 거리에 happy together의 깃발이 나부낀다. 내 향토의 역사·문화를 지키면서 나의 뼈를 묻고 후손들이 살아갈 터전을 만들어 가야 할 때가 온 것 같다. 사명당공원에 오층탑까지 건립되었으니 그의 일생을 홍보할 그림책과 교재를 보급하였으면 한다. 근간 지방분권이 실질적으로 추진되는 추세에, 각 지역 등불들이 다른 단체와 공공기관과 협력하여 노력하였으면 한다. 직지사에서 바람재를 넘으면 공자동을 거쳐 구성면 용호동에 이르는데 동학농민혁명 직전 해월 선생이 몇 개월 피난 중에 발표하신 「내수도문(內修道文)」과 「내칙(內則)」이 새겨진 비문이 서 있으나 그 뜻을 헤아리는 이가 적다.

　「내수도문」의 제1절과 끝 절만 적는다. 근대화=경제성장 제일주의가 우리의 가정을 근본으로부터 허물어지게 하고 있으니, 코로나가 가져온 생존의 근본 조건이 무엇인지, 동학이 제시하는 길을 우리 함께 구체적으로 생각해 보았으면 한다.

「내수도문(內修道文)」

〈제1절〉 부모님께 효를 극진히 하오며, 남편을 극진히 공경하오며, 내 자식과 며느리를 극진히 사랑하오며, 하인을 내 자식과 같이 여기며, 육축(六畜)이라도 다 아끼며, 나무라도 생순을 꺾지 말며, 부모님 분노하시거든 성품을 거슬리지 말며 웃고, 어린 자식 치지 말고 울리지 마옵소서. 어린아이도 하느님을 모셨으니 아이 치는 것이 곧 하느님을 치는 것이오니, 천리를 모르고 일행 아이를 치면 그 아이가 곧 죽을 것이니 부디 집 안에 큰 소리 내지 말고 화순하기만 힘쓰옵소서. 이같이 하느님을 공경하고 효성하오면 하느님이 좋아하시고 복을 주시나니 부디 하느님을 극진히 공경하옵소서.

〈마지막 절〉 이 칠 조목을 하나도 잊지 말고 매매사사를 다 하느님께 고하오면 병과 윤감(輪感)을 아니하고, 악질과 장학(瘴瘧)을 아니하오며 별복(鱉腹)과 초학(初瘧)을 아니하오며 간질(癇疾)과 풍병(風病)이라도 다 나으리니 부디 정성하고 공경하고 믿어 하옵소서. 병도 나으려니와 대도를 속히 통할 것이니, 그리 알고 진심 봉행하옵소서.

이 글을 쓰신 1888년 11월 당시 콜레라가 유행하여 많은 희생자가 나왔으나 동학교도가 많은 지역에서는 무사하였다 한다.

땅은 똥거름을 받아야

『동경대전』 가운데 〈유고음(流高吟)〉은 높은 기상과 낮은 데로 흐르는 끊임없는 노력, 그리고 때에 따라 용시용활(用時用活)하는 적응성을 말하는데, 동학 역사철학의 근본이 땅에 똥거름이 제일이듯, 보이지 않는 덕을 닦아야 하는 것임을 강조한 이 글을 벽에 써 붙이고 자주 음미한다. 수운 선생은 달밤에 목도(木刀)를 들고 칼춤을 추었다고 한다. 동학은 머리로 깨닫는 것이 아니라 온몸으로 느끼는 것이다.

> 高峯屹立은 群山統率之像이요
>
> 높은 봉우리 우뚝 솟음은 모든 산을 통솔하는 기상이요,
>
> 流水不息은 百川都會之意로다
>
> 흐르는 물 쉬지 않음은 모든 시내를 모으려는 뜻이다.
>
> 明月虧滿은 如節夫之分合이요
>
> 밝은 달이 이지러지고 차는 것은 지조 있는 선비의 분합과 같고,
>
> 黑雲騰空은 似軍伍之嚴威로다
>
> 검은 구름 치솟음은 군대의 위엄과 같다.
>
> 地納糞土해야 五穀之有余하고
>
> 땅은 똥거름을 받아들여야 오곡이 남음이 있고,
>
> 人修道德해야 百用之不紆로다
>
> 사람은 도덕을 닦아야 모든 일에 얽히지 않는다.

평화를 위한 선언—〈화결시(和結詩)〉

한때 세계화는 곧 지역화라는 glocalization(글로컬리제이션)이란 말이 유행하였는데 십여 년 전 동학에 접한 초기에 이 시를 만난 후, 옛 동요와 같이 내 몸에 스며든 것 같고 나카즈카 아키라 선생의 한일 동학 교류 때에도 몇 번 이 시를 소개하였다. 이 시는 한문으로 읽어야 음율적인 감흥을 느낄 수 있는 것 같다.

> 方方谷谷 行行盡하고　이 나라 방방곡곡 걷고 걸어
>
> 水水山山 箇箇知라　물과 산이 어울린 지역 특성을 살펴라
>
> 松松栢栢 靑靑立하고　소나무 잣나무 저마다 푸르게 푸르게 서고
>
> 枝枝葉葉 万万節이라　수많은 가지와 잎들이 만만 마디로 얽혔도다
>
> 老鶴生子 布天下요　늙은 학 새끼 쳐서 천하에 퍼뜨리니
>
> 飛來飛去 慕仰極이라　이리저리 날면서 하느님 모앙함이 극진하네

교회 찬송가에 '주를 앙모하는 자 올라가 올라가'라는 가사가 있는데 동학에서는 사모하고 우러른다고 한다. 순서가 반대이다. 첫 구절은 내가 사는 향토 곳곳의 지역 특성과 산물, 나아가 지난 역사에서 어떤 일이 있었는지 잘 살피라는 뜻인 듯하다. 차 타지 말고 내 발로 걷고 걸으라는 뜻도 바로 연결된다. 두 번째는 개인이나 지역이나 자기 특성을 잘 살려서 독창성을 발휘하되 한 나무 수많은 가지와 잎들이 얽히고설키듯 연결되어야 한다는 것이다. 마지막으로 한국의 세계사적 사명을 제시하고 시천주의 사랑과 사상으로 정성을 다하라는 당부의 말씀이다.

다음으로 이어지는 구절은 "운이여 운이여 얻었느냐

때여 때여 깨달음이로다.

봉황이여 봉황이여 어진 사람이요

하수여 하수여 성인이로다"로 시작하여,

"조각조각 날고 날림이여

붉은 꽃의 붉음이냐 가지가지마다 잎이 피고 핌이여

푸른 나무의 푸름인가"를 거쳐,

"귀에 들리는 것은 소리요 눈에 보이는 것은 빛이니

다 이것이 한가로이 예와 이제를 말함이라"로 끝이 난다.

여기까지는 수운 선생이 득도한 후의 환희의 기쁨을 노래한 것이다. 베토벤의 〈환희의 송가〉가 울리는 것 같은 복받치는 감흥을 느낀다. 독자는 경전을 구하여 본문을 직접 읽고 느껴 보시길 권한다.

화결시의 마지막은 득도 후 환희의 노래가 비장하게 끝난다.

万里白雪 紛紛兮여	만리에 흰 눈이 어지럽게 흩날림이여
千山歸鳥는 飛飛絶이라	천산에 돌아가는 새 날음이 끊어졌네
東山欲登은 明明兮인데	동산에 오르고저 하는 마음 밝고 밝건만
西峯何事 遮遮路인고	서봉은 무슨 일로 길을 막고 막는고

오늘은 11월 13일. 바이든 정권과 촛불 정부가 어떤 협력 상생의 길로 나아갈 것인가? 등불 한 사람 한 사람 〈화결시〉를 읽으면서 나아가길 바란다.

아이야 어서 오너라 위로 날자 예, 정신개벽의 길[*]
—시골 장로 동학 순례기②

성장에서 성숙으로

"물질이 개벽되니 정신을 개벽하자."

『원불교전서』 첫머리에 기록된 선언이다. 이 시대의 문제를 요약한 돌파구이다. 나는 4·19 혁명이 일어난 1960년 봄, 김천 직지천 하천부지 모래땅에 포도를 심고 60년간 포도 농사를 지었다. 광주항쟁으로 1980년 여름 계엄령하에 창립총회도 없이 출발한 한국포도회가 40주년을 맞이하였는데 처음부터 계간 회보 『포도』의 편집을 맡아 왔다. 한때 3만 정보에 달하던 포도재배 면적이 칠레, 미국 등 FTA로 세계 각지의 포도와 포도주가 밀려와 40퍼센트 이하로 감소되었으나 주산지마다 영농조합을 만들고 수출회사법인도 만들어 수년간 해외 수출의 실적도 쌓아 가고 있다. 오늘은 그간의 삶의 경험에서 몇 가지를 정리하여 코로나 이후 좀 더 평화롭고 상부상조하면서 살아가는 데 조금이나마 도움이 되

---

[*] 『생명평화 등불』 52호(2021년 1호). 이 글은 일본어로 번역되어 '평화·상생의 도'라는 제목으로 『자유학교 MIA KORO』(2022년 10호)에도 실렸다.

길 바라는 것이다. 경제적 수입만이 아닌 즐거움을 누리는 세상을 꿈꾸라는 것이다.

첫째로 포도 농사에는 너무 비옥하지 않으면서 배수가 잘되는 토지가 좋다. 너무 비옥한 토지는 오히려 도장(徒長)하고 병해도 많다.

둘째는 겨울 전정과 초기 생육기에 지나치게 힘차게 자라는 도장지(徒長枝)는 철저히 제거해야 한다. 그런 가지를 방임하면 다른 중소 가지들을 덮쳐서 결실이 부실하고 병해가 많아진다. 한 교실에서 힘센 아이가 왕초가 되는 것과 같다.

세 번째는 모든 새순(결과지)이 개화기에 임박하면 품종에 따라 차이가 있으나 대개 신초 선단을 적심(摘心)하여 에너지가 개화·수정되는 데 집중되도록 관리하고 영양·시비에서도 질소(N) 위주에서 인산(P)·칼륨(K)·칼슘(Ca) 위주로 전환하여야 한다.

성장에서 성숙으로 전환되는 이 시기의 관리가 연중 관리에서 가장 중요한 전환점이 되는데 성장 위주의 질소(N)에서 성숙 위주의 탄수화물(C)로 전환하여야 한다.

이것이 모든 작물 재배의 기본 원리다. 이 원리는 인간의 경우에도 마찬가지로 적용된다. 청년기까지 몸의 발달이 거의 이루어지고 그 무렵부터 정신적으로 성숙하게 되어 철이 들어서 부모 고생하는 것도 알고 동생들 돌보고 친구 사귀는 것도 배워야 한 사람의 사회인이 되는 것이다. 여기서 한 걸음 더 나아가 인류 문명의 역사에서도 산업 기술의 발전은 우주 시대로 진입하였는데 정신과 도덕적 내면세계는 오히려 퇴보하여 불안과 불만이 위험 수위에 도달한 듯하다.

나는 질소(N)와 탄수화물(C)의 관계 C/N를 정신/물질로 대치하여 보았다. 물질은 존재의 기반이라 분모를 차지하나 그 수치가 커지면 전체의 값은 작아진다.

A라는 사람이 식당을 경영하는데 1층은 밤늦게까지 북적대 가령 9시간 동안 영업하나 2층 거실에는 1시간 정도 불이 켜진다면 1/9 = 0.1이 되고, B라는 사람은 오전 5시간 동안 가족을 위해 일하고 오후 5시간은 이웃을 위해 봉사활동을 하고 수양을 위해 생활한다면 5/5 = 1, 이 사람의 성숙도는 1이 되는 것이다.

유영모(柳永模, 1890-1981) 선생은 하루 1식으로 최소의 물질로 사셨으니 9/1 = 9가 된다.

> 자기 인생의 성숙도를 스스로 계산해 본다면?
> 문득 들리는 말씀 '멀리 구하지 말고 나를 닦으라.(수운)…'
> 자기중심에서 세상 중심, 이웃 중심으로 살아야 할 것 같다.
> 하느님은 어디에 계시는가?

없이 계신 하느님

얼마 전 1년에 한두 번 끊어질 듯 이어지는 신앙 잡지 『샘』 45호에서 민들레교회 최완택 목사 1주기 추도식 기사를 보고 깜짝 놀랐다. 건강이 회복되면 한번 만나자는 목소리가 귀에 쟁쟁했다. 나는 1970년대 초 아동문학가 강정규 씨와의 인연으로 처음 그를 만났고 크리스찬아카데미(농촌 9기) 교육을 거쳐 농민운동에 참여하게 되었고, 권정생 씨의 『한티재 하늘』도 민들레교회 주보를 통해서 읽었다. 북산(北山)이라는 호처럼 믿음직하면서도 정이 많던 지난날을 회상하며 『샘』지를 읽던 중 『유영모의 귀일신학』책을 열 사람이 모여 공부한 기사에 이끌려 그 책을 구하여 읽었는데 때로는 자정을 넘어 2~3시가 되기도 하였다. 한글 모음 10자를 '아이야 어서 오너라 위로 날자 예'로 풀이한 대목 등을 접하며 웃음이 절로 나왔다.

이 책은 1956~1957년 서울 YMCA에서 강의한 것을 이정배 전 감신대 교수가 풀이한 것으로, 『천부경』의 천지인 사상(사람 가운데 천지가 하나가 된다)으로 유교와 불교 심지어 기독교까지 회통하였다. 그동안 시골 장로가 10여 년간 동학을 접하며 가슴속에 쌓인 응어리들이 차츰 풀리면서 우리 모두 진정 이 생각으로 굳게 서면 세계적으로 새로운 평화 질서를 세우는 데 기여할 수 있지 않을까 하는 생각이 솟아올라 열 권 또 열 권 사서 주변에 나누었다. 마침 3·1절 102주년 기념일에 서울 인사동 대화관에서 열린 '한반도 영세중립국 선언' 추진위원회에 이 책 열 권을 전하기도 하였다. 2008년 서울에서 개최된 세계철학자대회에서 유영모·함석헌 두 분이 150년 한국 기독교를 대표하는 사상가로 자리매김되었다는데, 시골 사는 나는 이제사 그것이 나에게 무슨 의미가 있는지 되새기게 되었다.

다석 유명모는 기독교가 말하는 '있음'으로서의 유신론적 표상을 버리고 신(神)을 '없이 있는 이'라 하였다. 서양 형식논리에서는 쉬 이해할 수 없으나 불교나 유교에서는 진공묘유(眞空妙有) 또는 태극이무극(太極而無極)이란 말로써 대극적 일치의 방식으로 궁극적 실체를 표현하여 왔다. 일본의 니시다(西田) 철학에서 '절대 모순의 자기동일성'이란 말과 수운 선생의 불연이기연(不然而其然)도 같은 내용인가 한다. 그러나 그는 유교나 불교에서 빌려오지 않고 한국 고대 경전인 『천부경』에 나타난 천지인 삼재(三才) 사상에서 그 근거를 찾았다.

삼재론은 시베리아 샤머니즘 토양에서 생성된 수렵문화의 산물로서 중국의 농경문화에서 생성된 음양론과 다른 한국 고유의 사상 체계이다. 수렵문화권에서는 가시적 형태로 확인할 수는 없으나 죽은 동물들의 영혼에 깊이 관심했다. 살아 움직이던 동물이 자기의 몸을 먹거리로 내놓으면서 그를 움직였던 영혼마저 실종되는 것은 아니라고 믿었던 것이다. 눈에 보이지 않는 세계가 결코 없는 것이 아님을 감지(感知)하는 세계를 『천부경』에서는 하늘이라 했고 그런 하늘이 인간 속에 있다고 했다.

결국 다석은 불교, 유교는 물론 기독교 역시 삼재론의 '없이 있음'에 근거하여 이러한 생각을 한국에서 전개하여야 한다고 확신하였다.

다석은 그것이 동학에서 말하는 시천주 사상으로 표현되었다고 생각했다. 누구라도 '얼'의 차원에서 예수와 같은 존재이자 공자·석가와도 본질상 같다고 주장했으며 그것을 성령의 실재(Reality)라고 생각했다. 그는 존재론과 수행론을 결부시킴으로써 대상적 믿음 곧 대속론(代贖論)에 의존한 전통 기독교로부터 탈주할 수 있었다.

1971년 8월 유영모는 81세가 되어 광주 동광원에서 1주일간 강의를 하였는데 육성 녹음한 것을 직제자 박영호가 풀이한 『다석 마지막 강의』 말미에서 말했다.

하느님이 세상을 이처럼 사랑하사 독생자를 주셨으니 이는 저를 믿는 자마다 멸망치 않고 영생을 얻게 하려 하심이니라.

예수만이 혼자 하느님의 아들(독생자)인가? 다석은 그렇지 않다고 생각했다. 사람은 누구나 하느님 아버지의 성령을 받아 얼나로 거듭나면 하느님의 아들인 것이다. 내가 깨달은 얼나로 하느님의 아들인 것을 알고 줄곧 위로 올라가면 내가 하느님께로 가는지 하느님께서 내게로 오시는지 그것은 모르겠지만 하느님 나라는 가까워지고 영원한 생명을 얻게 된다.

하느님이 주시는 하느님의 생명인 얼(성령)을 공자는 덕(德)이라 하고 석가는 법(法)이라 하고 노자는 도(道)라 하고 예수는 영(靈)이라 하였다.

가온찍기와 오늘 영원히 사는 길

ㄱ은 하늘에서 내려오는 기운, ㄴ은 땅에서 올라오는 기운, 그 사이에서 땅을 든든하게 딛고 서 있는 나는 한 점·이다.

ㄴ·ㄱ 가고 가고 오고 오는 우주의 무한한 시간과 공간 속에서 내 마음을 한 점으로 찍으면 내가 없어진다. 하느님의 생명으로 돌아가는 것이다.

거짓된 허상의 나를 버리고 영원한 참생명으로 돌아가는 것이다.

유영모는 1943년 설날에 북한산 삼각산에 올라갔다가 정수리부터 발끝까지 하나로 통하는 천지인 합일 체험을 하였다. 몸과 마음을 꼿꼿이 하고 바르게 하면 숨이 편하게 쉬어지고 깊어진다. 그러면 몸이 튼튼해진다. 대인(大人)은 발뒤꿈치로 숨 쉰다 하였는데(장자), 다석은 〈우러러 하늘 트고 잠겨서 땅 뚫었네〉라는 제목의 시에서 다음과 같이 읊었다.

우러러 끝까지 트니 하늘 으뜸 김!
맘 가라앉혀 잠기고 땅굴대 힘 가운데 디뎠네

죽기 전에 죽으면 죽어도 죽지 않는다.

유영모는 죽음으로 사는 진리를 살았다. 불교나 힌두교의 윤회 사상
은 기독교에서 말하는 죽음으로 산다는 가르침과는 다르다. 기독교에서
는 예수가 십자가에서 죽고 다시 살아났다고 한다. 밀알 하나가 죽어야
많은 열매를 맺는다 했다. '나'를 죽여서 자유로워지면 그 사람은 죽어도
죽지 않는다.

예수는 물론 죽기 전에 죽은 이다. 함석헌은 예수는 죽은 다음에 부활
한 것이 아니라 부활을 믿고 십자가에 달려 죽었다고 했다. 삶 속에서
하느님 뜻대로 살면서 새 생명을 얻어 십자가에 달렸다는 것이다.

전태일이 죽기 전 어머니에게 말했다. "내가 죽으면 아무것도 보이지
않는 이 캄캄한 세상에 빛이 스며든 조그만 구멍 하나가 생길 거예요.
노동자와 학생들이 힘을 합쳐 그 구멍을 넓힐 수 있도록 해 줘요."

그는 자기 죽음의 의미를 분명히 알고 스스로 죽음을 극복하고 몸에
불을 지른 것이다. 정일우 신부도 제정구도 죽기 전에 이미 죽은 사람들
이다. 그러니까 지금도 살아서 사람들을 움직이고 사람들로 하여금 생
각하게 한다. (박재순, 『다석 유영모 가난공동체 생명으로 배우다』)

여기서 내가 겪은 이야기 한 토막을 적는다.

2003년 봄 교보문고에서 나카즈카 아키라(中塚 明) 씨가 쓴 『이 정도는

알아야 한다— 일본과 한국 조선의 역사』란 책을 만나 교류가 시작되었는데 나카즈카는 나와 동갑이다. 그는 전(前) 나라(奈良)여자대학 교수이며 청일전쟁과 동학농민혁명 연구에 한평생을 바치고 1만 수천 권의 귀한 장서를 전남도립도서관에 기증하였다.

한편 나카즈카는 2006년부터 가을이면 후지 여행사를 통하여 동학농민혁명 사적지 탐방 여행(5박 6일)을 안내하였는데 십여 차례에 걸쳐 300여 명과 동행했다. 2009년 가을 그 여행에 동행하여 마지막 코스로 공주 우금치위령탑 앞에서 박맹수 교수(현 원광대 총장)가 '당시 1차 공격에 농민군 수만 명이 싸웠으나 3천 명이 남고 다시 공격하니 5백 명이 남았는데 일본군과 관군은 한 사람도 죽지 않았다.' 하니 어떤 일본 여성이 나에게 와서 '무슨 그런 전쟁이 있습니까?' 항의하였다. 내가 충격을 받고 2년간 고민한 끝에 김상봉(전남대) 교수의 말에서 결론을 얻었다.

"함석헌의 비길 데 없는 가치는 역사를 죽은 자, 패배자의 편에서 생각하는 법을 우리에게 가르친 데 있다. 사육신은 역사의 패배자들이다. 그러나 그들은 패배를 통해서 겨레의 정신을 살렸다. 그때 아무도 죽지 않았더라면 어떻게 이 겨레의 정신이 살아 이어질 수 있었겠느냐?"
- 『씨올의 소리』 208호

이 한마디 역사와 철학, 보이지 않는 얼의 세계를 떠나서 인생과 역사를 논할 수 없다는 진리를 확인해야 한다.

2년 후 여행단이 남원 은적암에 왔을 때 그 이야기를 했는데 마침 당사자 나이토요코(內藤洋子) 여사가 나타나 모두가 환호하였다. 일본 방문자 중에 9차에 걸쳐 계속 참가한 유이 스즈에(出井鈴枝) 여사에게 "무슨 까닭으로 그렇게 계속 옵니까?" 물으니 "올 때마다 새로 배웁니다. 중학교 교사로 근무하면서 해방 직후부터 일조협회(日朝協會) 회원이 되어 나름대로 재일교포 자녀들에게 호의적으로 대해 왔는데 현장에 와서 한국 농민들이 생존을 위하여 얼마나 치열하게 싸웠는지를 보며 새롭게 많은 것을 느낍니다."라고 했다.

그 말을 듣고 나는 피해자의 후손이면서 우리 조상들의 지난 역사의 현장, 피와 눈물을 너무나 안이하게 관념적으로 안다고 자인하고 있었던 것을 절실히 반성하지 않을 수 없었다. 아편전쟁 이후 일본은 남보다 먼저 근대화(?)하였으나 부국강병의 길로 접어들자 무장하고 바로 이웃 한국을 식민지화하고 잇달아 러일전쟁에서 승리하면서 포츠머스조약에서 미국은 필리핀을, 일본은 한국을 지배하는 것을 상호 인정한 것이 오늘에 이르고 있는 것이다.

제2차 세계대전이 일본의 패망으로 종결되었으나 미소의 냉전 체제가 굳어지면서 6·25 전쟁이 일어나고 70년이란 세월이 흘러 오늘에 이르렀다. 깜박이는 촛불혁명이 태풍 속에서 요동친다.

이 나라는 과연 어디로 갈 것인가?

진리가 우리를 자유케 한다.

단순 소박하게 참되게 살자.

2021.3.10 새벽 3시(수운 선생 순도일)

거북이 하늘을 날다[*]
―시골 장로 동학 순례기③

수운의 오도송(悟道頌)

겨우 한 가닥 길을 찾아

걷고 또 걸어서 험난한 물을 건넜다.

산 밖에 또 산이 나타나고

물 밖에 또 물을 만났다.

다행스럽게 또 물 밖에 물을 건너고

겨우겨우 산 밖에 또 산을 넘었다.

이제 드디어 탁 트인 들판에 이르러

비로소 대도(大道)가 있음을 깨닫는다.

도올(檮杌 金容沃, 1948-현재)은 『동경대전 2』에서 이 대목을 풀면서 다음과 같이 말했다.

"수운은 이미 대통을 해월에게 넘겼다. 그리고 『동경대전』이라는 피눈물 나

---

[*] 『생명평화 등불』 53호(2021년 2호.)

는 역작을 남겼다. 수천 명의 동지가 자신의 정신에 뜻을 같이하여, 자신이 전하는 하느님의 도를 실행하고자 하는 열렬한 의지가 있다는 것을 깨닫는다. 그러나 이 열렬한 민중의 의지(=사람의 마음=하느님의 마음) 때문에 조선이라는 국가 체제가 나를 죽일 것이다. 그러나 나는 타협하지 않을 것이다. 나는 죽을 것이다. 내가 죽음으로써 하느님의 마음은 이 조선의 대지를 찾아오는 봄처럼 곳곳에 피어날 것이다."

- 『동경대전 2』, 김용옥, 261쪽

도올은 수운을 50년 동안 해후하였고, 이제 그의 체취를 느껴 가면서 우리말로 역출하였는데 이 일을 마치면서 노래하고 있다.

여보! 꿈만 같구려

끝날 날이 있다니

수운을 이렇게 만나다니

여보 우리 민족은 이제 우리의 성경을 갖게 되었소

뜻있는 자들이여 오소서

같이 읽읍시다. 우리의 성경을 신단수 아래 솥터에 모여

같이 노래합시다.

이제 우리는 홍익인간을 노래할 수 있지 않을까요?

내가 숨 쉬는 것이 하느님이 숨 쉬는 것

2007년 6월 3일, 시골 장로가 주일인데도 서울 종로 3가 단성사 앞에

서 열린 해월 선생 추도식에 참석한 지 14년이 지난 지금, 나 자신은 어떤 변화를 겪어 왔는가? 가족한테서 '별을 바라보다가 개천에 빠졌다'라는 말을 듣기도 하였는데 어느새 구순을 넘은 몸이 이곳저곳 탈이 나서 숨이 차고 귀는 어둡다. 제정신을 가지고《한겨레》라도 읽을 수 있는 날이 얼마나 남았을까?

코로나 위기가 끝나면 어떤 세상이 올지 알 수 없으나, 『등불』 지를 읽는 이들에게 실제로 도움이 되는 한마디라도 드리고 싶어 마음을 가다듬고 이 글을 쓴다. 도올은 조선왕조 500년이 동학으로 인해 망한 것은 큰 다행이란 말을 하였는데 그 말의 뜻을 이해하는 사람이 얼마나 될까? 진리가 우리를 자유롭게 한다. 동학사상이 진리가 되어 이 나라가 장차 평화롭게 통일되고 새로운 세계를 열어 가는 마중물이 된다면 얼마나 좋을까? 우리 한 사람 한 사람이 동학사상을 사과 한 알로 알고 차분히 마음을 가다듬고 꼭꼭 씹어 먹어 보기를 원한다. 5년째 계속 쓰고 있는 수첩 가운데서 최근에 다음의 글을 발견했다.

생명은 숨에서 비롯되는데
이 숨이 우주적이라는 것을 인식하는 순간 나와 너는 하나가 된다.
자신의 숨에 집중하여
나의 숨이 하늘의 숨과 연결되어 있음을
매 순간 자각할 때
근원적인 생기가 발현되고
이 생기로부터 다른 생명을 살리고자 하는
살림 의지가 생겨난다.

　몇 번 되풀이 읽고 나서, 파리 한 마리 잡는 데도 우리가 파리의 호흡을 살피는 것을 깨닫고, 경전의 〈탄도유심급〉의 마지막 구절을 상기했다.

　　마음은 본래 텅 비어서 물건에 응하여는 자취가 없다.

　　그러나 마음을 닦아야 덕(德)을 알고 덕을 밝히는 것이 도(道)이다.

　　덕에 있고 사람에 있지 않으며

　　믿음(信)에 있고 공부(工)에 있지 않으며

　　가까운 데 있고 멀리 있지 않으며

　　정성(誠)에 있고 구하는 데 있지 않다.

　　그렇지 않다. 그러나 그러하고(不然而其然)

　　먼 듯하나 멀지 않다(以遠而不遠)

진정한 사과 맛보기

　틱낫한(Thich Nhat Hanh / 釋一行, 1926-2022) 스님의 책『정념(正念, mindfulness)』(일어판, 2011)의 요약이다.

　　(1) 손 안의 사과는 우주이다.

　　(2) 숨을 들이쉬면서 그것을 의식하고 숨을 내쉬면서 그것을 의식한다.

(3) 깨달음과 평안과 기쁨은 남이 주는 것이 아니다. 샘은 내 안에 있다. 지금 이 순간을 깊이 파면 물이 솟아나리라.

(4) 나와 세계는 연결되어 있다. 우리는 서로 의지하여 살리고 있다. 그대와 나의 연결 고리가 보이는가? 그대가 없으면 나도 없다.

걷기 명상

우리는 일상생활에서 과거를 생각해서는 슬픔과 후회에 사로잡히고, 미래를 생각해서는 불안과 공포에 잠겨, 마음은 지금 이 순간에 있지 않다. 그래서 충실한 삶에는 현재의 순간에 마음이 돌아오는 방법을 배우는 것이 중요하고, 걷기 명상은 한 걸음 한 걸음에 안정, 자유, 치유, 변화를 가져온다.

천천히 숨을 들이쉬면서 주의를 발바닥에 가져가 발과 대지가 접촉하는 것을 의식한다. 이어서 모든 주의를 다리 뒤까지 내려놓는다. 그리고 다음 말을 마음속에서 외운다. 그때도 발과 지면이 접촉하고 있는 것에 주의를 집중한다.

(1) (숨을 들이쉬면서 2-3보 걸으며)   돌아왔네

    (숨을 내쉬면서 2-3보 걷고)   내 집에

(2) (숨을 들이쉬면서)   지금

    (숨을 내쉬면서)   여기에

(3) (숨을 들이쉬면서)   흔들리지 않는다.

    (숨을 내쉬면서)   자유다.

(4) (숨을 들이쉬면서)　　　　　　　　생명

　　　(숨을 내쉬면서)　　　　　　　　평화

　(1) 내 집에 돌아왔다는 것을 확인하는 것이다. 나는 더 이상 헤매지 않겠다. 더 이상 나를 잃지 않는다. 그렇게 되기를 바란다는 것이 아니라 실제로 그렇다는 것이다. 몸과 뇌의 모든 세포가 평화를 누리도록 걷는 것이다. 한 걸음 한 걸음 안정감과 건실함 속에서 자유의 에너지가 생긴다.

　(2) 다음은 '지금, 여기서'의 명상으로 옮긴다. 나는 지금 이 시간 여기서 편안히 쉬고 있다.

　(3) 다음은 '움직이지 않는다. 자유롭다'로 옮긴다. 실천 그 자체이며 희망이나 선언이 아니다. 왕이나 여왕, 사자처럼 흔들리지 않는 강력한 힘으로 충만한 자기로 돌아가서 늠름한 기상으로 걷는다. 정념(正念)으로 충만한 걸음으로 걸으면 침착해지고, 머리가 맑아지고 이웃과 세계의 어려움도 해결할 수 있는 힘이 생긴다.

　(4) 마지막 '생명·평화'에 대하여 하나는 역사적 차원이고 다른 하나는 근원적 차원이다.

　역사적 차원은 파도요, 근원적 차원은 파도의 물이라 생각해 보자. 나는 한 방울 물이다 하고 파도가 깨닫는 순간, 생과 사, 존재와 비존재, 높고 낮음 등의 개념에서 해방된다. 자기의 진정한 토대, 즉 태어남도 죽음도 없는 실상을 실감한다면 두려움은 사라진다. 두려움이 없어지면 참행복이 실현된다.

대구 항공사진

큰 거북이 하늘을 날다

대구의 항공사진을 보면, 영천과 경산에서 흘러온 금호강이 동촌에서 북상하였다가 불로동으로 굽이쳐 낙동강으로 흐르는 모습이 큰 거북이 바다에 뛰어들거나 하늘을 나는 모습처럼 완연한데, 대구 지하철 1·2호선이 교차하는 반월당역 바로 옆에 옛 관덕정 자리인 구미산(龜尾山) 용담정에서 1860년 4월 5일 동학을 창도한 수운 최제우 선생은 1864년 3월 10일 좌도난정(左道亂正)의 죄로 참수되어 3일간 효수되었다. 동아백화점 지하 주차장 출구 근처 현장의 주택지에는 중구청에서 세운 표시판이 있을 뿐, 순도비는 현대백화점 앞 도로변에 서 있다.

일본의 역사학자 나카즈카 아키라(中塚 明) 씨는 나와 동갑(1929년생), 한평생 청일전쟁과 동학농민혁명 연구에 헌신하여 많은 저서를 남겼고, 1만 수천 권의 장서를 전남도립도서관에 기증하여 녹두대상을 받기

대구민주운동원로회, 용담성지를 찾아(2011.11.18)

도 했다. 2006년부터 가을에 동학 사적지 방문단을 안내하여 코로나 유행 전까지 십여 차례에 걸쳐 400여 명을 안내하였는데, 필자가 이 답사에 몇 차례 함께하면서 '동학사상의 뿌리는 대구·경북입니다.'라고 항의(?)하여 2013년 김천·대구를, 2014년에는 경주·대구를 거쳐 남원으로 갔다. 2014년 10월 24일 대구시 종로초등학교의 수령 400년인 회화나무 앞에서 일본 참의원 4선 의원 요시카와 하루코(吉川春子) 여사가 왔을 때, 《영남일보》에서 크게 보도하였다.

이 무렵 대구민주운동원로회에서는 강창덕, 권오봉, 박두포, 이목, 유연창, 도영화, 한기명, 김병길 씨 등이 한 달에 두 번 모여 선열의 영정 앞에 향을 피워 묵념하고 점심을 나누었는데 코로나 유행 이후 끊어졌다.

대구동학공부방의 이름으로 월례회를 열어 모여서 노력하였으나 지역의 여론을 일으키지는 못하였다. 정지창, 류진춘, 추연창, 정연하, 이

한옥, 김형기, 한경덕 씨 등 참여한 분들의 뜻을 융합하지 못한 것을 뒤늦게 한탄하며 뿌린 씨앗이 움트기를 염원한다. "남의 작은 허물을 내 마음에 논하지 말고, 나의 작은 지혜를 다른 사람에게 나누라(他人細過 勿論我心 我心小慧 以施於人)"라는 〈탄도유심급〉 중 한 구절을 뼈에 새겨 명심하면서, 이 글을 쓴다.

종로초등학교 최제우나무 밑에 막걸리 한 병 붓고 약전골목으로 걸어 순도 현장에 와서 묵념을 드리며 수운 선생의 〈영소(詠宵)〉를 읊는다.

1994년 동학농민혁명 100주년을 계기로 제정된 〈동학농민혁명 참여자 등의 명예회복에 관한 특별법〉 제1조 목적에는 "봉건제도를 개혁하고 일제의 침략으로부터 국권(國權)을 수호하기 위하여 동학농민혁명에 참여한 사람의 애국애족정신을 기리고 계승·발전시켜 민족정기를 북돋우며, 동학농민혁명 참여자와 그 유족의 명예를 회복함을 목적으로 한다. (1) 기념관과 기념탑 등 기념시설 건립 (2) 관련 학술 연구 및 교류 등"을 규정하고 있으나 현실은 어떠한가? 코로나 이후 어떤 세상이 올 것인가? 개인이나 민족이나 철저한 반성과 실천이 없으면 망한다는 사실을 명심하고, 동학농민혁명이 없었다면 3·1운동도 없었을 것을 생각하고, 조선왕조 오백 년이 동학으로 망한 것이 우리 민족의 큰 행복이라는 도올의 말의 의미를 깨닫고, 160년 전 좌도난정죄로 피 흘리신 그 자리에 국민의 알뜰한 성금으로 순도비를 세우고, 무릎 꿇고 뉘우치며 손을 잡고 "시천주조화정 영세불망만사지"를 소리 높이 외치고 싶다. 북 치고 장구 치고 꽹과리 치면서 방방곡곡행행진 수수산산개개지 송송백백청청립 지지엽엽만만절 춤을 추고 싶다.

큰 언덕 대구(大邱)가 큰 거북이(大龜) 되어 하늘을 나는 날,

영호남 동서가 화합하고 나아가 남북이 하나가 되리라!

큰 바위 얼굴을 바라보는 어니스트 소년처럼 나는 오늘도 황악산을 바라본다.

2021.6.23

『천 년의 만남』에서 동심원(同心圓)의 세계로

전택원(1945-현재) 님은 『도선비결』을 풀이함으로써 『천 년의 만남』을 밝혔다. 서울시 2호선 전철이 세차게 달리고 있다. 당산역에서 합정역으로 서울을 한 바퀴 도는 일상이 오늘도 반복되고 있으나, 당산역에서 한강을 건너 반대편으로 돌아온 것이 『천 년의 만남』이고, 남과 북의 분단은 어느덧 70년이 넘었다. 보이지 않는 중심을 찾아 도선비결과 동학을 만났다.

코로나19가 새로운 변이종으로 바뀌고 기후 위기가 붕괴의 불안으로 확산되는 지금, 과연 앞으로 어떤 현실이 닥칠까? 박진도 교수와 도올 김용옥 선생이 손잡고 '농민이 행복해야 국민이 행복하다'는 농산어촌 개벽 대행진에 참여하면서 『천 년의 만남』을 다시 읽으니 이정호 선생은 "주역정의"에서 가(假)해방과 진(眞)해방을 말하는데 가해방은 소인이 군자의 탈을 쓰고 군자의 자리에 앉아 백성을 좌우하니 사방에서 도둑의 때가 일어나서… 천하가 불신풍조에 휘말려 음란한 남녀로 가득차게 된다"(270쪽)

동학을 빼고서는 도선비결이 풀리지 않고, 수운의 뜻을 온전히 펼친 사람이 해월이며, 도선과 해월의 생몰연대는 꼭 천 년의 간격이다. 도선(827~898), 해월 최시형(1827~1898)–밝고 밝은 대성(大聖)일지라도 아성(亞聖) 아니면 밝을 수 없다. 전택원 님은 여기서 한 걸음 나아가 밝고 밝은 아성일지라도 내 마음 아니고는 밝을 수 없고, 수운에 대한 해월의 마음이 곧 해월에 대한 내 마음이며 중심에 있어 그것은 하나이다.

여기서 나는 동심원(同心圓)을 생각해 본다. 조용한 수면에 돌을 던지면 동심원이 번져 나간다. 빗방울이 떨어지면 수많은 동심원이 그려지고 서로 교차한다. 코로나바이러스는 실상 자연 만물의 공존공생을 외치고 있다. 접화군생(接化群生)의 세계…. 나는 뒤늦게 『위대한 일들이 지나가고 있습니다』(김해자, 한티재)를 읽고 있다.

2005년 도법 스님이 앞장선 생명평화결사가 김천에 온 것이 9월 13일이다. 2006년 정초 실상사에서 효소단식에 참가하고 그날로부터 '멀리 구하지 말고 나를 닦자.'를 실천하기 위해 자성록(自省錄) 일기를 쓰기 시작하여 27권에 이르렀다. 맹구우목(盲龜遇木) 장님 거북이 한 마리가 대양에서 나무토막을 만나 동학을 접한 지 10여 년, 나는 무엇을 보았는가? 『동경대전』 마지막 글이 「우음(偶吟)」이다.

바람 지나고 비 지난 가지에
바람이 또 오고 비가 오고
서리가 오고 눈이 오네.
風過雨過枝 風雨霜雪來

비바람 눈서리 모두 지난 후
한 나무에 꽃이 피면
온 세상에 봄이 오네.
風雨霜雪過去後 一樹花發萬世春

수천 년 전 『천부경』에 사람 가운데 천지가 하나 됨(人中天地一)이 선포되고, 『참전계경』 첫머리 〈경신(敬神)〉은 다음과 같다.

경(敬)이란 지극한 마음을 다하는 것이고 신(神)은 천신 곧 하느님을 말한다. 해, 달, 별과 바람, 비, 천둥, 번개는 형상이 있는 하늘이요, 형체가 없어 보이지 않고 소리가 없어 들리지 않는 하늘을 일컬어 하늘의 하늘이라 하는데, 이 하늘의 하늘이 바로 하느님이다. 사람이 하늘을 공경하지 않으면 하늘도 사람에게 감응하지 않으리니 이는 마치 풀과 나무가 비와 이슬과 서리를 맞지 못하는 것과 같이 생명력을 잃게 되는 것이다.

더욱이 『참전계경』 다음 13사에 의식(意植)이란 제목 아래에서 의(意)는 천심을 따르는 것이고, 식(植)은 뿌리를 내려 움직이지 않는 것이라 했는데 나무를 심어 옮기지 않는다(株植而不移也)라고 하였으니, 불이(不移)란 말이 여기에 나온 것이다.

수운 선생은 '시천주조화정(侍天主造化定)'을 설명하면서 다음과 같이 말했다.

안으로 신령하고 　　　　　內有神靈
밖으로 기화하며 　　　　　外有氣化
세상 사람 모두가 진리를 알고 　一世之人各知
이리저리 옮기지 않는다. 　　不移者也

지금 세상은 인터넷으로 순식간에 정보가 교류되는 세상이지만 실상은 캄캄한 밤중에 물 위에 떠도는 부평초가 되었으니 저마다 뿌리를 내려 붙이자(不移者)가 되어야 한다.

배종렬 님이 2012년 8월 31일에 『단기고사 부366사』 책 한 권을 보내주셨는데 '성경팔리훈(聖經八理訓)'이란 부제가 적혀 있었다.

단군의 아버지 환웅께서 하느님이신 환인으로부터 명을 받아 홍익인간(弘益人間)의 도로써 태백산(백두산) 단목 하에 하강하시어 곡식과 명령, 치병과 형벌과 선악의 다섯 부처로 나누어 다스리고 366사로 교화하셨는데 그 가르침(인문학)이 단군 환검에게 대대로 전승되어 성경팔리훈(참전계경)이 되었다.
"그 가르침이 천리에 통달하고 인성에 합치키 쉬운지라 유불선의 이름을 기다리지 않고도 저절로 무위진경(無爲眞境)에 들어가나니 어찌 교화의 으뜸이라 아니하리오. 배우고 행한즉 보태고 덜 것도 없이 크게 언덕에 먼저 오르리라."

이 글 끝에 단목가와 고운 최치원이 쓴 〈난랑비문〉 일절이 소개되어 있다.

나라에 현묘한 도가 있으니   國有玄妙之道

자연의 뭇 생명들과 하나가 되어 以接化群生

당시 신성한 민족이   當時神聖民族

마음이 밝고 뜻이 굳세어   明心强志

몸이 가볍고 기운이 더하여   輕身益氣

모두 하늘에 통하는 재주와   皆有通天之才

세계를 덮는 용기를 가졌다.　　蓋世之勇

- 최치원, 〈난랑비문〉

　나는 이 구절을 수첩 첫 장에 적어 수시로 읽어 본다. 최민자 교수의
『천부경 삼일신고 참전계경』(모시는사람들)을 읽다가 싫증이 나면 덮어
두고 여러 날 지난 후 '아차!' 하고 다시 꺼내어 아무 곳이나 펼치고 읽는
데 제144사 극종(克終) 편에 '일의 끝맺음을 잘 하는 것'이다. 처음만 사랑
하고 끝까지 사랑하지 않으면 이는 마치 늙은 누애가 뽕나무 가지에서
떨어지면 명주실을 얻을 수 없는 것과 같다. 아 이것은 내 이야기로구
나! 하고 다른 곳을 펼치니 제45사 시천(恃天)편이다.

　　하성(下誠)은 하늘을 의심하고(疑天)

　　중성(中誠)은 하늘을 믿고(信天)

　　대성(大誠)은 믿고 의지한다(恃天)

　스스로 돌이켜 보니 나는 믿는다 하면서도 때때로 의심하였으니 하성
과 중성을 오락가락하고 있었구나. 그런데 여기 시(恃)는 '믿고 의지한
다'로 풀이되고, 동학의 시(侍)는 모실 시로 하느님을 내 마음 가운데 모
시고 사는 것을 의미한다. 그냥 믿고 의지하는 삶과는 어떤 차이가 있는
가? 동학농민혁명에 30만이 희생되었다. 그 뒤 일제 식민지와 6·25를 겪
으며 다시 100년이 흐른 지금 믿고 의지하는 삶과 내 마음 가운데 모시
고 사는 삶이 어떻게 다른가? 어떤 '진리'도 종교로 굳어지면 안 된다. 날
마다 내 호흡 속에 살아 있어야 한다.

『유영모의 귀일신학』을 펴내고 줌(zoom) 강의를 연 이정배 전 감신대 교수는 최근 『코로나 바이러스, 사람에게 묻다』(신앙과지성사)에서 "세상은 이미 뉴노멀의 시대, 기후 붕괴, 탈성장, 그리고 기본소득을 말하고 있다. 탈종교 시대, 공감의 확대와 교육에서 내 마음이 배지 않는 것은 결코 내 것이 될 수 없고, 나는 개체이지만 나뉠 수 없는 신적 얼과 뜻을 지닌 존재, 작은 존재이지만 이 속에 우주 전체를 품은 존재라는 영적 각성이 교육의 처음이자 마지막이다. 내 속에 우주가 있으며, 우주 속에 내가 있다."라고 하였다.

2022년에는 대통령선거와 지방선거가 있어 기본소득에 대한 논의가 중요한 대목이 되었다. 「마태복음」 20장에 나오는 포도원 일꾼 이야기에서 아침에 간 일꾼과 오후 늦게 간 일꾼에게 다 같이 한 데나리온으로 약속한 품값을 나누며 오히려 늦게 온 일꾼부터 먼저 지불한 것은 하느님의 뜻이었다는 말씀은, 오늘날 우리에게 살아 있는 채찍이다. 근대화의 표상이 된 자유, 평등, 박애 중 자유민주주의의 이름으로 극에 달한 불평등이 마지막 단계에 이르렀다.

진리가 우리를 자유케 한다. 말은 아름답지만 종교가 굳어지면 얼마나 무서운가? 수운 선생 순도비에 얽힌 뼈아픈 자취를 돌이켜 보면서 이 글을 쓴다. 대구 종로초등학교 교정은 수운 선생이 3개월 동안 심문을 받은 감옥이 있던 곳으로 최제우나무라고 알려진 400년 수령의 회화나무가 있다. 한동안 민주화운동원로회와 대구동학공부방의 이름으로 모일 때마다 새벽 열차를 타고 대구역에서 내려 막걸리 한 병 사들고 회화나무에 붓고 묵념한 후 15분 걸어서 반월당 뒷골목 순도지 근처에 갔다. 거기서 영소(咏宵) 마지막 시를 읊었다.

반월은 산의 빗이요	半月山頭梳
기울어진 연잎은 수면의 부채	傾蓮水面扇
연기는 연못가 버들을 가리우고	煙鎖池塘柳
밤바다에는 노와 갈구리가 더한다.	燈增海棹鉤

　반월은 스승님 목을 친 칼이요, 기울어진 연잎은 경국(傾國) 즉, 구한말의 기울어진 국운을, 연기는 사슬처럼 쇄국의 실상을 나타내고, 마지막 구(句)의 구(鉤)는 갈고리로 수군이 적선(敵船)과 싸울 때 쓰는 것으로 통상을 요구하는 외국 함선들의 위협을 나타낸 것이다.

　스승님 참수 후 3일간 효수된 현장에 순도비를 세우고자 하였으나 역부족으로 현대백화점 앞에 2015년 3월 25일 건립되었다. 수운 선생 순도 150주년이 되는 2014년 10월 최제우나무 아래 나카즈카 아키라 선생이 인도한 일본방문단과 함께 찍은 사진 등이 《영남일보》에 크게 보도되었고, 비문 앞면에 "동학창도주수운최제우순도비" 뒷면에 "멀리 구하지 말고 나를 닦자."를 새기자는 우리의 제안을 천도교 중앙총부에서도 찬동하였으나 동학교조로 바뀌고 더구나 앞뒷면에 같은 글로 새겼다. 국민의 성금으로 스승님 피가 얼룩진 그 자리를 성지화하고 회화나무를 심고, 저마다의 삶의 자리에서 뿌리를 내려 흔들리지 않는 나무가 되어 겨레를 지키며 지구를 살리고 너와 나, 맑은 물 한 방울이 되어 세상이 꽃피는 봄이 오기를 염원한다. 물(水)과 구름(雲)은 흐르고 흘러 바다(海)에 이르니 밝은 달(月)이 비친다. 큰 언덕(大邱)이 큰 거북(大龜)이 되어 하늘을 나는 날 동서가 하나 되고 남북이 하나가 되리라. 지축을 울리면 들리는 소리….

산하대운이 마침내 이 도에 돌아오니

그 근원이 깊고 이치가 멀다

내 마음 기둥이 굳세어야 도의 맛을 알고

한마음이 여기 있어야 만사가 뜻과 같이 되리라

- 『동경대전』「탄도유심급」

2021.12.10 새벽

60년 포도 농사 달인의 동학 이야기*

기록·정리 / 리산은숙

포도 농사와 함께해 온 80 인생

앞으로 이런 기회가 잘 없을 거 같습니다. 88년 동안 살아온 이야기를 요약해서 말씀드리려 하는데, 그 의미가 여러분 마음에 닿아서 도움이 되면 좋겠습니다.

저는 일제강점기에 사범학교를 갔는데, 3학년 때 해방이 되었습니다. 허무했습니다. 그때까지 태극기가 어떻게 생겼는지, 임시정부가 어디에 있는지도 전혀 모르고 살아왔습니다. 한약방을 하시던 제 할아버지는 "지금이야말로 진짜 나라를 사랑할 때"라고 하셨습니다. 할아버지는 '이 승만은 미국 힘을 빌려 단독정부를 하려는 사람'이라고 했습니다. 반면에 김구 선생은 제가 보기에도 믿을 만했고 존경스러웠습니다. 그 당시 대구에서 단독정부 수립에 반대하는 전단을 돌렸습니다. 대구사범 동창 수 명이 함께 구속되었습니다. 대구감옥에 수감되어 여러 개월 복역하는 동안 6·25를 맞았습니다. 7월 어느 날 밤 박격포탄이 대구 시내에 떨

---

* 2016년 4월 4일 서울시민청 태평홀, 동학농민혁명실천시민행동 주최 초청강연회, 《개벽신문》 제54호(2016.5.1)

어졌습니다. 이상한 분위기에서 사람들을 불러내 어디론가 데리고 갔습니다. 사람들은 더 넓은 데로 가는 줄 알았습니다. 책, 수건 등을 들고 웃으면서 나갔습니다. 나중에 그분들이 다 희생되었다는 것을 알았습니다. 그 당시 대구형무소에 8,100여 명이 있었습니다. 거의 반수에 가까운 3,700여 명이 재판 없이 희생되었습니다.

재심 결과 저는 구사일생으로 석방되었습니다. 살아야겠다는 생각으로 공군 기술하사관으로 들어갔습니다. 약 3년 근무했습니다. 그제사 신원조회가 들어가서 불명예제대를 했습니다. 3년 고생이 아무것도 아니게 되었습니다. 다시 육군에 들어갔습니다. 제주도에 가서 훈련을 받고 전방에 배치되었습니다. 4년 3개월을 있었고, 합해서 7년 동안 군 복무를 마치고 나이 서른에 제대했습니다. 살기는 살아야겠는데 어떻게 사나 걱정뿐이었습니다. 동네 하천가에 땅이 조금 있었는데 없는 사람들이 거기에 밭을 일구었습니다. 거기에 포도를 심었습니다. 그것이 포도 농사의 출발이 되었습니다. 험한 땅이라 닷새만 가물어도 잎이 시들했습니다. 석유 깡통에 물을 길어 와 끼얹어 가며 키웠습니다. 2년생에 포도가 달렸어요. 300~400그램짜리가 많게는 여덟 송이까지 달렸습니다. 포도가 기가 막히게 강한 놈이란 걸 알았지요.

그런데 김천 시내에서는 팔 수가 없었습니다. 사과 상자에 포도를 담아 6시 30분에 오는 통일호 편에 실어서 서울로 부쳤습니다. 남대문 시장에 가서 상인에게 포도를 넘기며, 매번 올라올 수 없으니 포도를 받아서 팔고 계산서를 보내 달라고 했습니다. 마지막 것을 부치고 서울 올라와서 돈을 받았습니다. 주는 대로 감사히 받았습니다. 내려오면서 포도에 관한 책을 사서 겨우내 읽었습니다. 품종 등에 대해 책에서 배웠습니

덕천포도원에서의 김성순 선생(2007년)

다. 거기서 10년을 버티며 새롭게 사람으로 살아가는 데 가장 필요한 여
러 가지를 깨달았습니다.

그때는 비료도 없었습니다. 집사람한테 결혼반지 석 돈짜리 사 준 걸
팔아 리어카를 장만했습니다. 똥장군 4개를 싣고 시내에 가서 인분을 퍼
다 날랐습니다. 시내까지 4킬로미터 거리였습니다. 하루에 네 번을 왔
다 갔다 하며 32킬로미터를 걸었습니다. 고되다면 고되지만 나 자신이
헛된 꿈에서 해방되고 몸이 튼튼해지고 인생이 대지에 뿌리를 내렸다는
것을 깨달았습니다.

4년쯤 되니 한 해 포도 판 값이 30만 원이 되었습니다. 쌀 100가마니
금액이었습니다. 아버지가 34년 동안이나 교편을 잡았어도 가마니로 쌀
을 사 온 적이 없습니다. 포도 농사를 지어서 산 쌀가마니를 마루에 쌓

아 주니 어머니가 너무도 좋아하셨습니다. 그때 포도 농사가 그렇게 고마웠습니다. 대학 문 앞에도 못 가 봤고, 여러 가지 어려움이 있었을 때는 포기하고 싶은 적도 많았지만, 결국 포도 하나 믿고 55년을 살았습니다.

그동안 어려운 고비가 많았습니다. 우리나라에는 1970년대까지만 해도 포도 농가 조직이 없었습니다. 1980년에 포도 농가 생산자 조직을 만들자, 하는데 광주에서 그 난리가 났습니다. 여관에 대표자 몇 명이 모여서 대표, 부회장, 총무를 결정했습니다. 나는 부회장을 맡았는데 그때부터 회지를 맡았습니다. 계간으로 일 년에 네 번 발행했고 지금도 계속 발행하여 얼마 전 130 몇 호를 발행했습니다.

포도나무가 가르쳐 주는 지혜

재배 과정에서 얻은 몇 가지 지혜를 이야기해 보겠습니다. 봄이 되면 순이 뻗어 5월 하순에 꽃이 핍니다. 꽃이 지면서 알이 굵어집니다. 7월에 붉은빛이 오다가 검게 착색이 됩니다. 두어 달 익어서, 9월에 수확합니다. 이 네 단계 과정이 있습니다. 그런데 질소를 너무 많이 주면 포도가 달리지 않습니다. 사람과 같습니다. 몸집이 너무 비대해지면 내실이 없습니다. 포도도 개화기 이후에는 크기를 멈추고 야물어져야 합니다. 너무 약해도 안 됩니다. 대체로 포도 농사는 중 정도여야 합니다. 꽃필 때에 품종에 따라 90·60·30센티미터 정도만 자라야 정상입니다. 에너지가 꽃으로 가야 수정이 됩니다. 계속 성장만 하면 일 년 농사가 헛일이 됩니다. 다시 말해 꼭 필요한 정도만 자라야 합니다. 질소는 초기에 많이 필요하고 꽃필 때는 인산이 필요합니다. 시기마다 필요한 영양소가 다릅니다. 이런 것들을 알아서 관리해야 합니다. 말이 쉽지 밭이 경사지면 위는 수분이 부족하고 아래는 넝쿨이 너무 무성해서 농사가 안 됩니다. 전지할 때와 거름 줄 때 높은 데와 낮은 데를 다르게 관리해야 합니다.

자녀 교육을 할 때도 같습니다. 나도 잠시 초등학교 아이들을 가르쳤습니다. 한 반 아이들 중에는 가만히 둬도 열심히 하는 아이가 있습니다. 뒤처지는 아이들 내버려 두고 잘하는 아이들만 돌보면 안 됩니다. 잘하는 아이가 약한 애들을 돌보고 서로 돕도록 해야 합니다. 사람 교육이나 포도원 농사나 거의 비슷합니다. 한마디로 왕성한 놈은 억제하고 약한 놈은 북돋워 줘야 합니다. 열매도 안 달리면서 옆 나무에 그늘을 지우는 나무도 있습니다. 도저히 안 될 때는 베어 내야 합니다. 엄청 힘든 일입니다.

가장 이상적으로 발육하더라도 꽃필 때부터 착색까지의 영양 관리가 중요합니다. 모든 에너지가 꽃으로 가도록 해야 합니다. 그 후에는 비옥한 양분이 송이에 집중되게 해야 합니다. 이때 관리가 잘못되면 일 년 농사가 헛일이 됩니다.

지금 인류의 문명이 전환기에 있다고 생각합니다. 현대 문명은 계속 가지가 뻗어 나가고 있는 것 같습니다. 중요한 것은 물질적인 성장이 계속되고, 국민소득이 3만 불, 5만 불 되는 것이 절대적인 지표가 될 수 없다는 사실입니다. 개화 시기부터 착색기까지 관리가 중요한데, 사람의 문명도 마찬가지입니다. 물질적 성장 이후에는 정신적인 성숙의 단계로 들어가야 합니다. 2014년 8월에 《한겨레》에 '성장에서 성숙으로 가는 시대'라는 제목의 글이 실렸습니다. 깜짝 놀랐습니다. 지금의 우리의 경제 발전은 앞으로 얼마나 더 진행될지 알 수 없습니다. 경제 발전과 동시에 우리의 내적·정신적 성숙이 뒤따라가야 하는데 그러기는커녕 오히려 퇴보하고 있습니다. 근간에 우리 주변에서 일어나는 일을 보세요. 큰일 났습니다. 사회가 이러다가 어떻게 될 것만 같습니다. 특히 최근에 북한과의 관계 등을 가만히 생각해 보면 아득합니다. 어디에서 희망을 찾아야 하는지 고민되고 염려됩니다.

나는 인터넷을 못해서《한겨레》를 열심히 보는데 볼수록 가슴이 답답합니다. 절실히 생각할수록 못 견딜 것 같은 상황입니다. 어떻게 살아야 하나. 현실을 똑바로 봐야 합니다. 어떻게 나 자신이 현실 속에서 견디며, 어떤 방향으로 살아야 하는가. 이 시대의 테마입니다. 오늘 내가 감히 여기에 선 것은 동학에 대해 공부한 것을 나누기 위해서입니다. 수운 선생 말씀 중에 '남의 허물 탓하지 말고 내 작은 지혜를 나눠라.'라는 말이 있습니다. 그 말씀이 오묘합니다. 오늘 내가 이 자리에 선 것은 깨달은 것을 서로 나누는 것이 소중하다고 생각했기 때문입니다.

동학 공부의 길로 들어서서

그동안 동학을 공부해 보니 너무 좋습니다. 120년 전에 엄청난 싸움이 있었으나 실패했고, 일제 식민지가 되었고, 해방된 줄 알았는데 분단되어 70년이 흘렀고, 오늘이 될지 내일이 될지 전쟁이 언제 터질지 모르는 상황입니다. 이렇게 생각하면 우리에게 희망이 과연 있을까 싶습니다. 동학을 공부해 보니 120년 전에 300만 명이 참여했다가 그중 10퍼센트인 30만 명이 희생되었다고 합니다. 거기에 어떤 의미가 있는지 나도 잘 몰랐습니다. 생각하기도 끔찍한 일이지요. 나카즈카 아키라라는 교수가 있습니다. 2003년 3월에 일본과 한국 조선의 역사에 대한 얇은 책을 샀습니다. 다 읽고 '일본 사람 중에 이런 글을 쓴 사람도 있나' 생각해 출판사를 통해 저자와 전화통화를 했습니다. 얘기하다 보니 나랑 동갑이었습니다. 그해 9월에 역사학자들 세미나가 있어 한국에 왔을 때 처음 만났습니다. 그 후로 전화와 편지를 주고받았습니다. 그분은 한평생 동학을 연구한 사람입니다. 일본 사람은 한 분야를 잡으면 무섭게 파고듭니다. 그렇게 동학을 공부하면서, 청일전쟁 때부터 일본이 잘못되었다는 역사관을 가지고 계속 책을 내고 강연을 했습니다. 가을만 되면 20명, 30명, 그러다가 지난해는 여러 계층의 일본 사람 55명을 이끌고 동학의 자취를 찾아서 왔습니다.

2009년 그 여행에 참여했습니다. 서울에 모여 경복궁에서 보은으로, 그리고 호남을 거쳐 5박 6일 동안 다녔습니다. 마지막에 우금치에 들렀습니다. 계속 동행하다가 동학농민혁명의 전적지는 전라도가 많은데, 동학사상 자체는 대구 경북이라고 했습니다. 그러니 여기(경상도)로도 와라 하니, 고개를 끄덕였습니다. 2013년에 일본 답사팀이 김천을 거쳐서 대구로 왔습니다. 2014년에는 경주와 대구를 거쳐 남원(은적암)으로 갔습니다. 모두 두 번 대구 쪽으로 와 주었습니다. 오라 했으니 안내를 해야 했습니다. 대구에 천도교 교구가 두 곳(대구시교구, 대구대덕교구) 있습니다.

2013년 2월 7일, 그중 한 곳에 안내를 부탁해서 대구에 모이는 사람들과 승합차에 타고 두 군데를 안내했습니다. 처음으로 간 곳이 종로초등학교였습니다. 교정에 400년 된 회화나무가 있습니다. 안내판에 '최제우 나무'라 씌어 있었습니다. 지금은 초등학교 운동장이 된, 그 회화나무가 서 있는 그 바로 옆에 대구감영이 있었습니다. 수운 선생께서 돌아가시기 전 3개월을 그곳에 갇혀 계셨습니다. 그때 수운 선생을 바라봤던 나무라 해서 '최제우나무'라고 명명한 것입니다. 수운 선생은 조사를 받으며 혹독하게 맞아서 허벅지 뼈가 부러졌다는 기록이 있습니다. 수운 선생은 1864년 음력 3월 10일 처형되었습니다. 그런데 현재 돌아가신 자리에 아무 표지도 없습니다. 400년 된 나무에는 표시가 있지만 돌아가신 자리에는 표시가 없습니다.

일본 사람들을 안내하기 위해 나도 이제사 여기를 찾았다고 솔직하게 말했습니다. 그때부터 '수운 선생 돌아가신 자리를 대구 시민들이 모르고 있는가…. 순도비를 세워야겠다' 생각했습니다. 이상하게 한날한시에 듣도 보도 못한 두 사람이 천도교 교구를 찾아왔습니다. 대구민족문제연구소에 계시는 분과 장준하 선생 진상규명위원회 활동을 하시는 분이었습니다. 그 두 사람을 천도교 교구에서 같이 만났습니다. 신기하다고 안 할 수가 없는 일이었습니다.

2013년부터 2015년까지 수운 선생 순도비를 건립하기 위한 특별위원회를 만들어서 활동했고, '현대백화점 앞에 시유지가 있으니 세우시오.'라는 답변을 받았습니다. 문구를 어떻게 넣을지에 관해 협의를 했습니다. '동학 창도주 수운 최제우 순도비'라고 넣으려 했지만, 천도교단과 대구시 관계 부서 사이에 최종적으로 이야기가 잘 안 되어 아직도 세우지 못하고 있습니다. 그 모습을 보면서 수운 선생이 어떤 마음으로 동학을 하다가 마흔한 살에 참수당해 돌아가셨는지 조금이라도 더 알아야겠다는 생각이 들었습니다. 작년 9월부터 동학 공부를 체계적으로 해 보자는 생각을 했습니다. 뜻 맞는 분들이 앞장을 서 주셔서, 제일 먼저 김용휘 교수를 초청해 1차 강의를 했고, 다음에 고은광순 씨, 김경재 교수, 최근에 이이화 선생까지 모셨습니다. 강사료는 차비밖에 못 드리지만 그래도 강좌를 하고 있습니다. 한 40명이 모여서 공부합니다. 대구가 여러 가지로 복잡한 상황에 있습니다. '대구 산다', '경북에 산다'는 소리를 하기가 부끄러울 정도입니다. 지금 대구에서 뭔가 꿈틀거리기 시작했습니다. 그동안 동학 공부를 계속하면, 순도비 문제도, 남남갈등도 해소할 수 있겠다는 생각이 들었습니다.

2004년에 국회에서 동학농민혁명 참여자들의 명예회복이 이루어졌습니다. 동학농민혁명은 세계에 자랑할 만한 소중한 혁명이었습니다. 그것을 후손들에게 홍보하고 교육하고 시설을 갖출 것은 갖추어야 합니다. 영남 지역에서는 제대로 되지 않고 있습니다. 지난 4월, 구미에서 동학 세미나가 있었습니다. 5월에는 김천에서 열릴 예정입니다. 이런 걸 통해서 영남 지역에서도 동학농민혁명이 있었다는 것을 많은 사람들이 알게 될 것입니다. 지역 각 학교, 공무원, 시민들이 자기 고장에 무슨 일이 있었는지 깊이 생각하는 계기가 되면 좋겠습니다.

그것이 산 역사 공부가 되어야 하고, 조상이 흘린 피가 오늘날 나에게 이어지고 있다는 것을 알아야 합니다. 우리는 여러 가지 어려움이 한꺼번에 겹쳐 쑥대밭이 된 상황 속에서도, '급할수록 돌아가라' 라는 말과 '나 자신부터 돌아보자'라는 말을 기억해야 합니다. 나 한 사람이 똑바로 섬으로써 모두가 바로 설 수 있습니다. 이런 말이 있습니다. "사각형의 네 귀퉁이를 한 번에 90도로 맞추려고 하지 마라. 한 각만 90도로 바로

잡으면 나머지는 저절로 선다."

동학의 지혜와 진리를 다시 생각하다

『동경대전』 가운데 놀라운 말씀이 많지만, 「전팔절」 맨 앞에 '진리(밝음, 明)를 멀리서 구하지 말고, 나부터 닦으라.'는 말이 있습니다. 그런가 하면 '시천주조화정 영세불망만사지' 이 열세 자는 동학·천도교의 핵심적인 슬로건입니다. '시천주' 하느님 모시기를 어떻게 하는가, 수운 선생은 하느님[天]을 '부모님처럼 모시라' 했습니다. 사실 나는 30년 동안 보수적인 기독교 교단에 소속된 교회에 열심히 다녔습니다. 내가 성경에서 제일 좋아하는 말씀은 「요한복음」 14장의 '내가 길이요 진리요 생명이다', '아버지는 내 안에 있고 나는 아버지 안에 있다'라는 말씀과 15장의 '나는 포도나무요 너희는 가지라'라는 말씀입니다. 예수는 포도나무인데 우리는 가지입니다. 거기서는 가지가 잘 붙어서 자라야 합니다. 거기에 하느님은 따로 나와 있습니다. '내 아버지는 농부라.' 주기도문에 '하늘에 계신 아버지, 아버지의 뜻이 하늘에서 이룬 것처럼 땅에서도 이루어지이다'라고 했습니다. 아버지가 하늘에 계시고 나는 땅에 있습니다.

예수님에게 질문하고 싶습니다. 아버지는 어디에 계신가? 아버지는 내 안에 있는데 왜 하늘에 있다고 하는가? 수운 선생이 '시천주'를 설명하면서 부모처럼 모시라 한 것이 너무 자연스럽고 이해하기 쉽습니다. '천지는 부모요 부모는 천지이니 천지부모가 일체니라'라고 했습니다. 저는 이 대목이 동학·천도교의 창세기라고 생각합니다. 여기서부터 출발합니다. 자연스럽고 이해하기 쉽습니다. 느낌이 그렇습니다. 앞으로는 어떤 종교든 서로 이해하고, 용어가 다르더라도 같은 원리를 말하고 있다는 사실을 인정해야 합니다. 프란치스코 교황이 '무신론자여도 좋다, 양심의 법에 따라 살면 된다'라고 했습니다. 굉장한 말씀입니다. 그런 시대에 들어가고 있습니다.

동학의 정신으로 통일을 전망하다

이제 곧 3·1운동 100주년이 됩니다. 우리는 지난 100년 동안 여러 가지 고비를 겪었습니다. 이제 다시 정신을 가다듬어야 합니다. 호랑이 굴에 들어가도 정신만 차리면 된다는 말대로, 3·1운동의 정신으로 돌아가 우리 민족이 하나가 되어야 합니다. 종교가 서로를 용납해야 합니다.

2004년 3월 1일 보수 교단에서 수만 명이 모여 미군 철수 반대를 외쳤습니다. 3·1운동 기념일에 어떻게 그럴 수가 있는지, 가슴이 답답했습니다. 공부를 해 보니까 3·1운동은 제2의 동학운동입니다. 실패했지만 그 운동이 없었다면 얼굴을 들고 다닐 수 있겠습니까? 120년 전 동학을 어떻게 평가해야 할까요? 어떤 분은 프랑스혁명에 못지않은 혁명이라고 이야기합니다. 3·1운동을 계기로 1919년 북경대학에서 중국의 5·4운동이 일어났습니다. 한국 3·1운동의 영향을 받았다고 생각합니다. 비폭력운동 하면 말하는 간디는 해방 후 인도의 독립을 이루었지만, 1919년 당시 인도는 3·1운동으로부터 큰 영감을 받았습니다. 노벨상을 받은 시인 타고르는 동방의 등불을 노래했습니다. 비폭력운동의 시작이 과연 간디인지 누군가 확실히 연구를 하면 좋겠습니다. 3·1운동 당시 엄청난 사람들이 동시에 일어나서 비폭력적으로 싸운 겁니다.

동아시아의 지평에서 동학을 생각한다

나카즈카 아키라는 동학을 한평생 연구한 교수입니다. 한국을 10년 동안 매년 계속해서 내방했습니다. 지난해 가을 익산에 있는 원광대에서 '한일 시민 교류회'를 했는데, 10년 동안 교류하면서 이룬 성과를 바탕으로, 앞으로 한일 시민이 모든 분야에서 진정한 협력 관계가 되었으면 좋겠다고 했습니다. 그분과 함께하는 분 중에 10년 동안 기행에 한 번도 안 빠진 여자분이 있습니다. 그녀는 80이 넘은 노인네입니다. 적잖은 돈이 들었을 겁니다. 8년째 되던 해에 물었습니다. "무엇 때문에 계속해서 오는가?" 대답이 "올 때마다 새로 배웁니다."였습니다. 할 말이 없었습니다. 자기가 일본에서 일조협회 조직에 있는데, 50년간 일본에 있는 한국 교포를 위해 활동했다고 합니다. 그런데 여기 와서 비로소 일본 군인이 살인하고 방화한 것을 알았다면서 남은 생애 동안 그 진실을 일본 사람들에게 전하겠다고 했습니다. 마지막에 '(한일시민교류회는) 작은 그러나 큰 학습 운동이다.'라고 써 놨습니다. 그 글을《개벽신문》에 소개한 바 있습니다(《개벽신문》제50호, 28쪽 참고).

한일 관계가 지금 어떻게 되어 있는가. '아베'는 일본에서도 반대가 많은 인물입니다. 그런데 우리나라 상황이 '아베'를 닮아 가는 것 같습니다. 일본 사람도 여러 층이 있겠지만, 일본도 바로 서고 한국도 바로 서기 위해 나카즈카 교수 같은 분이 필요합니다. 그분이 한일 시민 교류회를 시작하게 된 계기에 대해 얘기를 하겠습니다. 1995년 7월 국립대인 북해도대학 지하실 상자에서 해골이 6개 나왔습니다. 그중 하나에 붓글씨로 '진도 동학 괴수'라고 씌어 있었습니다. 일본 내에서도 충격이었습니다. 국립대학교에 왜 남의 나라 인물의 해골이 있는가? 그 사건을 접하고 운명이라 생각하여 박맹수 교수가 북해도대학에 유학을 갔습니다. 일본 정부의 연구비를 받아 4년간 연구를 했습니다. 일본의 방위청 도서관까지 뒤지면서 연구를 했습니다. 그 과정에서 그때 종군했던 어떤 일본군 병사의 종군일기도 발굴했습니다. 처음 어떻게 소집됐는지부터, 한국에 상륙해서 3개 방면으로 나뉘어 한반도 남쪽을 훑어 내려가면서, 마지막 진도에 이르는 과정에서 동학농민군을 대살육 했다는 내용이 들어 있었습니다. 찔러 죽이고, 목 베어 죽이고, 불태워 죽이는 그 상황이 자세히 기록되어 있었습니다. 그 덕분에 우리나라에서 구전되어 오던 당시의 역사적 상황이 실증되기에 이르렀습니다. 여러분 어떻습니까?

한일교류회가 나주초등학교에서 간단한 위령제를 지냈습니다. 그 후에 그 책이 나왔습니다. 나주초등학교 앞 솔밭에서 동학농민군 400여 명을 불태웠다는 것을 알았습니다. 열흘 동안 엄청난 냄새가 나고 끔찍한 일들이 벌어졌다는 기록이 있습니다. 우리나라에는 그런 기록이 없습니다. 일본 병사의 종군일기에는 얼마나 참혹하게 죽었는지 드러나 있습니다. 그런 것을 우리는 너무 몰랐습니다. 다음 해에 일본인들과 위령제를 지냈습니다. 교정에서 놀고 있는 아이들 중에 학살된 동학군의 후손이 있을 수도 있다는 생각이 들었습니다. 역사의 기록을 통해 우리가 무엇을 어떻게 생각해야 하는가, 바로 이 점이 중요합니다.

동학과 우리의 삶을 생각한다

우리가 산다는 것은 무엇인가? 우선 먹고살아야 합니다. 가족도 살리고 나도 살아야 합니다. 그러나 그것만이 전부가 아닙니다. 무엇인가 사람으로서 최소한의 지킬 것은 지켜야 합니다. 경제성장에 세뇌되어서 어쨌거나 살아야 한다는 분위기가 팽배한 것이 지금의 현실입니다. 여기(강연회장, 서울 시민청) 들어오면서 몇 분이나 올지, 어떻게 받아들일지 생각했습니다. 문제는 최소한의 인간답기 위한 삶의 모습이 무엇인가, 동학은 무엇을 가르치나, 그것을 살펴보라는 것입니다. 동학이라고 하면, 덮어놓고 저항해서 싸워라, 나도 그런 건 줄 알았습니다.

방방곡곡행행진 수수산산개개지(方方谷谷行行盡 水水山山箇箇知)

"방방곡곡 돌아보니 물마다 산마다 낱낱이 알겠더라." 『동경대전』 중 이 시가 참 좋습니다. 일본 사람들에게 소개하면 고개를 끄덕입니다. 글로컬리제이션(세계화+지역화)의 원리가 담겨 있습니다. "차 타지 말고 걸어라. 내 지역의 산과 물에 어떤 식물이 자라고, 우리 조상들은 어떻게 살았는지를 보라."라고 하는 말씀입니다. 역사를 알아야겠습니다. 오늘날 어떤 의미가 있는지를 생각해야 합니다. 일본 사람이나 중국 사람이 여기 와서 무엇을 찾겠습니까? 앞으로 중요한 자원 중 하나가 바로 역사가 될 것입니다. 한국에 가면 새로운 볼 만한 것이 있다는 인식을 심어 주어야 합니다. 청일전쟁 때 참여했던 중국 사람이 죽었는데 송환 이야기가 들립니다. 중국과 한국이 역사적으로 밀접하게 연결되어 있다는 것을 알아야 합니다. 역사적으로 어떤 고비를 겪으며 살았는지, 백화점에서 쇼핑하는 것에만 신경 쓰지 말고 그런 것으로 중국 사람들과 소통하고 교감해야 합니다.

송송백백청청립 지지엽엽만만절(松松栢栢靑靑立 枝枝葉葉萬萬節)

앞 구절은 "소나무는 소나무대로 잣나무는 잣나무대로 푸르게 푸르게 서고"라는 뜻입니다. 한국 사람은 한국 사람대로. 김치도 좋고 막걸리도 좋은데, 정말 멋진 개혁을 할 뻔했습니다. 3·1운동으로 엄청난 희생을 치렀지만 우리는 이런 운동을 했습니다. 그다음 더 중요한 것은 "가지가지 잎새마다 마디마디 얽혔네"입니다. '만만절'의 절은 절개를 지킨다는 말입니다. 명절입니다. 마디입니다. 수많은 가지와 잎이 마디마디 얽혀 있습니다. 다시 말해 각자가 자신의 독창성을 살리되 서로 깊이 연대하라는 말입니다. 나라와 나라 사이에도 통하는 이야기입니다. 말하자면 일본의 좋은 문화는 살리고 연대하라, 하는 게 됩니다. 그것만 해도 소위 글로컬리제이션 시대에 좋은 교훈입니다.

노학생자포천하 비래비거모앙극(老鶴生子布天下 飛來飛去慕仰極)

"늙은 학이 새끼를 쳐서 천하에 퍼뜨리니 이리저리 날면서 노래하네."입니다. 함석헌 선생의 『씨을의 소리』를 읽었습니다. 『뜻으로 본 한국 역사』도 열심히 봤습니다. 알쏭달쏭 잘 안 풀립니다. 왜 한국은 계속 어려움을 당하는가? 한마디로 자존심을 버렸기 때문입니다. 나를 버렸기 때문에 종살이를 한 것입니다. '나를 찾는 것이 하느님을 찾는 것이다.'라는 말이 이해가 잘 안 되었습니다. 이제 비로소 내 안의 '시천주 조화정' 진정한 내가 있다는 사실을 알게 되었고, 그것이 하느님이라는 걸 알았습니다. 내 안의 하느님과 밖의 하느님이 둘이 아닙니다.

우리나라가 수천 년의 역사를 가진 민족인데 왜 이렇게 되었는가? 이 나라가 완전히 없어질 위기입니다. 이 위기를 넘길 길이 무엇인가? '늙은 학이 새끼를 쳐서 이리저리 날면서 노래하네.' 마지막 문구가 기가 막힙니다.

기독교에 '주를 앙모하는 자'라는 노래가 있습니다. 먼저 우러러봅니다. 그런데 이 시에서는 하느님을 사모하는 마음이 앞서는 겁니다. 내 어머니, 애인을 사랑하듯이 우러르고 극진히 하는 것입니다. 모든 문제가 나에게 있다. 여기서부터 출발했을 때 비로소 하나하나 정리가 되어 갑니다.

수운 선생 시에 또 '춘풍취거야 만목일시지(春風吹去夜 萬木一時知)'라는 구절이 있습니다. "봄바람이 밤새 분 다음 날 숲속 나무들이 다 일시에 알았다, 봄이 온 것을."이라는 뜻입니다. 그다음이 절창입니다. '일일일화개 이일이화개 삼백육십일 삼백육십개(一日一花開 二日二花開 三百六十日 三百六十開)'. "하루에 한 송이 꽃이 핀다, 이틀에 두 송이 꽃이 핀다, 360일에 360개 꽃이 핀다."는 말입니다. 누군가는 동학 하니 싸울 일이 없다고 합니다. 상대를 내 몸같이 이해합니다. 상대를 바로 그 사람의 입장에서 이해해야 합니다. 국가나 공동체 문제라면 어렵겠지만, 그것(내 몸)이야말로 누구도 뺏거나 막을 수 없는 개혁운동입니다. 남 탓하지 말라는 겁니다. 한 사람 한 사람이 실천해 나가야 할 덕목입니다. '시천주'는 내유신령(內有神靈)하고 외유기화(外有氣化)하며 일세지인 각지불이(一世之人 各知不移者也)입니다. 모든 사람이 왔다 갔다 하지 않는다는 말입니다.

내일이 4월 5일입니다. 1860년 4월 5일은 수운 최제우 선생이 하느님의 계시를 받아 도를 통한 날입니다. 우리 한 사람 한 사람이 어떻게 인연을 맺는지 생각하며 한 분 한 분이 하늘의 정기를 받으시기 바랍니다.

아침에 일어나면 동쪽을 향해 세 번 절합니다. 내 방에는 수운과 해월 선생 사진이 있습니다. 밤에 잘 때는 한 번 절하며 '스승님 감사합니다.' 합니다. 천도교 중앙대교당에 남아 있는 수운 선생의 필적(龜)을 핸드폰에 담아 두었습니다. 옛날에 돌아가신 분이 아닙니다. 우리는 하나입니다. 서로를 살립니다. 이것이 앞으로 우리와 세계를 살리는 사상이 될 것이라 봅니다.

구순의 동학 열정가, 김성순 선생과 이야기 나누다[*]

"내 나이가 곧 구십인데, 이 나이가 되고 보니, 꼭 할 이야기들이 있어요. 내가 몇 사람 불렀는데 기자님이 여기 김천에 와서 그 이야기들을 좀 정리해 주었으면 해요."

나는 1929년 의성군 단밀면에서 태어났는데 아버님은 34년여를 초등학교 교사로 근무하셨습니다. 내가 대구사범학교 3학년 때 8·15해방을 맞이하였습니다. 10·1 사건 등으로 혼란한 가운데 1949년 6월 26일 김구 선생이 안두희의 총탄에 돌아가신 후 8월 13일 나는 단독정부 반대 전단 사건으로 구속되어 대구형무소 미결감에서 6·25를 맞이하였습니다. 재소자 8,100명 중 3,700명이 가창·경산 코발트 광산 등지에서 학살되는 가운데 나는 생존하였고 그 후 공군과 육군에서 7년여의 사병 생활 끝에 1958년 1월 나이 서른이 되어 제대하였지요.

천신만고 끝에 4년생 포도 조수익으로 30만 원, 쌀 100가마 수입을 얻을 수 있게 되어 가족의 식량을 해결하고 허공을 헤매던 두 발이 대지를

---

[*] 《개벽신문》 78호(2018.9·10.1) 이 글은 지난 8월 31일, 김천의 김성순 선생의 초대로 조성환(원광대), 배종렬(무안), 고희림(성주), 이미애(한울연대), 박길수(《개벽신문》 주간) 등 몇몇 사람들이 모인 가운데 나눈 이야기 중 김성순 님의 이야기를 정리한 글이다.

112 | 황악산 거북이의 꿈

밝게 됨을 느꼈습니다. 그동안 유신체제하에서 『씨울의 소리』를 읽고 크리스찬아카데미(농촌 9기)를 거쳐 농민운동에 참여하게 되었지요. 그러다 함평 고구마 사건으로 단식도 하고, 영양 오원춘 사건으로 20일간 구류당한 적도 있습니다. 이후 정농회 유기농업과 생명평화운동을 함께 해 오다가 2007년 6월 2일 해월 선생 추모식에 참석한 것을 계기로 동학을 접하며 '인류는 한 그루 큰 나무가 아닌가' 생각하게 되었습니다.

「탄도유심급」 가운데 '남의 작은 허물을 내 마음에 논하지 말고 나의 작은 지혜를 이웃에 베풀라.'라는 말씀이 요즘 되풀이하여 생각하는 교훈입니다. 누구든지 그 시대의 상황 속에 살아가면서 생각이 형성되는데, 지금 우리에게 꼭 필요한 부분을 집중해서 받아들이는 자세가 필요하다고 봅니다. 의암 선생의 말씀 중에 불교나 성리학적인 요소들이 있는 줄 압니다만 「성령출세설」 가운데 다음 대목이 핵심이라고 봅니다.

> "① 우주는 원래 영의 표현이다. 형상이 있는 것과 없는 것은 영의 적극적 표현과 소극적 표현이라는 점에서 다를 뿐 수레의 두 바퀴와 같다. ② 사람의 성령은 이 우주의 영성을 타고난 것이며 선조 대대의 영성이 이 세상의 사회적 정신이 되었고 진화한다. ③ 조상의 정령(정신과 영혼)은 자손의 정령과 융합하여 영원히 세상에 나타나서 활동한다."

해월 선생의 「향아설위」를 구체적으로 발전시킨 이 말씀은 오늘날 물질문명의 중압에서 탈출하는 영성의 폭발, 촛불혁명의 근본 원리를 해명하는 것이 아닌가 생각합니다.

내 마음 기둥이 굳건해야 도의 맛을 안다. 固我心柱 乃知道味

「탄도유심급」 첫머리에 나오는 말입니다. 원효 스님이 도를 통한 후 노래를 부르며 거리를 돌아다녔는데, '누가 나에게 자루 빠진 도끼를 빌려주겠는가? 하늘을 떠받치는 기둥을 내가 다듬어 보겠는데….' 했다는데 우리는 과연 얼마나 천막을 받치는 기둥처럼 하늘을 의식하고 생활하고 있습니까? 윤동주 시인은 '죽는 날까지 하늘을 우러러 한 점 부끄럼이 없기를' 다짐했습니다.

올해 8월 한 달 동안 폭염 속에서 마치 도마 위의 물고기처럼 89세 늙음의 무게를 체험하며 그의 〈서시〉를 되풀이해 읊었습니다. GNP 3만 불 시대에 사는 우리의 실상을 살펴볼 때 하늘과 자연과의 깊은 호흡은 거의 단절되고 진정으로 믿고 의지하는 인간관계가 어떤 것인지 알지 못한 채 습관적으로 살고 있는 것이 아닌가 싶습니다.

「요한복음」 14장에 '내가 길이요, 진리요, 생명이다'라는 말이 나오는데 제자들이 "아버지를 한 번만 보여 주십시오."라고 합니다. 그러자 예수님은 "아버지는 내 안에 있고, 나는 아버지 안에 있다"라고 답하셨는데 제자들이 이 말의 뜻을 깨닫지 못했고 며칠이 지났는지 모르나 예수님이 "내가 참포도나무요, 너희는 가지다. 가지가 나무에 붙어 있어야 좋은 열매를 맺는다"(「요한복음」 15장)라는 유명한 말씀을 하셨는데, 이때 "내 아버지는 그 농부다."라는 말을 덧붙였습니다. 나는 신학을 배운 바 없는 일개 농사꾼이지만 예수님이 오신다면 참포도나무와 농부를 왜 분리시켰는지 질문하고 싶습니다.

한참 전 일본의 선철학자 스즈키 다이세쓰(鈴木大拙, 1870-1966)란 사람이, "『구약성경』「창세기」에 '하느님이 천지를 창조하시고 그 지으신 모든 것을 보시니 심히 좋았더라'라고 하였는데, 그것을 본 것은 누구냐?' 하고 물었습니다.

수천 년 전, 우리 민족의 고전 『천부경』을 읽고 『참전계경』을 펼쳐 보는데, "하성(下誠)은 의천(疑天)하고 중성(中誠)은 신천(信天)하고 대성(大誠)은 시천(恃天)한다."라는 글이 나옵니다.

그간 시골 교회 장로가 되어 30년간 교회에 다녔는데, 때때로 의심하고, 잘해야 '믿어야지' 다짐하는 나 자신의 모습이 떠올랐습니다. 그리고 여기 시천(恃天)은 하늘을 믿고 의지한다는 것인데 동학의 시천(侍天)은 하느님을 부모님과 같이 내가 모시는 것입니다. 이 설명이 너무나도 자연스럽게 다가왔습니다.

'멀리 구하지 말고 나를 닦으라.'

'하늘은 사람에 의지하고, 사람은 먹는 데 의지하니 만사를 안다는 것은 밥 한 그릇을 먹는 이치를 아는 데 있다.'

- 해월 최시형

나는 4·19가 나던 '1960년 봄 하천부지 모래땅에 켐벨어리 묘목 400여 주를 심고 오늘까지 58년간 포도 농사를 지어 왔습니다. 1980년 한국포도회를 창립하여, 일본 포도 농가와 교류하면서 새로운 품종과 재배 기술을 도입하고, 지금은 주산지마다 영농조합을 만들어 지방자치단체와 협력하여 해외 수출의 경험을 쌓아 가고 있습니다. 그 과정에서 거봉 품종은 화진현상이 심하여 안정된 생산이 어려웠는데, 영양주기이론을 공부하여 오랜 실험을 한 끝에 안정적인 재배가 가능해졌습니다.

요약하면, 성장에서 성숙기로 전환되는 교대기의 관리가 성공의 관건이며 후기에는 모든 영양소가 성숙(과실)에 집중되어야 합니다. 사람의 경우도 포도와 같습니다. 청년기까지에 몸의 성장이 이루어지고 그 후는 정신적으로 철이 들어야 사회인으로 책임 있는 존재가 될 수 있습니다.

인류의 문명 발달에서도 산업혁명 이후 자본주의 물질문명이 고도로 발달한 현재, 빈부격차·약육강식 같은 소위 기울어진 운동장 문제를 근본적으로 바로잡아야 합니다. 물질이 개벽되니 정신이 개벽되어야 한다.(원불교) 안으로 신령하고(敬天), 자연과 하나되고(敬地), 모두 각자 한 그루 나무가 되자(敬人)고 말하고 싶습니다. 이것이 인류 문명의 목표입니다

김천 YMCA 봉계아동센터 어린이들의 아동극 '너와 나 아닌 우리'를 소개합니다. 인류의 문명 그리고 미래의 동학이 꿈꾸는 모습을 그려 봅니다. 토끼와 거북이가 경주를 하는데 냇물을 만난 토끼가 울고 있는 것

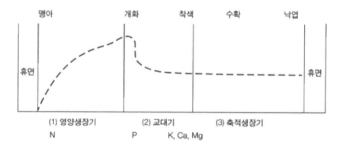

1. 봄에 순이 터서 5월 하순경 개화기까지(영양생장기) 신초가 왕성하게 신장해야 하나, 2. 개화기부터는 영양소가 꽃으로 집중되어야 수정이 잘 된다.(교대기) 3. 착색기 이후 모든 잎에서 만든 탄수화물(C)이 송이로 집중되게 관리해야 좋은 포도 생산이 가능하다.(축적생장기)

을 보고 거북이가 등에 태우고 건너갑니다. 건너가서는 반대로 토끼가 거북이를 등에 태우고 갑니다. 그리고 마지막에 〈동학 아리랑〉을 함께 부릅니다.

아리랑 아리랑 아라리요, 아리랑 고개를 넘어간다.
방방곡곡 걷고 걸어 내 고향 산천을 살펴보자.
(후렴)

소나무 잣나무 저마다 푸르고 수많은 잎과 가지 만만 마디라.
(후렴)

늙은 학 새끼 쳐서 천하에 펼치니 이리저리 날면서 모앙하네.
(후렴)

황악산
거북이의
꿈

II

동학 수행자의 여행

동학 한일 교류(1)*

한 권의 책

인생은 짧고 역사는 길다.

2003년 봄, 교보문고에서 구입한 책 한 권이 내 인생의 말년을 크게 흔들고 있다. 나카즈카 아키라(中塚 明) 교수가 쓴 『이 정도는 알아야 한다 —일본과 한국 조선의 역사』를 일독한 다음 출판사를 통해서 그와 전화 통화하고, 2003년 9월 역사 세미나 참석차 한국에 왔을 때 코리아나호텔에서 처음 만났다. 그는 나와는 1929년생 동갑내기로 작은 키에 온화한 인상이었다. 나라(奈良)여자대학 명예교수로서 일본 근현대사를 집중 연구하는 중이었다. 후쿠시마 현립도서관에서 청일전쟁 육군참모본부 전사(戰史) 초안을 발굴하여 1894년 7월 23일 경복궁 점령 사건의 진상을 밝혔다. 국적의 울타리를 넘어 진실을 추구하며 짓밟히는 민중에 대해 따뜻한 인간애를 가지고 있음이 느껴졌고 특히 제17장 「조선전쟁과 일본」은 놀라운 내용이었다. '미국은 전쟁이 시작되기 약 1년 전에 서울에 KLO(한국연락사무소)라는 정보기관을 만들어 북한에 스파이망을 펴고, 세밀하게 그 동향을 입수하고 있었으며 맥아더 총사령관은 북한의

* 《개벽신문》 제9호(2012.4.1)

움직임을 잘 알고 있으면서 모른 체하고 북한군의 남하를 묵인했던 것이다.'(170쪽)

1990년대가 되어 미군이 압수한 북한의 문서와 미군의 정보 등 극비 문서로 지금은 정보 공개된 자료를 2년 반에 걸쳐 조사한 하기와라 료(萩原 遼) 씨는 전쟁 초기부터 제기된 이러한 의문이 사실이었음을 밝혔다는 것이다. (『조선전쟁-김일성과 맥아더의 음모』, 문예춘추사, 1993)

일어판 하기와라 료 씨의 책을 구하여 읽어 보니 1950년 3월에 인민군 대대장 전체 회의에서 김일성이 연설한 내용까지 파악되어 있었고, 강대국 국제정치의 실상을 깨닫고 지금도 계속되고 있는 현실에 절망감도 느꼈으나, 우물 안 개구리에서 벗어나 역사의 진실을 한 사람이라도 알아야 한다는 생각으로 나카즈카 씨의 번역본을 50권씩 몇 차례 구입하여 주변에 권하였다. (『일본인이 본 한국과 일본의 역사』, 소화출판사)

그는 부자유한 노구를 이끌고 2006년 가을부터 매년 '동학농민혁명 전적지 탐방' 여행단을 안내하였으며 6차에 걸쳐 다녀간 사람 중 45명과 한국 측 15명이 지난 2월 25일 교토에서 교류회를 가졌다. 우리 측은 전북·경남 한살림 대표와 유기농가, 교사, 공무원이었으며 정농회에서 만났던 김종북 씨는 부자(父子)가 함께 참여하였는데 사진기자 노릇을 하였다. 나는 80이 넘은 몸으로 힘든 과정이었으나 일제강점기에 배운 일본어가 소통하는 데 조금은 도움이 되었을까? 앞으로 영어는 기본이고 중국어와 일본어도 힘써 익혀서 서로의 문화와 역사를 이해하고 그 바탕에서 교류해야 한다. 우리가 연출하는 역사 드라마 '한국 근현대사'의 의미는 무엇이며, 나는 무슨 역할을 하고 있는가?

상생 화해를 위한 공공(公共)철학

2월 24일 오전 간사이공항에 도착하여 오사카역 근처에서 간단한 도시락으로 점심을 먹고, 교토 포럼을 찾아갔다.

김태창 박사는 2009년 9월 15일 서울역사박물관에서의 동학 세미나 이후 두어 차례 뵈었고 작년 4월 경주 세미나 자료집에 있는 한 구절은 수첩에 적고 수시로 읽는다.

> "한사상을 한민족만의 사상에서 동아시아 공통의 보물로 만들고 나아가 세계가 공유하는 철학적 공공재(公共財)로 승화시키고자 한다."

그는 일본에 온 지 20년이 되었는데, 도쿄대 사사키 총장의 도움으로 전국의 대학과 CEO들을 대상으로 강연을 하다가 야자키 씨를 만나 공공철학 공동연구소를 꾸려 매월 공공철학 토론을 전개하고 있다. 〈겨울연가〉 드라마로 인해서 한류 바람이 불기 시작해서 3년 전부터 한국 사상에 대한 관심이 고조되어 동학 등의 주제에 대해 집중 세미나를 계속해 왔으며 금년부터 『조선왕조실록』을 연구할 계획이라 한다.

김 박사는 한학을 하신 조부님, 일본에서 기업인으로 성공한 아버지와 독실한 기독교 신앙을 지닌 어머니 이렇게 다른 세 문화가 혼재한 가운데서 성장하여 세계 50여 개 나라를 방문한 끝에 마침내 일본을 발판으로 중국을 징검다리 삼아 무한히 크고 무한히 밝은 한사상을 세계에 펼칠 것이라 한다.

벽에 걸린 액자 '수복(樹福)'을 설명하신다. 한 맺힌 어두운 이야기보다는 밝고 희망찬 말로 행복의 나무 심기를 제창하며 함께하는 분들에게 "一年之計「樹穀」十年之計「樹木」百年之計「樹人」萬世之志「樹福」(일년지계「수곡」십년지계「수목」백년지계「수인」만세지지「수복」)"이라고 문구가 새겨진 명함을 주었다.

올해 78세, 하루 세 시간만 잔다고

『상생과 화해를 위한 공공철학』이라는 책을 선물로 주셔서 돌아와 며칠 사이에 일독하니 21세기에 들어서서 중국 각 대학에서 강의, 토론한 내용이다.

함께 일하는 야자키 씨는 양지(良知) 철학의 바탕에서 오늘날 인터넷 판매의 길을 개척한 기업인이었으며 공생(共生) 공복(共福)을 추구하면서 1989년 교토 포럼을 만들어 경제적 뒷받침을 담당하고 현재 휘리시모사의 명예회장이다. 그는 대화의 마지막에 도자기 한 점을 가져와서 바쇼(芭蕉)의 시를 소개했다.

문어단지여 덧없는 꿈을 여름의 달 たこつぼや 果かなき 夢を 夏の月

문어가 단지 속에 안주하고 있으면 죽는다. 돈이나 명예 권세나 무엇이든 집착하지 말고 탈출해야 한다는 것이다. 교토 포럼은 3일간, 점심도 도시락으로 때우면서 진지한 토론을 하는데 그때마다 탁자 위에 이 문어단지 도자기를 세워 놓는다 했다.

과연 일본 사람들은 한 사람마다 자기 전문 분야(문어단지)에 깊이 있게 집중하는데 수평으로의 관심은 좀 부족하다. 반면 우리는 허장성세하여 자기 것을 파고 들어가는 집념이 너무나 부족하다. 우리도 저마다 문어단지를 하나씩 가져야지 하며 나중에 몇 사람이 함께 웃었다. 교토하우스에서 3일 밤을 잤는데 1인당 3천 엔이라는 파격적인 숙박비에 교포의 정을 느끼고 감사했다.

지지엽엽만만절(枝枝葉葉万万節)

2월 25일 부슬비가 내렸다. 오전에 리쓰메이칸(立命館)대학에 갔다. 코리아연구센터를 찾아가니 가쓰무라 마코토(勝村 誠) 씨가 우리말로 맞이했다. 유신체제하에서 극한투쟁을 전개한 서승 선생은 만나지 못하고, 이와나미 신서 등 책 몇 권을 받았다. 4형제 중 막내 서경식 씨의 글은 《한겨레》에 실리는 대로 열심히 읽고 있었다. 돌아와서 읽은 「옥중 19년」 가운데 1972년 11월 서울고등법원에서의 최후진술 중 몇 구절이 가슴에 다가왔다.

적극적 민족의식이란 ① 자기 나라의 문화, 역사, 전통, 언어 그 외 모든 것을 깊이 이해하고 인식하며 그것을 사랑하고 자랑스럽게 여기는 것이며 ② 그리고 실제로 풍족한 통일된 세계에 자랑할 수 있는 조국을 가지는 것이며 ③ 전 민족적 일체감을 더욱더 확고히 하고 유대를 강화하는 것이다. 이렇게 세 가지 조건을 내용으로 하여 적극적 민족주의는 성립한다고 나는 생각한다.

0.9×3평방미터의 독방에서 보낸 19년의 시간과 이 글의 무게를 생각해 본다. 교토역 앞 신한큐호텔에서 오후 1시부터 4시까지 '한일 우호 평화의 모임'이 진행되었다. 집을 떠나기 전날 밤 서투른 붓으로 적은 헌시(獻詩)가 전면에 게시되어 있어 놀랐다.

> 생명의 나무 푸르게 푸르게 서고
> 언덕 위의 무지개* 일곱 색깔로 빛나네
> 다문화 공생의 노래 어린이들의 무리
> 산과 내 바다를 건너 울려 온다

60여 명의 참가자는 7~8명씩 지정된 테이블에 앉았고 오오니시(大西秀尙) 씨의 사회로 진행되었다. 그는 원불교대학원 박사과정에 있었으며 한국어도 잘했다. 나카즈카 선생은 인사말에서 "일본 사람들은 동학농민혁명에 대해서 거의 아무것도 모르고 있다. 나는 죽을 때까지 동학 전적지 여행을 계속할 것이다."라고 하였다. 이어서 6차에 걸친 동학여행을 열정을 갖고 안내했으며 지난해 8월부터 이곳 교토대학에서 객원교수로 있는 박맹수 교수의 강연이 이어졌다.

박 교수는 1997년 홋카이도대학에서 동학을 연구하면서 나카즈카 선생과 운명적으로 만났다. 그 무렵 절망 속에서 헤매고 있을 때 찾아온 최대의 행운은 한살림 운동의 제안자인 장일순 선생과 만난 일이었다.

---

* NHK에서 2009년부터 대대적으로 방영된 시바료타로(司馬遼太郎) 원작 〈언덕 위의 구름〉을 빗댄 것이며, 이 드라마는 러일전쟁을 무대로 일본의 근대화를 미화한 내용이다.

내유천지 외무소구(內有天地 外無所求), 네 안에 천지가 있으니 밖에서 무엇인가 구하려고 하지 말라는 글과 함께 난초 한 점을 쳐 주시면서 '자신의 꿈 99퍼센트가 실패하여도 1퍼센트 속에 희망과 가능성이 남아 있다면 바로 거기에 로망(희망)을 느끼는 사람이라야 진정한 운동가'라고 하셨다 한다.

동학 여행이 시작되었을 때부터 얼마 동안은 가해자로서의 일본과 피해자로서의 한국밖에는 다른 생각은 할 수가 없었다. 왜 나는 문제의 근본을 좀 더 깊게 생각하지 못했을까? 최근 들어 내가 생각하는 것은 가해자와 피해자란 대립적 차원의 문제가 아니라 '근대'라는 시대 그 자체가 초래한 좀 더 근원적인 문제에 관한 것이다. 1860년 최제우 선생이 확립한 동학은 동아시아의 사상 자원을 다시 살려 냄으로써 서양 근대 문명과는 전혀 차원이 다른 문명, 즉 후천개벽의 새 문명을 창조하려고 했으나 유감스럽게도 대량 학살의 시대를 열어 제친 '근대' 문명을 남보다 먼저 받아들인 일본의 군대에 의해서 철저하게 탄압·진압되었다. 그러므로 우리는 무엇보다 일본군이 동학농민군을 진압한 역사적 사실을 통해 '근대' 문명의 본질에 대해 깊이 생각해야 하고 그러한 부정적 근대를 극복하기 위한 새로운 가능성 모색이란 과제가 우리에게 절실하게 요청되는 것이 아닌가 생각한다.

그리고 1997년 이후 이노우에 가쓰오(井上勝生) 교수와 공동 노력하여 당시 일본군 19대대장 미나미 고시로(南小四郎)가 보관한 자료가 현재 야마구치현 현립문서관에 보관 중인데, 금년 5월 11일 황토현 전승일 기념 축제 기간에 그중 수십 점이 한국에서 공개될 것이라 했다.

그 후 양측에서 준비한 선물을 교환하고 몇 사람이 소감을 발표했는데, 임실 심상봉 목사가 정성 들여 쓴 〈平和〉를 나누고 우리 중 최성석 씨가 〈5월의 꽃〉을 불렀다. 가사가 전달되지 않아 안타까웠으나 모두 당시를 회상하는 분위기였다. 내 옆에 앉은 일본 여성 오가사 하라 씨는 동학 여행을 소재로 〈동학 주문〉 시 17수를 동인지에 발표한 시인이었다. 돌아와서 그에게 〈5월의 꽃〉 가사를 번역하여 보내 주었다.

어느덧 4시가 가까워 오자 마지막 인사를 내가 맡게 되었다. 전면에 걸린 〈생명의 나무〉 헌시를 낭독하고, 선생의 책 17장의 마지막 구절을 상기시켰다.

'남의 불행 위에 내 행복을 확보하려고 해도 그것은 머지않아 나의 불행으로 돌아온다는 것이 일본 근현대사의 최대의 교훈이었다.'

그리고 수운 시 두 편을 읽고 마무리를 지었다.

소나무 잣나무 저마다 푸르게 푸르게 서고   松松柏柏靑靑立
수많은 가지와 잎 모두 만만 마디로 얽혀 한 생명이로다 枝枝葉葉万万節

봄바람 밤새 불더니   春風吹去夜
숲의 모든 나무 일시에 알았네   万木一時知
하루에 꽃 한 송이   一日一花開
이틀에 꽃 두 송이   二日二花開
삼백육십일   三百六十日
삼백육십개 꽃이 피네   三百六十開

동학 한일 교류(2)[*]

쓰고 버리는 시대를 생각하는 모임

2012년 2월 26일, 제3일째 날, 우리는 전철과 버스를 갈아타며 이 모임 사무실을 찾아갔다. 교토라 해도 주택 지대인 듯 아늑한 느낌이다. 우리에게도 거의 고전이 되다시피 많이 알려진 『공업사회의 붕괴』, 『공생공빈—21세기를 사는 길』의 저자 쓰지다 다카시(槌田 劭, 78세) 선생은 2006년과 2007년 서울·부산·대구·원주·광주·전주 등에서 강연할 때 내가 통역한 일도 있는 구면이라 더욱 반가웠다.

『공생공빈—21세기를 사는 길』은 농민운동을 함께했던 김영원 씨와 내가 함께 번역했다. 쓰지다 선생은 환경·생태 문제의 심각성을 깨닫고 1973년 교토대학을 사임한 후 리어카를 끌면서 폐지 수집 운동을 시작한 지 39년이 되었고, 〈안전 농산 공급 센터〉를 중심으로 13개의 위원회를 통해 환경생태운동을 전개하고 있었다. 그중 몇 가지를 살펴보면 다음과 같다.

* 연고미(緣故米)운동위원회: 일본은 먹거리의 60퍼센트를 수입에 의존하고 있다. 생산자 고령화 등 근본적으로 불안한 식량 자급 대책 때문

[*]   《개벽신문》 제10호(2012.5.1)

에 농민과 소비자가 함께 쌀 1킬로당 20엔을 지출. 취지에 찬성하는 사람들의 기부금을 재원 삼아 1. 후계자 육성 2. 비축 3. 가공 4. 소비 확대 5. 재난 시 피해 지원 등에 사용한다. 2006년부터 시작하였다.

　*바크 채소 도움위원회: 센터에서 공급되는 채소의 조리·보존 방법을 현장에 나가서 직접 지도·상담·교류하는 즐거운 확산 운동이다. 생산자가 함께하기도 한다.

　* 여기여기 모여라 위원회: 어린이들이 엄지손가락을 세우고 놀이하듯, 농장에서 농민의 지도를 받아 가면서 농사를 하되, 도시 소비자가 자기 형편에 맞게 주말 또는 일정 기간 농장에 와서 현장 체험 영농을 하는 것이다. 월 2회 이상 활동이 원칙이라고 한다.

　* NANTAN 위원회: 남단시(南丹市)에 있는 농산물 가공장(2009년 5월 준공)에서는 유통할 수 없는 규격의 농산물을 가공한다. 도농 교류 후계자 육성 및 귀농자 고용 창출 등이 기대된다. 2010년 옛 민가를 매입하여 〈교류의 집〉으로 운영하고 있다.

　지역재생 프로젝트 지원 사업에 응모하여 조성금을 받았다. 2011년 8월에는 후쿠시마 원전 사고 지역 초·중학생 합숙 캠프를 실시했다. 우리 일행도 이 민가에서 1박 하면서 지역 농민들과 밤늦도록 아리랑과 유야께 고야께 노래를 부르고 춤을 추며 교류했다. 수고하신 야마다(山田麥生, 晴美) 씨, 신나게 춤춘 일본 청년과 구보타(久保田美緒) 양을 잊을 수 없다.

심각한 원전 사고 - 방사능 문제

〈사례 1〉 사고 현장에 가 보지 못하여 자료에 의존해 실태를 짐작할 뿐이다. 50킬로미터 거리에서 논 2.5헥타르를 농사짓는 전업농 스가노(菅野) 씨는 하우스 14아르와 채소 잡곡 1헥타르를 경작하면서 떡 가공도 하며 학교 급식 등 유기농업 운동을 해 왔다. 그러나 사고 이후 〈침묵의 봄〉이 현실화되어 불안 속에 고민 중이다. 정부의 오염기준치는 5,000베크렐인데, 실제 검사 결과는 그 이하로 나오지만 학교 급식에 제공할 수 없다. 낙엽 속의 지렁이나 미생물도 세슘에 오염되어 유기물의 순환이 전부 단절되고 말았다.

산도 논도 밭도 모두 황폐해진 일본의 구조 그 자체를 고치면서 할아버지 할머니들이 30~50년 앞을 보고 산에 나무를 심었듯, 방사능과 싸우면서 유기물을 넣어 가며 재생해 가야 한다. 비통한 농민의 부르짖는 소리가 들리는 듯하다. (참고:『과림(果林)』90호)

〈사례 2〉 후쿠시마현 고오리야마시, 이시자와(石澤) 씨는 애농고교 13기생. 논 4.5헥타르 전체를 무농약 무화학 비료로 재배해 왔다. 논 토양 검사에서는 2,000~3,000베크렐이 검출되었으나 현미에서는 거의 검출되지 않았다. 그러나 매출은 이전의 3분의 1로 감소했다. 개인이나 자연 식품점 거래는 거의 중단되고, 대부분 농협에 출하하며 포당 가격이 이전의 절반에서 3분의 1로 낮아졌다.

그런데 더욱 충격적인 것은 얼마 전(2012년 4월 초쯤) TV에서 보도한 것인데 서일본에서 앞으로 30년 이내에 규모 9.0 정도의 강진이 발생할 수 있고 30미터의 쓰나미가 닥칠 수 있다는 예고를 정부에서 발표했다는 것이다. 또 한 가지, 지금 일본은 54개 원전이 모두 중단 상태이다. 그럼에도 불구하고 겉으로 보기에는 교토와 다른 도시들이 큰 혼란 없이 유지되고 있는 것 같았다. 원자력 발전 없이도 재생에너지를 개발하면서 최대한 에너지를 절약한다면 가능하다는 사실을 보여주고 있는 것이 아닐까?! 쓰지다 선생도 이 사실을 강조하면서 더욱 적극적으로 이렇게 된 책임을 함께 지고 50세 이상 어른들은 방사능 농산물을 소비해야 한다고 주장하고 있다.

우키시마마루(浮島丸) 사건

2월 27일 마지막 방문지인 마이즈루(舞鶴)에 버스를 타고 가는데 함박눈이 내려 '만리백설분분혜 천산귀조비비절(萬里白雪紛紛兮 千山歸鳥飛飛絶)'을 읊조리며 일제강점기에 태어나서 철저한 황민화 교육으로 태극기도 임시정부도 모른 채 8·15를 맞이하고 1949년 김구 선생이 주도한 단독정부 반대운동에 참여했다가 구속되어 6·25를 대구형무소에서 맞이한 나의 지난날을 이야기했다.

제2차 세계대전 말기 일본에 강제 동원된 교포의 수는 250만이 넘고, 일본의 본토 최북단 아오모리현 시모기타(下北) 반도에서는 교포 4천 명이 철도, 교량, 항만 공사 등에 동원되어 강제노동을 하며 혹사당했다. 1945년 8월 22일, 우키시마마루(4,730톤 선박)에 한국인을 싣고 오미나토(현 무쓰)항을 출항하여 부산으로 항해 중 항로를 변경하여 마이즈루항에 입항했는데, 8월 24일 오후 5시 20분경 폭발·침몰하여 교포 524명 일본인 승조원 25명이 희생되었다. 일본의 공식 발표는 46일이 지난 10월 8일에 있었다.

이 사건에 대해 온갖 의혹이 지금도 여전한 가운데 1976년 기념비 건립이 추진되어, 1978년 순난자(殉難者) 추도비가 제막되었다. 추도회 회장 요에 가쓰히꼬(予江勝彦) 씨는 중학교 미술 교사 그룹에서 제작에 참여하고 그 후 30여 년 동안 매년 위령제를 지내고 있다고 했다. 사건을 소재로 만화·그림연극 등 홍보 활동을 하고 있으며 친구들이 '너는 한국인이야?' 하면 '응 나는 아시아인이야!' 한다고 한다.

나는 3년 전 가을. 그가 동학 사적지 방문단의 일원으로 왔을 때 전주에서 처음 만났고 그때 건네준 추도비 사진을 눈앞에 붙여 놓고 매일 바라보고 있다. 비극의 현장 시모사바가(下佑波賀) 바닷가에 세워진 동상은 저 멀리 조국의 부산을 향해 말없이 서 있다. 때마침 내린 눈을 치우고 꽃 한 다발 술 한 잔을 붓고 엎드릴 때, 그날 바다를 메웠을 '아이고~' 울음소리가 귓전에 들리는 듯하다. 어느덧 67년이란 세월이 흘렀건만 조국의 분단은 계속되고 있다. 못난 후손의 허물을 용서해 주길 빌며, 평화통일의 그날을 위해 다짐을 거듭했다. 그런데 기념사진을 찍고 다시 작별의 시선을 더듬는 나의 눈에 동상의 얼굴에서 떨어지는 물방울이 보였다.

"앗!" 하고 나는 소리를 질렀다. 옆에 선 요에 씨에게 그것을 말하자, 그는 나를 이끌어 반듯이 누운 동상 얼굴에 제작자 자신도 모르는 사이 얼룩진 눈물 자국을 가리켰다. 지성이면 감천이라는 옛 어른들 말씀과 함께 해월 선생의 말씀이 들려왔다. '사람에게 사후 정령이 없다고 하면 모르거니와 있다고 할진대, 부모의 정령과 선사의 정령은 제자의 살아

있는 정신을 버리고 어디에 의지하였으리오.'

지난해 우리 해군이 공식적으로 여기 와서 위령제를 지냈다 하니 반가웠다.

아아 해당화 피어나고

그날 점심을 먹으며 마이즈루 지역 사람들과 인사를 나누며 교류하였다. 그때 나는 인류는 큰 한 그루 생명의 나무요 각 민족은 다른 가지일 뿐이라는 걸 느끼며, 요에 씨를 중심으로 매년 위령제를 지내는 뜻있는 여러분에게 감사했다. 《마이즈루 시민 신문》의 아오키(青木信明) 기자가 건네준 자료는 2011년 4월 2일부터 10회에 걸쳐 연재된 '우키시마마루 사건 시모기타 보고' 였다.

여행에서 돌아온 지 두 달이 가까워 오는 지금에야 〈오늘의 교훈〉을 생각한다.

'제2차 세계대전 당시, 이곳 시모기타에 해군 경비부가 있었고(그 후 해상자위대) 주변에 배치된 육·해·공군과 미군 기지 - 일미(日米) 4군이 함께 모인 곳은 아오모리와 오키나와뿐이며, 아오모리의 군용기지 면적은 오키나와 다음의 두 번째이다. 북방 요새로서 그 상황은 지금도 변함없고 지역사회에 큰 영향을 주고 있다.' (2011.9.30자)

이런 지역 사정 속에서 운동을 추진하는데 '한국 사람만 고생하고 못산 것이 아니다. 우리도 같이 죽을 고생했다.' '너는 한국 사람 편이냐?'

한일우호평화모임에서 나카즈카 선생과 그의 애제자인 김문자 교수와 함께(교토, 2012.2.25)

이런 항의를 받는다. 무리하게 과거 증언을 끌어내기보다는 강제노동의 실태를 정확히 알고 일본과 아시아와의 관계와 명치 이후의 역사를 같은 인간, 인권의 시점에서 함께 배운다는 취지에서 추도집회를 중심으로 조사·학습·강연 등을 꾸준히 해 왔다.

그 가운데 나루미(鳴海健太郎, 81세) 씨는 현재 시모기타 회의의 고문이며 40년간 일해 왔다(현 회장 무라카미(村上準一), 65세). 나루미 씨는 이

지역에 이 사건의 관심을 불러일으킨 사람이며, 1968년 관서교직원 노동조합 모임에서 이 이야기를 듣고 연구·조사 활동을 시작했다.

시모기타 지역 문화연구소를 세우고 증언집 『아이고의 바다』를 출판한 사이토 씨의 노력도 크다. 사이토 씨는 1994년 『해당화(はまなす)』를 창간하여 내일에의 꿈과 희망을 창조할 것을 편집 방침으로 정해서 각계 대표 여덟 사람의 편집위원과 함께 책을 만들어 스스로 가방에 담아 지역의 초·중·고 46개 학교를 3일간 순회하면서 교장들에게 팔았다. 1회 500부를 연 2회 발행하는데 "언제나 지금이 인생의 시작이라 여기고 나이를 생각한 적은 없다. 아름다운 자연의 시모기타를 지키고, 묻혀 있는 사람과 문제를 만나면 잠이 오지 않을 정도로 흥분한다."면서 하하하 웃는다.

요에 씨의 부인 미호코(美穗子) 여사는 만화 『해당화 피어나고』를 그렸는데 해방되던 해 봄 시모기타에서 태어난 한국 아이(하나)가, 마이즈루에서 형제만 살아남아 40년 후에 추도비 앞에 돌아온다는 스토리의 마지막은 이렇다.

> 내일은 시모기타로 가자
> 그리고 부산에도 가자[*]
> 시모기타와 마이즈루와 부산을 연결하는 꽃
> 평화를 간절히 바라는 꽃
> 아아, 해당화 피어나고

[*] 두 줄은 필자 삽입

아아, 어머니 얼굴에 지금도 눈물이 흐르네

    자본이 세계화와 자유의 이름으로 또다시 전쟁을 준비할 때, 우리는 가해자·피해자의 좁은 국가주의를 넘어서서, 당당한 한 인간으로 아시아인으로 거듭날 때가 아닌가 한다.

동학 한일 교류(3)*

자연재배 한길로

거의 불가능하다고 알려진 사과의 완전 무농약, 무비료 재배에 성공한 기무라 아키노리(木村秋則) 씨는 1949년생이니 올해 64세가 된다. 수년 전 전남 장성에서 그를 만났는데, 이번 2월 말 교토 한일 모임에서 오카야마(岡山)의 다나카 데루코(田中輝子) 여사에게 한 가지 부탁을 하였다. 오카야마는 포도의 여왕이란 별명이 붙은 알렉산드리아의 명산지이니, 그 품종을 재배하는 농가를 한 사람 소개해 달라 했더니, 수소문 끝에 오사카 마사루(小坂 勝) 씨를 추천하면서 5월 초 그 밭에 가서 찍은 사진 열 장과 함께 '기적의 사과'라는 기무라 씨 이야기를 담은 책까지 보내온 것이다.

노지에서 간단한 비가림 터널재배를 하는 포도원에는 잡초가 무성하고 새순에는 큰 벌레가 유유히 식사 중이다. 오사카 씨는 3년째 무농약·무비료 자연재배에 도전 중이라 하니 기무라 씨의 농법이 일본 전역에 보급되고 있다는 것이 느껴지는 한편 한·칠레 FTA 이후 한·미, 한·EU를 거쳐 한·중까지 논의되는 상황에서 한국 포도 농가가 살길을 찾는

* 《개벽신문》 제11호(2012.6.1)

데 중요한 한 계기가 될 것 같다는 생각이 든다.

소위 세계화 개방 이후 과일의 수입 동향은 1990년 2만 6천 톤, 2000년 32만 톤, 2010년 59만 톤으로 23배나 증가하고 국내 포도의 생산량은 64퍼센트 감소했다.(2000년 47만 6천 톤에서 2010년 30만 6천 톤)

전국 포도 농가의 자생 조직인 한국포도회는 1980년 여름 광주항쟁의 소용돌이 속에서 제대로 창립총회도 열지 못하고 출발하여 지역 단위 작목반 중심으로 30여 년을 싸워 왔다. 한·칠레 FTA에 대한 반대운동으로 얻은 지원 사업으로 시설과 재배 기술 향상에 많은 변화를 이루었으나 물질 중심의 성장이 한계에 부딪치고, 생태 생명이 중시되는 성숙 단계에 적응하는 농업적 가치관의 확립이 요구되고 있다. 저마다 유기농업과 환경을 외치며 '신토불이(身土不二)'가 상표처럼 박스마다 표시되어 있으나, 내 몸과 농토가 둘이 아닐 뿐 아니라 생산자와 소비자가 너와 나 하나임을 마음속 깊이 깨달아야 하는 때가 아닌가 한다.

일본에 갔을 때 기무라라는 사람을 알게 되었다. 기무라 씨는 일본 사과의 주산지 아오모리현 이와키마치(青森縣 岩木町)--현재 히로마에시(弘前市)-에서 태어나 실업고교를 졸업하고 한때 수도권 회사에 근무했다. 1971년에 귀농하여 사과밭 2.2헥타르, 논 20아르를 경작하기 시작하였는데 처음에는 매뉴얼대로 연 10회 이상 농약을 살포하며 재배했으나 부인의 체질이 농약에 민감하게 반응하는 것을 보고는 본인이 재배하는 작물만이라도 농약을 줄이고자 하는 마음으로 차츰 살포 횟수를 줄여 5회에서 3회 다시 1회로 줄이는 데까지 성공하였다고 한다. 4무(無) 농법을 주장한 후쿠오카(福岡正信) 씨의 영향을 받아 1978년부터 완전 무농약 재배에 도전하게 되었고 무농약 재배를 하면서부터는 아내와 장인·

장모 모두 밭으로 나와 하루 종일 비닐봉지를 들고 벌레를 잡는 일이 많았으며 한 번 벌레를 잡을 때마다 한 나무에 비닐봉지로 세 봉지를 잡아도 끝이 없었다고 한다. 8월에는 반점낙엽병으로 잎이 모두 떨어져 버린 일까지 생겼다. 5년째 되는 해에는 600그루 중 82그루가 죽었으며, 6년째 되는 해엔 수입이 없어 생활은 더욱 어려워졌다. 세금을 내지 못해 농협 출자금을 찾아 갚기도 하고, 밭과 가재도구에 차압이 붙고 경매에 넘어가 세금을 물기도 했고, 소문이 번져서 길흉사 통지도 안 오게 되었다고 한다.

그러던 어느 날 자살을 결심하고 적당한 끈을 준비해 이와키산(岩木山)을 올라갔을 때, 달빛 가운데 사과나무 한 그루가 무성한 풀 속에 있는 것이 보여, 산에서 내려와 정신없이 맨손으로 흙을 파 보니, 튼튼한 뿌리가 넓게 뻗어 있었고 잎에는 벌레 한 마리 없이 힘차게 뻗어 있었다고 한다. '이것이다!' 하고 기쁨에 넘쳐 자살할 생각도 잊고 돌아와 이튿날 해가 뜨고 나서 다시 그 자리를 찾아가니, 밤에 보았던 것은 사과나무가 아닌 꿀밤나무였다고 한다. 그러나 이때 깨달은 바가 있으니, 근본은 한 가지! 눈에 보이는 바깥만 보지 말고, 보이지 않는 땅속을 보며, 온갖 벌레와 미생물이 제각기 제 생명을 이어 가고 있다는 사실에 착안해야 한다는 것이었다. 어디선가 새소리도 들려왔고 그곳은 생명이 넘치고 모든 것이 순환하고 있는 곳이라는 생각이 들었다고 한다. 쓸모없는 것은 그 어디에도 없으며 자연의 일부로 모두 함께 살고 있었던 것이다. 인간이 자기중심으로 관리해 온 사과밭과 전혀 다른 모습, 이것이야말로 자신이 찾던 답이며, 바로 이러한 환경을 가꾸면 된다고 생각했다고 한다.

6년째부터 잡초는 그대로 두고, 대신 사과나무 주위에 콩을 심어 지력을 돌우니 8년째에 비로소 한 나무에 흰 꽃 일곱 개가 피고, 9년째에 들어서는 전체적으로 꽃이 피기 시작하여 가을에 15퍼센트 정도를 수확했다. 그러나 알이 작아 전부 가공용으로 하고 생계를 위해 저녁 아르바이트로 파친코(빠칭꼬), 카바레 등에서 일을 하다 어느 날 깡패에게 얻어맞아 앞니가 나갔다고 한다. 지금도 책표지에 있는 사진을 보면 앞니가 없는 모습을 볼 수 있다. 사실 볼품없는 '앞니 빠진 갈가지' 사진인데도 앞니보다 사과 잎이 더 소중하고, 그때 당한 일을 잊지 않기 위해서 그 사진을 그대로 두는 거라 한다.

사과나무 한 그루 한 그루를 어루만지며 "사과가 안 달려도 좋으니 제발 죽지는 말아라"라고 애원하였는데, 나중에 고사한 나무를 보니 그때 이 말을 하지 못하고 빠뜨린 나무들이었다고 한다. 일체의 고정관념을 버리고 내가 사과나무가 되고 자연의 마음과 하나가 된 것이다.

> 닦아서 필법을 이루니 그 이치가 한마음에 있다.
> 修而成於筆法하니 其理在於一心이라
> - 『동경대전』「필법」

『협동조합으로 기업하라』

5월 19일《한겨레》에서 「도크(dock, 선박작업장)는 텅 비고 노조는 쪼개졌다」라는 제목의 기사를 읽었다. 309일간의 크레인 농성을 풀고 드디어 한진중공업이 노사 화합의 단계로 들어간 것으로 알고 있었는데, 120억이 넘는 크레인이 단돈 5억 원에 철거되고 희망버스 시위에 동참한 노동자는 정리해고 되어 재판을 받고 있다는 안타까운 소식이 들렸다.

오랫동안 농촌경제연구원에 있으면서 남다른 열정으로 농업 문제를 고민하던 정명채 박사가 찾아와 작년 연말 국회를 통과한 협동조합기본법이 금년 내 시행된다며 그 중요성을 강조하고 간 뒤 보내온 책이 바로 『협동조합으로 기업하라』이다. 무한 경쟁 시대의 착한 대안, 이탈리아 스테파노 자마니와 베라 자마니의 책이다.

협동조합 기업들은 2008년 글로벌 금융 위기 때에 세계의 주목을 받았다. 특히 금융과 소매업, 농업 부문에서 위기에 강한 모습을 보여주었다. 유럽은행에서 협동조합이 차지하는 비중이 20퍼센트를 넘고 '월가에서 예금을 빼내 신협으로 옮기자'는 구호가 나오기도 한다.

미국의 대표 언론 AP통신, 캘리포니아 오렌지 썬키스트, 프랑스 최대 은행 크레디아그리콜, 이런 세계적 기업들이 모두 협동조합이다. 축구의 나라 스페인의 FC바르셀로나는 17만 3천여 명의 멤버(출자자)가 주인인 축구협동조합이다. 가입 경력이 1년 이상이고 18세 이상이면 누구나 6년마다 치러지는 회장 선거에서 투표할 수 있다. 대기업의 총수가 구단주를 임명하는 것이 아니라 출자자가 회장을 선출하고, 이사회를 구성하며, 선수들의 가슴에 기업의 광고가 아니라 국제 자선단체인 유니세프의 이름을 달게 한다. 축구 클럽 그 이상을 지향하는 것이다.

협동조합 브랜드의 국내 성공 사례

햇사래: 이천 장호원과 음성 감곡에서 생산되는 고품질 복숭아 브랜드이다.

서울우유: 서울우유는 서울우유협동조합에서 생산되는데 수도권과 충남·강원도 일부 지역에서 젖소 다섯 마리 이상 키우는 축산 농가를 조합원으로 하고 있다. 서울우유협동조합에 가입하려면 출자를 해야 하고, 사업 시설을 이용해야 하고, 내부 규정을 준수하는 등의 의무를 지켜야 한다. 그 대신 총회에서 의결권을 행사하여 임원을 선출 및 해임할 수 있으며 잉여에 대한 배당을 받게 된다.

이 사실을 알고 난 후, 나는 가까운 마트에 가서 서울우유를 구입하게 되었다. 다섯 마리, 열 마리 키우는 영세한 우리 축산 농가들이 희망을 잃지 않고 시련을 극복하기를 염원하는 마음으로 서울우유의 구매자가 된 것이다.

'돈이 지배하는 세상에서 1인 1표, 모두가 평등한 인간의 존엄성 위에' 정직하고 근면한 사람이 제 빛을 발하는, 인정이 오고 가는 세상이 되었으면 한다. 노동조합이 필요 없는 사회, 사회적 혼란을 슬기롭게 극복할 수 있는 오래된 미래를 소망한다.

백여 년 전 선조들은 방방곡곡, 포(包)와 접(接)으로 하나 되어 살길을 찾아 나섰다.

앞으로 7년이면 3·1운동 100주년이다. 생산과 소비, 교육과 문화 등 모든 분야에서 협동조합을 만들고 그 믿음과 사랑의 힘으로 남북평화협정까지 체결하면 수십조 원의 국방비가 몇 십만 청년들의 희망찬 일자리로 돌아가리라. 어찌 일자리뿐이랴. 꿈에도 그리는 평화통일의 길도 열리지 않겠는가?!!!

거북이걸음으로 날마다 꽃 한 송이.

2012.5.22

탈핵·상생, 〈처용의 노래〉*

마음이 맑은 자가 진실을 본다

『공업사회의 붕괴』, 『공생공빈–21세기를 사는 길』 등의 저자 쓰지다 다카시(槌田 劭) 씨는 1990년 봄에 『탈원전·공생의 길』을 출판하였으나 책이 전혀 팔리지 않아 출판사에 피해만 주었다.

이가다(伊方) 원전을 반대하는 쪽의 증인으로 참여하는 재판 과정에서 전력회사와 원자력 업계가 한통속이 되어, 국가정책으로 추진되는 실상 앞에 사법부도 믿을 수 없고, 과학자의 양심도 배제되는 병적 현실을 고민하던 끝에 교토대학을 사임하고 리어카를 끌고 생태운동에 투신한 것이 1979년이었다. 그해 우연의 일치로 미국 스리마일 원전 사고가 있었고, 1986년 4월에는 체르노빌 원전 사고가 났다. 8,000~9,000킬로미터 떨어진 일본에서까지 수돗물과 채소, 심지어 모유에서까지 세슘 137, 요소 131 등 방사선이 검출되어 야단이 났으나, 고도 경제성장의 흥청거리는 세상 풍속에 원전 개발은 계속되어 후쿠시마 사고가 나기까지 54기가 건설되었다. (지금은 50기)

체르노빌 원전은 100kw급의 표준 규모인데, 하루 가동하면 죽음의 재

* 《개벽신문》 13호(2012.8.1)

인 방사선을 히로시마 원폭 3개 정도 분량이나 방출하여 1년이면 원폭 1,000개에 해당하는 죽음의 재가 나온다 하니, 일본은 1년에 원폭 50,000개에 해당하는 방사성 독극물을 생산하는 것이다.(우리나라는 현재 가동 중인 원전이 21기라 하니 1년에 원폭 20,000개 정도에 해당하는 방사성 독극물 생산). 크고 작은 지진이 매일처럼 일어나는 나라에서 이렇게 수많은 시한폭탄을 깔고 앉아 흥청거리며 살아온 셈이다. 지난 3월 11일, 후쿠시마 원전 사고, 1주년에 미에현(三重縣) 나바리시(名張市)에서 개최된 '사요나라 원전 집회'에는 찬바람 부는 악천후 속에도 500여 명이 모였는데 후쿠시마현에서 유기농업을 하다가 애농학교 부지에 피난 온 무라카미(村上守行) 씨의 보고를 소개한다.

사회문제에 대한 무지·무관심이야말로 큰 죄

나는 원전에서 31km 거리인 다무라시(田村市)에서 피난을 왔다. 이번 원전의 폭발과 방사능 오염으로 가장 안타깝게 생각하는 것은 나 자신이 그때까지 원전에 대해서 무관심했다는 것이다. 사고가 났을 때, 이게 도대체 무슨 일인가, 어떻게 되는가, 어떻게 해야 되는가에 대해 나는 거의 아무런 지식이 없었다. 그리고 지금 원전 사고를 통해서 깨달은 것은 원전은 지속 가능한 에너지가 아니라는 사실이다. 그보다 더 심각한 것은 원전은 이 지구상에, 인류에게 또 이 지구의 생명에 대해 천년만년에 걸쳐 그 피해를 미친다는 사실이다. 이것은 앞으로 태어날 생명이나 지금 자라나고 있는 아이들에 대한 우리의 책임이며, 이 사실에 대해 무지하거나 무관심하다면 이는 용서할 수 없는 일이 아닌가 하는 생각을 하게 되었다. 그리고 우리의 무지와 무관심이 한 원인이 되어 이런 일이 벌어졌다면 우리는 지금 그것을 반성하고, 그 사실을 전해야 한다. 이 자리도 그런 소중한 기회라 생각하고, 한 경험자로서 여기에 섰다.

또 한 가지 하고 싶은 말은 왜 일본은 원전을 54기나 만들었을까? 그것은 단순히 우리의 무지만의 문제가 아니다. 정치권력의 문제거나, 경제의 문제거나 혹은 학자의 지식욕의 문제거가 하는 여러 가지 사정이 얽혀 이런 상황이 만들어진 것이다. 이것은 간디의 말로 하면 '사회적 죄'이다.

그런 사회적 죄에 대하여도 무관심해서는 안 된다는 것을 이번에 절실히 느꼈다. 이곳저곳에서 생명을 소중히 여기지 않는 행동이 정치적·학문적·경제적으로 행해지고 있고, 우리 자신도 그렇게 살고 있는지 모른다. 그것을 먼저 깨닫고 거기서부터 우리들의 걸음을 바르게 해 나가지 않으면 또 같은 일을 초래하지는 않을까? 그 경고가 이번 사고라고 생각한다. 그 교훈을 살리기 위해서 먼저 나부터 바르게 행동하고 생각하고 배워 가는 것이 필요하다고 생각한다.

-『애농지』, 2012년 4월 호 중에서

지난 7월 16일 도쿄에서는 시민 17만 명이 '사요나라 원전'을 외치며 원전 재가동과 재무장을 반대하였다 하는데, 반성 없는 신냉전의 기류는 인류 공멸의 방향이 아닌가 한다.

대선을 앞두고

올해 12월 대선을 앞두고 여야 모두 "경제 민주화"를 내걸고 있다. 지난 대선에서 MB는 747을 내세워 7퍼센트 성장, 4만 불 국민소득, 7대 경제대국 공약을 내걸었다. 그때 경제를 살린다는 말에 표를 던진 사람이 많았다고 본다. 경제·돈보다는 생명·사람이 소중하다는 것을 확실히 깨닫고 말보다 살아온 경로와 자세를 잘 살펴서 속지 말아야 한다.

DJ는 야당 시절 보수 언론에게 그렇게 박해를 당했으니 집권 초기에 바른 언론 정책으로 정리하리라 기대했는데… 집권 후기에 가서 칼을 드니 이미 때는 늦었다.

노무현은 투표일 막판에 기적적으로 승리하였는데 지지 기반을 확고히 다지지 않은 채 산토끼를 쫓았고, 권력의 핵심(검찰권 등)을 확실히 장악하지 못했고, 한미 FTA의 실체를 충분히 이해하지 못하고 추진하여 지지 기반을 상실했다. 미국에 가서 6·25 때 도와주지 않았더라면 정치 수용소 신세가 되었을 것이라고 한 말은 그의 역사 인식의 깊이를 드러내었다.

2002년 브라질 대선에서 "하루 세 끼 빵은 보장하겠다."라는 구호와 상파울루주 등 지방정부에서 얻은 노동당에 대한 신임을 바탕으로 승리한 룰라는 기본 지지층에 대한 개혁 정책을 꾸준히 실행하면서도 유연한 포용력을 발휘하여 2기에 걸친 임기가 끝나고 물러나면서도 80퍼센트가 넘는 지지도를 얻었다. 하늘이 내린 인물이라 할 만하다.

링컨도 좋고 룰라도 좋다. 그러나 이제 우리 자신이 이 땅의 역사·문화와 전통에 굳건히 뿌리를 내리고 자신에 대한 자긍심을 바탕으로 앞날을 바라볼 때가 되었다. 세계적인 한류 바람이 일시적 풍조에 그치지 않고 "한사상, 동학을 한민족만의 사상에서 아시아 공동의 보물로 만들고 나아가 세계가 공유하는 철학적 공공재(公共財)로 승화시켜야 한다."

(김태창)

의암 손병희 선생은 1912년 우이동에 봉황각을 짓고 49일간씩 481명의 청년을 교육 수련하여 그들이 3·1운동의 중심이 되었는데 올해로 100주년이 되었다. 이 땅 방방곡곡마다 스민 선조들의 거룩한 피와 눈물을 거름 삼아 새 세상을 빛낼 봉황들이, 부화장의 병아리처럼 탄생하리라! 묘상의 새싹처럼 성장하리라! 시천주 진리를 깨달으면 내가 바로 한 마리 봉황새요 한 그루 생명의 나무인 것이다.

김천의 서쪽에 늠름하게 솟은 황악산(1,111미터)의 품에서 50여 년 조석으로 바라보며 나는 확인한다. 우주도 하나, 생명도 하나, 삶과 죽음도 하나, 너와 나도 하나.

처용의 노래

어느 날 문득 처용의 노래가 들려왔다.

> 동경 밝은 달에 밤늦게 노니다가
> 집에 돌아와 보니 가랑이 넷이어라 …

만약 내가 처용이었다면 어떻게 했을까?

십중팔구 피가 거꾸로 솟구쳐 칼이든 낫이든 닥치는 대로 들어 놈의 등짝을 내리쳤을 것이다. 다음은 도망치는 아내를 뒤쫓아 또….

그다음 나는 어떻게 했을까? 미치거나 죽거나…. 한마디로 '모두의 죽음'으로 비극의 막이 내릴 것이다.

    그런데 처용은 미치고 환장할 현실 앞에서, 순간적으로 일의 끝과 자기의 비참한 운명을 직감하고 다음 순간 자기도 모르게 무엇인가 울부짖으며 덩실 춤을 추기 시작했다. 춤이 아니라 몸부림이었다.

    난데없는 부르짖음에 두 남녀는 후다닥 일어나 도망치기 바빴을 것이고 그 후 그들이 어떻게 되었는지, 또 처용 자신은 어떻게 살았는지 알 수가 없지만 한 가지 분명한 것은 일단 세 사람이 살아남았다는 사실과 제각기 그 일을 계기로 본능적인 인간존재의 한계를 넘어서서 너와 나를 바라보기 시작했다는 것이다.

    삼국 통일의 대혼란기에, 신라인들이 이 노래를 부르면서 한 단계 높은 차원으로 성장하지 않았을까. 대선은 물론 모든 일에 소이(小異)를 넘어서 대동(大同)으로 승리하기를.

    거북이걸음으로 날마다 꽃 한 송이.

2012.7.19

수운 선생의 부부 싸움[*]

《개벽신문》 13호에 실린 '청수봉전의 유래'를 읽다가 나도 모르게 '뭉클' 목이 메이면서도 웃음이 나왔다. 양녀 주씨의 증언에 "대신사 불철주야 청수를 모시고 구도에 전념하는데, 박씨 사모님께서 순간 화가 치밀면 청수상을 엎었는데, 청수 그릇이 데굴데굴 구르다가 언제나 반듯하게 세워졌다….'라는 대목이 나온다.

찢어지는 가난 속에서 허구한 날 도 닦는답시고 청수를 붙들고 있는 남편을 보다 못해 박씨 사모님은 이따금 분통을 터뜨린 모양이다. 부인의 앙칼진 목소리에 아이는 울고 허탈한 심정으로 부인을 바라보는 수운 선생의 바보 같은 얼굴을 상상해 본다. 청수 쏟아진 방과 온갖 푸념을 내뱉으며 소리 지르는 박씨 부인의 모습을 뒤로 하고, 수운 선생은 터덜터덜 걸어 나와 하릴없이 구미산을 올라갔을 것이다.

여름이면 시원한 나무 그늘에 겨울이면 눈 녹은 양지바른 바위 위에 앉아 한숨과 눈물로 지낸 시간은 얼마나 되었을까? 그때마다 남매를 두고 마흔 살에 돌아가신 어머니 한씨 부인의 모습이 "복술아!" 하고 나직이 부르며 다가오고, 두 번 상처 끝에 환갑이 넘어 얻은 만득의 아들로 날 때부터 남다른 재주를 보이는 아들에게 사랑이 지극했던 아버지 근

* 《개벽신문》 제14호(2012.10.1)

암공의 모습이 번갈아 가며 수운 선생의 가슴을 가득 채웠다.

'늙은 학이 새끼를 쳐서 천하에 퍼뜨리며 이리저리 날면서 극진히 모앙하네.'

飛來飛去 慕仰極

-「화결시(和訣詩)」

'공경이 되는 바를 알지 못하거든 잠시라도 모앙함을 늦추지 마라.'

暫不弛於 慕仰

-「전팔절(前八節)」

　　두 곳에 보이는 모앙이란 말은 신비한 마력을 지닌 수운 사상의 키워드가 아닌가 한다. 주(主)에 이르길 '존칭해서 부모와 더불어 같이 섬긴다.(主曰 稱其尊而如父母同事)'라고 해석하고, 허령창창하여 무사불섭하고 무사불명하는 혼원한 기를 이렇게 평범한 백성의 일상생활의 지침으로 설명함으로써 해월 선생은 '천지는 부모요, 부모는 천지니 천지부모는 일체니라.' 설파하신 것이다. 청수를 엎지르며 싸움을 한 그날, 해 질 무렵 산에서 내려오니 부엌에서 밥 짓는 소리와 생선 굽는 냄새까지 나는 것이 아닌가? 해월이 곡식과 해물을 들고 찾아온 것이다!

　　기장하다 기장하다 이내 운수 기장하다

　　하느님 하신 말씀 개벽 후 오만 년에 네가 또한 첨이로다.

　　시천주 주문을 어떤 심정으로 외워야 하나?

사모하고 우러르는 간절한 마음　慕仰極

잠시라도 모앙함을 늦추지 마라　暫不弛於 慕仰

역사의 작은 증언

구한말 경북 의성군 춘산면 대사동에 사셨던 한 선비 김익윤(金益
潤 1825~1902, 필자의 고조할아버지)의 묘소 앞에 2008년 4월 어느 날 일
가 몇 분이 함께 조그만 묘석을 세웠다. 할아버지는 호는 사포(沙浦), 자
는 덕여(德汝)라 하셨다. 첩첩산중에 나셨으나 넓은 바다를 사모하고
중국에 몇 차례 가서서 우두술(천연두 치료법)을 배워 나귀를 타고 팔도
를 다니시며 많은 생명을 구하셨다. 나는 어려서부터 할아버지(金斗燮,
1883~1952)로부터 제삿날마다 그 이야기를 들었다. 그러나 족보에는 기
록되어 있으나 국사책에는 지석영 선생 이야기만 있어 의아하게 생각하
고 있었는데, 몇 해 전, 옛 서적 가운데서 지석영 선생이 고조부님한테
보낸 편지가 나오고, 일제강점기이던 1932년에 의성에서 발행된 『의성
군지(義城郡誌)』(발행인 유상묵(柳尙默)) 가운데서 다음과 같은 기록을 찾
아냈다.

> "김익윤. 호는 사포. 세 번 중국에 가서 우두술을 받아 조선에 전파했다. 요
> 양공주 소화국(遼陽公主 少花局)에 한정학(韓禎鶴)과 함께 갔다."

또 1894년 갑오년 2년 뒤 병신년(1896)에 의성에서 의병이 일어났을
때, 의병 대장이 보낸 임명장을 발견했다. 당시 71세의 노령이라 찬획(贊

劃, 돕고 기획함, 오늘날 고문)으로 모신다는 내용이다.

> "참의대장이 찬획에 차정(差定, 임명)하거늘 소임이 가볍지 않으니 잘 임하시
> 오."

이런 내용의 글에 주먹만 한 창의대장의 인장이 비스듬히 세 번 찍혀 있어, 당시의 삼엄한 분위기가 느껴졌다. 이것을 받아 본 고조할아버지의 심정은 어떠하셨을지 새삼 여러모로 상상력이 발동됐다. 그리고 일제강점기에 이 위험한 문서를 은밀히 간수하여 전해 주신 선조의 뜻을 생각한다.

지석영(池錫永, 1855~1935) 선생은 김홍집을 따라 일본에 가서 우두 제조법을 배우고 서울에서 의학교를 세워 10년간 교장으로 일했다고 하는데, 고조부님과 정확히 30년 차이가 난다. 지석영 선생의 편지 한 통이 남아 있으니 후손의 교류가 이어지길 바란다. 고조부님이 남기신 서책 가운데 124수(首)의 한시를 번역하였는데, 그 가운데 한 수를 소개한다. 고조부님의 작품인지 확인할 수 없으나 당시의 시대상이 흥미롭다.

원산별장(元山別章)*

> 원산의 처자들은 말같이 크지만
> 사람을 두려워하여 문 밖을 나오지 않네

---

* 상주 오덕훈 씨의 번역이다.

가만히 아이를 불러 묻기를 오늘 밤 눈 오는데

북어잡이 배 몇 척이나 강촌에 왔더냐 한다네

원산의 총각들은 머리카락이 땅에 닿는데

허리에 동전을 반 냥 남짓 차고는

소매에 가죽신을 넣고 말하기를

남초시 댁에서 서울 보내는 편지를 가지고 간다 하네

원산의 젊은 아낙들 세태를 배워서

당혜를 사 놓아야 한이 조금 풀린다네

사람들은 내 발이 오이씨만 하다고 하는데

북촌의 외로운 나그네 벌써 새벽에 떠나갔네

원산의 식주인 이풍헌은

내 집의 손님은 반벌이 좋다고 떠벌린다네

내일 아침에 함흥으로 떠나는데

바로 순사또를 만나 본다고

만나면 반드시 두 강가의 일을 묻기를

요즘 집집마다 물색이 어떠하던가

이번에 삼백릿길 서울을 가면

세상 소식이 날마다 많아지리라.

나는 아시아인이다*

나주 한일 동학 위령제

인생은 무엇인가? 역사란 무엇인가? 영원한 물음 앞에 '개인으로서의 인생은 이야기(story)'라 한다면 '높은 산에 올라가 본 인생들의 모습이 역사(high story→history)'인가 하고 혼자 주먹구구식으로 생각해 본다.

지난여름 독도 문제와 센카쿠 열도 문제로 시끄러웠는데 다시 등장한 아베 신조 등 우파 정객들의 발언을 보면 그들이 얼마나 잘못된 역사 인식을 가지고 있고 또다시 과거의 잘못된 길로 일본 국민을 유도하고 있어 걱정된다. 그런 와중에 나카즈카 아키라(中塚 明) 선생이 인도하는 〈제7회 동학농민군 역사를 찾는 여행〉이 지난 2012년 10월 16일부터 6일간 진행되고, 일본 측 25명, 한국 측 20여 명의 교류회가 17일 밤 광주 금수장호텔에서 있었는데, 그 자리에서 나카즈카 선생은 "그동안 이 여행에 참가한 백여 명이 비록 소수이나, 일본인의 역사관을 근본적으로 바꾸려는 주체적인 움직임이 그들에게 싹트고 있다."라고 말했다.(『신인간』 11월 호에 전문 소개)

이날 교류회에서 마이즈루(舞鶴)의 요에 가쓰히코(予江勝彦) 씨는 우키

* 《개벽신문》16호(2012.12.1)

시마마루(浮鳥丸) 사건을 담은 비디오를 보여주었는데, 그는 희생자 추도비를 세우고(1978), 매년 8월 24일 추도 위령제를 지내고 있다. 또 그림연극·만화·영화 등 다양한 문화운동을 전개하고 있으며, 이 동학 여행에도 꾸준히 참가하여 지난번 전주민속마을에서 밤늦게 막걸리를 마시며, 일본 친구들이 "너는 한국 사람이냐?" 빈정대면 "그래 나는 아시아인이다"라고 답한다 했다.

이날 밤 나는 미리 준비한 수운 선생님 글을 설명하였다.

소나무 잣나무 저마다 푸르게 푸르게 서고   松松栢栢靑靑立

가지가지 잎새마다 수만 마디로 얽힌 한 나무로다   枝枝葉葉万万節

땅은 똥거름을 받아들여야 오곡이 풍성하게 결실한다   地納糞土 五穀之有餘

가해자·피해자를 넘어서 동아시아 이웃으로 알고 지난날의 잘못과 고통을 미래의 밑거름으로 삼았으면 했다.

오카야마(岡山)에서 온 다나카 데루코(田中 輝子) 여사에게 수운 선생의 유일한 필적 구(龜) 자 액자를 드렸다. 지난 2월 교토에서의 교류 시에, 오카야마는 알렉산드리아 포도의 명산지이니, 그곳 농민 중 한 사람을 소개해 달라고 부탁했더니 5월에 농장에 가서 개화 전 여러 상태를 사진으로 보내오고 9월에는 다섯 가지 신품종의 완숙 포도를 국제우편으로 보내왔다. 오사카 마사루(小坂勝) 씨는 4년째 완전 무농약, 즉 잡초도 활용하는 자연농법을 실천하고 있다고 하였다.

유신체제 아래에서 기독교 농민회 활동을 함께했던 심상봉 목사, 배종열, 최병상 장로, 광주항쟁의 마지막 도청 싸움에 함께했던 윤기현 동

지, 정농회에서 함께했던 진도의 김종북 님, 해월 선생의 천지부모를 줄
줄 암송하는 이주형 씨 등과 자정이 넘도록 기독교와 동학사상에 대하
여 이야기를 나누었다.

초기 동학의 역사 『도원기서』를 읽을 때마다 눈물이 난다. 이것은 이
를테면 동학의 사도행전이 아닌가 한다. 나는 심 목사에게 해월 선생과
강수가 강원도 산속에서 13일을 굶고 함께 끌어안고 바위에서 죽자고
한 대목을 판소리로 읊으시라 했다.

10월 18일 오전에 5·18 민주묘역(옛 망월동 묘지)을 처음 찾은 나는 얼
마 전 불의의 사고로 숨진 전광훈 동지의 무덤 앞에서 참회의 묵념을 드
렸다. 구 도청, 광주학생운동 발상지 기념관을 둘러보고 오후에는 나주
를 찾았다. 1895년 1월, 일본군 후비 19대대가 이곳에 1개월 정도 주둔
하며 많은 농민군을 학살하였다. 우리는 이따금 은행잎이 펄펄 떨어지
는 나주초등학교 교정에서 한일합동위령제를 지냈다. 박원출 님이 준

나카즈카 선생 일행과 함께한 동학기행(나주초등학교, 2013년)

비한 청수를 모시고 주문을 외우고 묵념했다. 117년 전 한 일본군 병사의 자세한 진중일기(2미터 두루마리)가 얼마 전에 발견되었는데 내용은 아직 공개되지 않았다 한다.

전주로 돌아오는 버스 안에서 박맹수 교수의 설명을 들었다.

1995년 북해도대학 지하실에서 '진도 동학 괴수'라 적힌 두골이 나왔다는 소식을 듣고 IMF의 어려움 속에서도 '운명으로 알고' 일본에 달려가 나카즈카, 이노우에 교수 두 분과 함께 방위청 자료까지 발굴 조사하면서 동학 연구에 노력하고, 게다가 19대대장 미나미 고시로(南小四郎)의 후손이 보관 중이던 자료까지 공개되어 연구하게 된 내력을 들으며, 자기 나라 역사의 치부를 파헤치는 일에 참여한 학자의 치열한 탐구 정신은 박 교수의 뜨거운 열정과 동족에 대한 사랑에 감동을 받은 것이 아닐까 상상해 보았다.

지금까지 7회에 걸친 동학 사적지 여행 중 나주에 온 것은 이번이 처음이다. 따사로운 가을 햇살 아래 무심히 운동장에서 뛰노는 아이들을 보면서 불과 백여 년 전 이곳에서 참혹하게 죽어 간 농민군의 후손도 몇 사람은 있을 것 같았다. 영어 수학 중심의 입시 공부에 치우친 이 나라의 교육은 달라져야 한다. 근현대사에 관한 최소한의 역사 공부를 모든 국민이 해야 하고 지역마다 자기 향토에 어떤 인물이 어떻게 살다 갔는지 체계적으로 학습하여야 한다.

귀농은 최고의 혁명

1958년 1월, 공군과 육군에서 전후 7년의 군 생활을 마치고 제대하니,

나이는 30세가 되었다. 그해 4월 5일 청송 두메산골에서 구식으로 결혼식을 올렸는데 아무래도 헌신랑 같다는 수군거림도 들었다. 1949년 8월 김구 선생의 단독정부 반대운동에 참여한 일로 구속되어 6·25를 대구형무소 미결감에서 맞이하였으나 구사일생 살아남아 첩첩산중 가시밭길을 걸어왔다.

아버님이 교직에 계시면서 틈틈이 괭이로 개간한 직지천 하천부지 모래땅에 1960년 3월 포도나무를 심고, 결혼반지를 팔아 리어카를 사서, 똥장군을 싣고 4킬로미터 거리 김천 시내에서 인분을 퍼 나르면서 나의 영농 생활은 시작되었다. 『야생초편지』의 저자 황대권 님이 두 번째 이야기 『고맙다 잡초야』를 근간에 보내 주서서 읽고 있는데 그 가운데 '귀농은 최고의 혁명'이라 하였다. 시대는 결실의 가을, 군더더기 잎을 스스로 떨치고 겨울을 준비하고 있다.

지금은 귀농자들의 전국 조직이 있고 정부에서도 여러모로 상당한 후원을 하고 있는 것 같으나 50년 전 나의 경우는 정말 맨땅에 헤딩이었다. 밤새워 생각해도 다른 길이 없어 내몰린 운명의 길이었다. 처음 똥장군을 끌고 거리에 나서니 사람마다 나를 보고 비웃는 것 같아 죄인인 양 땅만 보고 걸었다. 그러나 하루 이틀 지나니 차츰 고개를 쳐들고 속으로 '오냐 비웃어라! 나도 너를 비웃어 주마!' 하는 공연한 반항심이 생기는 것이었다.

2년생 어린나무에 3~4송이 포도가 달리고 마침내 4년생 400주 정도에서 30만 원 조수익이 나오고 쌀 한 가마 3천 원 시대였으니 모래땅에서 쌀 백 가마가 생산된 셈이라 식량 문제가 해결되고 동네 사람이 산꼭대기 가서도 살 사람이라 하니 어깨가 으쓱해졌다.

처음에 참여한 것이 건국대학을 설립한 유석창 박사가 이끈 전국농업기술자협회였으나, 「유신헌법」이 기승을 부리던 1976년 가을 수원의 내일을 위한 집에서 크리스찬아카데미 농촌사회교육(제9기)을 받고 가톨릭농민회 조직에서 활동하였다. 그러다가 광주 북동성당에서 시작된 '함평 고구마 사건'에 참여하여 생전 처음 일주일 넘는 단식을 하였다.

문익환 목사님이 농성장에 오셔서 농민들이 자기 권익을 위해서 이렇게 일어나 싸우기 시작했으니 이 나라 민주주의 발전에 희망이 있다고 격려하였다. 농협에서 고구마를 가을에 적당한 가격에 수매하겠다 약속해 놓고 실천하지 않아 밭에 쌓아 둔 고구마가 썩기 시작하여 손해배상을 요구한 운동이었는데 정당한 요구를 회피함으로 일어난 것이었다. 유신 말기 1979년에 영양에서 일어난 소위 '오원춘 사건'은 씨감자가 잘못돼서 바이러스 감염이 확인되어 농민들이 보상을 요구하자 분회장 오원춘 씨를 중앙정보부에서 강압적으로 조사하면서 상처가 났는데, 울릉도에 데리고 가서 여러 날 거지 생활을 강요한 것에 항의하여 안동교구

FTA 반대운동(1990.9.22)

신부들이 들고 일어난 사건이었다. 그해 8월 6일 김수환 추기경이 안동에 와서 강론하고 농민과 신부 수녀들이 항의 데모를 하였는데 거기에 동참한 일로 20일간 유치장 신세를 졌다. 농민들의 작은 요구를 받아들여 정당히 보상하면 될 것을 경직된 유신체제가 온통 난리를 친 것이다. 지금 생각해도 웃음이 난다. 모기 한 마리 보고 칼을 빼어 든 꼴이었다.

1980년대 이후 우루과이라운드와 WTO를 거쳐 FTA 바람이 불면서 식량 자급도는 26퍼센트에 이르고 농사지어서는 장가를 못 가는 현실을 '다문화가정'이라는 이름으로 호도하고 있다. 과실 수입은 1990년 26,000톤 , 2000년 320,000톤, 2010년에는 590,000톤으로 20년 사이에 23배 증가하고 포도 생산은 2000년 476,000톤에서 2010년 306,000톤으로 36퍼센트 감소했다.

앞으로 농촌과 농민이 살길은 무엇인가? 식량 주권의 원칙을 확고히 지키며 지역생산 지역소비의 원리(地産地消 原理)에 따라 학교를 비롯한 단체 급식을 실천하도록 지역마다 생산자 조직을 정비하여야 한다. 한마디로 농협을 생산자 농민의 조직으로 재편해야 한다. 박정희 대통령이 5·16 쿠데타를 통하여 고속도로와 산업화에 기여하여 보릿고개를 해소했다고 하는 말은 일면의 진실이 있다 할지라도, 가장 중요한 시기에 농협조합장 임명제를 20년간 실시하여 농민의 자율적인 협동과 창조력을 봉쇄함으로써 경자유전(耕者有田)의 기본 원칙이 무너지고 오늘의 황무지 같은 모습을 초래한 사실을 간과해서는 안 된다.

한미 FTA가 비준된 지금, 눈앞에 닥친 대선에서 어떤 후보의 말을 믿을 수 있겠는가? 마을과 농협 곳곳에서 서로의 생각을 기탄없이 개진하며 활발하게 토론하는 분위기를 거의 볼 수가 없다. 보릿고개는 없어졌으나 일반 사회인에 비해 폭넓은 견문과 지식이 부족하고 비판적인 자주적인 생각은 거의 찾아볼 수 없으니 안타깝다.

FTA의 실체

『녹색평론』 127호에 실린 송기호 변호사의 글을 읽었다. 그는 한미·한EU FTA 협정문에서 수백 개의 번역 오류를 찾아냈고, 자신의 책이 일본에서 번역되고 국회의원 60여 명과 각계 대표 2,000여 명과 토론·대화를 하면서 깨닫게 된 것을 다음과 같이 정리하였다.

동아시아는 세계에 유례가 없는 인구 밀집 지역이다. 그래서 토지제도를 공정하게 운영하는 것이 중요하다. 만일 토지가 절대적 재산권이 되고 공공적 규제가 후퇴한다면 토지가 없는 대다수 사람들은 가난할 수밖에 없다. 그러므로 동아시아 소농 사회에는 토지 공개념이 강하다. 균등이 동아시아의 필수적 가치이다. 또 여기에는 여름에 집중적으로 비가 오므로 오는 비를 모으고 가두어 벼농사를 지어야 하기 때문에 협동 없이는 사회를 유지하지 못한다. 미국 사회의 구성 원리는 개인의 재산권을 절대화하는 것이다. 이것이 동아시아에서 관철되면 소농 사회를 지탱해 온 토지 공개념과 국민건강보험은 토지 소유자와 민간보험회사 그리고 제약회사의 재산권을 위해 야금야금 해체될 것이다. 그리고 미국의 유전자조작 쌀을 개발한 회사의 특허권이 한국의 쌀농사를 지배할 것이다. 즉 균등과 협동은 FTA 협정과 양립하기 어렵다. 어떻게 하면 중국과 한반도와 일본이라고 하는 동아시아 사람들의 가장 기본적이고 직접적인 생활공간에 평화롭고 평등하며 서로 돕는 관

계를 만들 수 있을까 하는 숙제를 해결하는 데 이바지하고 싶다. 한 사람의
동아시아인으로서 즐겁게 공부하고 싶다.

- 『녹색평론』 127호, 40쪽

나는 지난 7월부터 3개월간 배가 땡기고 바늘로 찌르는 통증을 느꼈
다. 내시경과 조직검사까지 했으나 뚜렷한 것은 나오지 않았다. 그러다
벗의 친절한 도움으로 타이레놀 진통제를 만나 거의 회복되었다. 80이
넘은 지금 갈 때는 가리라. 그러나 근간에 장사익 씨의 구슬픈 노래를
틀어 놓고 황혼의 정감에 젖는 시간이 많아졌다.

찔레꽃 향기는 너무 슬퍼요
그래서 울었지 목놓아 울었지

2012.1.24. 새벽 2시

남쪽 별 둥글게 차고 북쪽 은하수 돌아온다*

현실의 중심을 꿰뚫어 보라

운명의 12월 19일, 아침 기온은 추웠으나 바람이 없어 따뜻한 느낌이 들었다. 우리 가족은 점심을 먹고 승용차를 타고 봉계초등학교에 가서 투표를 하였다. 밤 10시 넘어 TV를 끄고 잠자리에 들었으나 잠은 쉬 오지 않았다. 75.8퍼센트의 투표율에도 불구하고 108만 표 차로 민주당은 패했다. 20퍼센트에도 못 미치는 경북 지역의 득표율은 새삼 부끄럽고, 이 뿌리가 어디인가 생각하게 했다. 21일 자《한겨레》에는 '베이비부머 불안감이 그들을 움직였다.' 수도권 50대는 경제·안보 불안감이 가장 강한데, 집값 하락이 민주화보다 절박했다는 것이다. 50대는 보통 대학생이나 결혼할 자녀가 있고 곧 정년을 맞거나 정년을 한 세대이다. 트위터에서 이 세대의 키워드는 '은퇴, 아파트 한 채, 저축은 별로 많지 않고 생활 능력 없는 무능한 자식이 있고 앞으로 고령화로 인해 30년은 살아야 하는데 막연하다.'라고 한다. 이것이 박근혜 당선의 힘이란 글에 많이 올랐다고 한다. 가슴이 답답하고 저려 온다.

보수 진영은 총단결하여 모든 기관과 세력을 결집한 듯하다. 그러나

* 《개벽신문》 17호 (2013.1.1)

현상에 압도당하지 말고, 차분히 현실의 중심을 꿰뚫어 보아야 한다.

1,469만 명을 기억하라

24일, 아침 식탁에서 식구들의 토론이 벌어졌다. 맏이(54세)는 "보수의 벽이 너무 강고하다."했고, 손자(23세)는 "경상북도가 문제야" 하면서도 "일단 새누리당이 잘하도록 도와주어야 한다."고 했다. 그 말에 나(84세)는 "그렇다, 선거는 게임이다, 죽기 살기로 덤벼서는 안 된다."라고 큰 소리로 응답했다.

마침 오늘 자《한겨레》에 박 당선자는 대통합을 말로만 하지 말고, 박근혜로는 안되겠다고 생각한 사람이 1,469만 명이라는 사실을 기억하여, 집무실 벽에 큼직하게 써 붙이고 실천한다면 몸에 좋은 보약이 될 것이라 했다.

보수 진영 내에서 그의 입지는 확고하니 그의 결심에 시비 걸 사람은 없을 것이다. 인수위 구성부터(MB 정권을 반면교사 삼아) 야권도 인정할 만한 사람을 영입하고 대한민국의 진정성을 입증하기를 바란다고 했다.

나는 말하고 싶다. 눈에 보이는 단순한 표의 수만 보지 말고, 어떤 마음으로 선택하였는지를 들여다보라고. 자기 이해관계보다는 공정한 사회질서가 더 중요하다고 생각하는 사람들의 무게가 중요하다. 새 정치의 틀도 비례대표제 등으로 새로 짜여져야 한다.

함께 살자 모두가 하늘이다

《개벽신문》 16호에 실린 2012년 생명평화대행진 선언문의 제목을 보고 나는 깜짝 놀랐다. 10월 5일 강정마을에서 출발하여 11월 3일 서울역 광장에서 마무리한 선언문인데, '사람은 행복을 추구하면서 살아야 한다. 자연과 더불어 공동체를 만들며 공동체 안에서 살아야 한다.'라는 그 전문(前文)과 '우리가 바라는 세상'의 조목조목을 읽었다. 이것은 바로 경천(敬天), 경인(敬人), 경물(敬物)의 동학사상이며, 오늘의 3·1독립선언이 아닌가!

세계화의 파도 속에서 울부짖는 이 민족의 소리이다.

박정희 대통령은 집권 초기에 동학에 깊은 관심을 가지고 수운회관·용담성지·황토현 기념사업 등 많은 사업을 추진하였는데, 일부 비판적인 시각도 있었으나 그때 그만한 시설도 하지 않았다면 어떻게 되었을까?

지금 3·1운동 100주년을 앞두고 이 민족의 정체성과 진정한 통합과 교육의 구심점을 어디에 둘 것인가? 「대한민국헌법」 전문에 명시된 동학과 3·1운동의 정신이 세계적으로 주목을 받고 있는 이때 대선의 구호와 같이 〈100퍼센트 대한민국〉의 근혜(槿惠) 이름 그대로 〈무궁화의 은혜〉가 이 강산에 피어날 수도 있다고 말하고 싶다.

경제 불황이 닥치면 닥치는 대로 함께 살자. 진정 어머니의 마음으로 보살피고 앞장서면 기적이 일어난다.

남쪽 별 둥글게 차면 북쪽 은하수 돌아온다 　　　南辰圓滿北河回

큰 길은 하늘 같아서 파멸의 큰 재앙을 벗어나리라 大道與天脫劫灰

-『동경대전』

2012년 11월 27일, '쌍용차 문제의 조속한 해결을 위한 종교인들의 호소'를 발표한 것은 〈죽음의 행렬을 멈추기 위한 종교계 33인 원탁회의〉였다.

전봉준 장군도 둥글게 서명하여 사발통문을 냈고, 생명평화운동에서도 둥글게 서서 100배 서원 절을 한다. 상하귀천의 차별 없이 모두 한 가족처럼 둥글게 앉아 밥 먹고 회의도 한다.

협동조합도 1인 1표제이며, 수운 선생은 시천주도 하늘 같은 마음으로(外有氣化) '세상 사람이 모두 각자 진실을 알고 옮기지 않는다(一世之人 各知不移)'라고 하였다. 남한이 경제민주화가 제대로 되고, 동학사상이 확실히 뿌리를 내리면 북한이 돌아온다. 은하수 3호가 지금 지구를 돌고 있다.

생명 평화 대행진 〈함께 살자 모두가 하늘이다〉 이 말을 브랜드 삼아 가슴에 모자에 등판에 부치고 노래하면 좋겠다. 불교에서는 정토운동, 기독교에서는 새 하늘 새 땅 운동, 천도교에서는 개벽운동이다.

처용의 춤, 대동의 춤

12월 25일 새벽 4시(예수님의 선물인가?)

'끝이 좋으면 다 좋다' 이 말은 천부경에 맞먹는 한민족의 지혜요 철학일 수도 있겠다. 참담한 실패의 바닥에 떨어졌을 때, 사실은 비로소 그대의 발이 대지에 확고히 선 것이다.

문재인 씨여! 안철수 씨여! 민주당이여!

1,469만 2,632명의 두 눈이 지켜보고 있다. 함께 추자 처용의 춤 대동의 춤을! 마누라를 짓밟힌 처용이 무슨 마음으로 춤을 추었을까? 신라인들이 〈처용가〉를 부르며, 원효와 화랑들이 춤을 추면서 통일과 대동 세계로 나아갔다. 쌍용자동차, 한진중공업, 현대중공업의 노동자들이여! 죽지 말고 살아야 한다. 눈물을 흘리며 함께 외치자!

함께 살자 모두가 하늘이다! 보리밥 한 그릇 나누어 먹을 때 새 하늘이 열린다!

2012.12.24. 새벽 6시

* 오늘은 2022년 4월 8일, 정확히 10년이 지난 시점에서 이 글을 다시 읽는다. 0.7%, 20만의 차이로 정권이 바뀌었다. 박근혜에 반대한 1,469만 명이 20만으로 줄었다. 2017년 촛불혁명에 참여했던 사람들이 조용히 자기를 돌아보아야 한다. 『우리에겐 절망할 권리가 없다』

축구도 협동조합으로 만든 바르셀로나에서 배운다.

한국은 무엇을 세계에 자랑할 것인가?*

「나의 소원」

백범 김구 선생은 1949년 6월 26일 경교장에서 안두회의 총탄에 돌아가셨는데, 그 1년 6개월 전인 1947년 12월에 「나의 소원」이란 제목의 글을 남기셨다. 그 첫머리에 "네 소원이 무엇이냐 묻는다면 첫째도, 둘째도, 셋째도 우리나라 대한민국의 완전한 자주독립이오라고 대답할 것이다."라고 하시고, 이어서 "나는 공자, 석가, 예수의 도를 배웠고, 그들을 성인으로 숭배하거니와 그들이 합하여서 세운 천당 극락이 있다 할지라도 그것이 우리 민족이 세운 나라가 아닐진대, 우리 민족을 그 나라로 끌고 들어가지 아니할 것이다. 왜 그런가 하면 피와 역사를 같이하는 민족이란 완연히 있는 것이어서 내 몸이 남의 몸이 못 됨과 같이 이 민족이 저 민족이 될 수 없는 것은 마치 형제도 한집에서 살기에 어려움이 있는 것과 같은 것이다."라고 하셨다.

내 나이 80이 넘은 지금, 이 글을 읽으며 그 뜻이 깊고 오묘하여 무릎을 치게 된다. 다음으로 이어서 하신 말씀 중에 이런 말씀이 있다.

---

* 《개벽신문》 제18호(2013.2.1)

… 이 지구상의 인류가 진정한 복락을 누릴 수 있는 사상을 낳아, 그것을 먼저 우리나라에 실현하는 것이다. 새로운 생활 원리의 발견과 실천이 필요하고 오직 사랑의 문화, 평화의 문화로 우리 스스로 잘 살고 인류 전체가 의좋게 즐겁게 살도록 하자는 것이다. 이 큰 일은 하늘이 우리를 위하여 남겨 놓으신 것임을 깨달을 때에, 우리 민족은 비로소 제 길을 찾고 제 일을 알아본 것이다.

1949년 8월 나는 20세 젊은이로서 김구 선생의 '남북협상, 단독정부 수립 반대운동'에 참여한 일로 구속되어 6·25를 대구형무소 미결감에서 맞이하였다.(국가보안법 위반. 3498번) 3,700여 명이 재판도 없이 경산 코발트 광산 등에서 학살되는 와중에서 생존하여 가시밭길 한평생을 살아오는 동안 선생님 사진을 머리맡에 모시고 「나의 소원」을 되새겼다. 85-20=65. 65년이란 세월이 흐른 지금 나는 다시 선생님 면전에 섰다.

늦깎이 동학 공부

2007년 6월 2일, 단성사 근처에서 열린 해월 선생 순도 추모식에 참석한 뒤, 이런저런 인연으로 동학을 공부하는 만학도가 되었다. 2009년 2월 25일. 경주 용담수도원과 특히 묘소를 찾았을 때 마치 고향에 돌아온 듯 나도 알 수 없는 마음의 평안을 느꼈다. 가까운 현곡(見谷)초등학교는 해방 직전 내가 졸업한 모교여서 그날 학교를 찾아 옛 학적부를 열람하고 소위 창씨개명 한 일본식 이름을 수정하였다.

"한사상을 한민족만의 사상에서 동아시아 공통의 보물로 만들고 나아가 세계가 공유하는 철학적 공공재(公共財)로 승화시키고자 한다."라는 교토 포럼에서 김태창 박사가 한 말을 되새기며, 동학을 공부하면서 150년 전 우리 선조들의 숨결을 느끼며 놀라움을 금치 못한다.

> "이러므로 우리나라는 악질이 세상에 가득 차서 백성들이 언제나 편안할 때가 없으니 이 또한 상해의 운수요, 서양은 싸우면 이기고 치면 빼앗아 이루지 못하는 일이 없으나 천하가 다 멸망하면 또한 순망치한이 없지 않을 것이다. 보국안민의 계책이 장차 어디서 나올 것인가?"
> - 『동경대전』, 「포덕문」

1840년 아편전쟁 이후 오늘의 FTA에 이르기까지 200년 동안 이 나라와 아시아에서 전개된 수많은 민중의 피와 눈물과 고통의 핵심을 이보다 더 정확히 요약할 수가 있겠는가?! 나는 한평생 한 몸 가누기에 골몰하고 대학 문전에도 가 보지 못했고 더구나 최근의 IT시대에 컴맹이라 다만 여기저기서 읽은 토막 지식을 황소 여물 새기듯 되새기며 살아왔다. 그런데도 "한 걸음 두 걸음 오르며 나직이 읊어 보니 같고, 같은 배움의 맛은 생각마다 같을러라 (一登二登小小吟 同同學味念念同 - 화결시)."를 혼자 소리 내어 읊어 보는 것이다.

흥에 겨워 한밤중에 징을 가만히 치기도 했다.(크게 쳤다간 미친놈 소리를 듣게 될 터…)

나는 '시천주 조화정'을 일단 이렇게 정리해 보았다.

첫째, 내유신령(內有神靈): 모든 근원은 나에게 있다. 멀리 구하지 말고 나를 닦으라. 끊임없이 자기 거울을 닦음으로 현실 도덕 생활의 기초가 된다. (守心 → 心和) 둘째, 외유기화(外有氣化): 사회와 자연, 즉 나를 둘러싸고 있는 세상 만물과 하나가 된다. '생명은 하나다.'라는 동귀일체 사상에 기초하여, 심지어 살아 있는 자손과 이미 세상을 떠난 조상들도 하나의 큰 생명공동체 안에서 함께 살고 있다고 믿는다. (正氣 → 氣和) (김경재 교수) 셋째, 일세지인(一世之人) 각지불이(各知不移): 세상 사람 모두가 각자 깊이 진리를 깨닫고 이리저리 옮기지 않아야 한다. (造化定 → 春和)

나는 무엇보다 하느님을 부모와 같이 섬긴다고 하신 것이 너무 좋다. 두 번의 상처 끝에 환갑이 넘어서 얻은 만득자 복술이, 아홉 살에 남매를 두고 세상을 떠난 어머니 한씨 부인의 사랑. 어려서부터 남다른 재주를 보이는 아들에 대한 늙은 아버지의 사랑과 교훈. 열여섯에 부친상을 당하고 집은 불타 세상 풍파를 겪으며 살아가는 고비마다 눈물과 한숨 속에 나타나 따뜻하게 품어 준 것은 그 어머니와 아버지의 사랑이 아니었을까? 『동경대전』 두 곳에 보이는 '모앙(慕仰)' 두 글자는 동학사상의 키워드가 아닐까?

해월 선생은 이것을 이어받아 "천지는 부모요, 부모는 천지, 천지부모는 일체니라."라고 선포하셨으니 나는 이것이 후천개벽의 창세기라 할 수 있지 않을까 한다. 이 황금만능 시대. 인륜과 도덕이 철저히 병든 이 시대를 근본적으로 치유할 수 있는 길은, 이 단순 소박한 천지부모일체의 세계관을 각 가정마다 실천함으로써 가능하지 않을까 한다. 이미 우리에게 확실한 본을 보여 주신 이가 있으니 『똥꽃』의 저자(전희식)가 아닌가 한다. 해월 선생이 「내수도문」에서 자상하게 가르치신 대로 살면 화목하고 아름다운 가정이 이루어질 것이고, 어린아이도 하느님을 모셨으니 때리지 말고 가르쳐라 하신 대로 학교와 가정 현장에서 실천하면 폭력이 사라질 뿐 아니라 온전한 인간 교육이 싹트지 않겠는가! 자기 직장과 일터에서 저마다 시천주·인내천 운동을 일으켜, 우리가 진심으로 꾸준히 실천해 나간다면 변화가 일어나지 않겠는가?!

김용휘 교수의 아름다운 비유로 이 문단을 매듭짓는다.

> 시천주 없는 인내천은 알맹이 없는 껍데기에 불과하고 인내천 없는 시천주
> 는 열매 맺지 못한 나무와 같다.
>
> -『최제우의 철학』, 김용휘

100퍼센트 대한민국

오늘이 대한(大寒)이지만 예년보다 날씨가 포근해서 우선 다행이다. 앞으로 한 달 후 18대 대통령으로 취임하는 박근혜 당선인에게 대선 기간 동안 누누이 공언한 '약속을 지키는 정치인', '중소기업의 대통령'이 되어 주시길 바란다. 장부일언중천금이란 속담이 옛말이 안 되도록…. 그리고 붉은 옷과 태극기의 물결 속에 외쳤던 '100퍼센트 대한민국'이 단순히 일회용 구호가 아니라 국정의 기초가 되고, 국민 화합의 기본 정신이 되길 간절히 바란다.

우리 헌법 전문에 명시된 3·1운동 정신을 확인하는 것이다. 모든 종교와 계층의 백성들이 대동단결했던 대중화 민주화 비폭력 원칙은 비단 중국의 5·4운동과 인도의 독립운동에 자극제가 되었을 뿐 아니라 오늘날 우리 앞에 쌓인 난제를 해결하는 데도 근본 원리가 되지 않을 수 없다.

3·1운동 100주년을 앞두고 각계에서 관심이 높아지고 있다. 1910년

경술국치를 당하자 의암 손병희 선생은 우이동에 봉황각을 짓고(1912) 7기에 걸쳐 49일씩 483명의 청년을 수련시켜 마침내 3·1운동의 봉화가 전국 규모로 타올랐던 것이다. 생명과 평화, 정의와 행복의 꿈을 안고 제2의 3·1운동이 꿈틀대고 있다. 오는 2월 25일 취임식이 정말 세계가 놀라고 길이 기억될 '100퍼센트 대한민국' 사랑의 인공위성의 발사일이 되기를 간절히 염원한다.

2013.1.20

열린 사람 열린 교회*

동학 순례단

입춘·우수도 지나고, 황악산에 쌓인 눈은 아직 여전하나, 햇살은 많이 두꺼워지고, 언 땅에서 한두 포기 캐서 끓인 나생이국이 향긋하게 봄소식을 전한다.

2월 21일 120돌 보은취회를 준비하며 순례 중인 『길 위에서 만난 사람들』의 저자인 김창환 씨가 젊은이 몇 사람과 찾아왔다. 대구 수운 선생 순교 터, 종로초등학교 최제우나무, 달성공원 동상, 그리고 선산에서 갑오년에 일본군과 싸운 자리, 김천 구성면 용호동 등을 둘러보고 온 이야기를 나누며 저녁을 먹었다. 생명평화운동에 그 딸이 참여한 일로 나를 알았다 하며, 류영모 선생을 닮았다 하며, 접주라 부를까요, 장로님이라 부를까요 묻기에 좋을 대로 부르라 하고 함께 웃었다.

대구 앞산 밑 Y교회에 속한다 하여, 『천부경』을 이야기했다. 최민자 교수가 자기도 노후에나 도전하리라 생각했는데, 어느 날 가만히 보고 있으니 서론, 본론, 결론으로 가닥이 잡혀 연구를 시작했는데, 아침에 책상에 앉으면 어느새 밤이 되고, 밤에 시작하면 어느새 날이 밝았다는 대

* 《개벽신문》 제19호(2013.3.1)

목을 읽고 나도 읽어 보기로 했었다.

> 하나로 시작하나 시작이 없는 하나요.   一始無始一
> 하나로 끝나는데 끝이 없는 하나다.   一終無終一

경전의 말씀은 마른 소고기 뭉치를 입안에 넣고 두고두고 씹듯 해야 한다. 『참전계경』 366항의 말씀도, 중간에 우연히 펼친 대목에서 만난 노잠낙지(老蠶落地). 늙은 누에가 고치는 짓지 않고 땅에 떨어진다는 것이, 바로 나 자신을 말한 것이라 알고 여기저기 살피는 중에,

> 작은 정성은 하늘을 의심하고   下誠은 疑天
> 보통 정성은 하늘을 믿고   中誠은 信天
> 큰 정성은 하늘을 믿고 의지한다.   大誠은 恃天

스스로 돌아보니, 흔히 하늘을 의심하고 믿으려 애쓰는 데 그친 자신이 아니었나 싶다. 그런데 수운 선생은 시천(恃天, 믿고 의지함)에서 한 걸음 더 나아가 시천(侍天, 내 속에 부모님처럼 모심)이라 하였으니 한 차원 높으면서도 구체적인 길을 보이신 것 같다.

그동안 살아오면서 민들레처럼 날렸던 '명상 자료' 몇 가지를 나누며 헤어졌다. 바위 위 한 그루 소나무처럼 작은 틈으로 실뿌리를 내려, 가뭄과 추위, 시련을 이기고 당당하게 크는 나무처럼 자라기를 빌었다.

열린 사람 열린 교회

2월 24일 시일 아침, 기차와 전철을 갈아타고 대구 천도교회에 도착했다. 예배(시일식)를 드리고 박남수 님의 '낫을 갈았으면 곡식을 베고 풀을 베어야지 그냥 벽에 걸어 놓아서야 쓰겠는가?'라는 말씀을 듣고 교회에 첫인사를 드렸다. 김천에서 자주 오지 못해도 친밀하게 대해 주시길 부탁하며….

때마침 정월 대보름이라 산채와 떡과 과실로 점심을 푸짐하게 먹었다. 한 시 반경 약속대로 앞산 밑 열린교회로 갔다. 가운데 작은 마당을 둘러싼 ㅁ자 구조의 옛날 가정집의 유아원에 온 듯 아이들이 북적거렸다. 상주·보은에 귀농한 가정도 몇 집 되고, 스님처럼 머리를 깎은 목사님은 뒷전에 가만히 앉아 계셨으나, 나는 그의 열린 가슴을 느끼며 은근한 걱정을 날려 버리고 편안한 마음으로 팔십 평생 살아온 이야기를 나누었다.

'한국은 무엇을 세계에 자랑할 것인가.' 지난 18호를 그간 200부 복사하여 이리저리 보냈는데 그것을 중심으로 귀농한 이야기부터 했다. 맨땅에 헤딩이었지만, 결혼반지를 팔아 산 리어카에 똥장군 4개를 싣고 4킬로미터 거리를 하루 4 왕복하면서 노래했다.

"눈 덮인 황악산을 정면으로 바라본다
무개는 몇억만 관 지심에 뿌리박고
산정을 이은 선의 늠름함이여"

귀농 생활은 힘들었지만, 허공을 헤매던 내 두 발이 비로소 대지를 확실히 밟고 선 것이었고, 유달영·함석헌 선생의 글을 읽으며 스승으로 삼았다. 유신체제 아래에서 『씨알의 소리』를 읽고, 농민운동에 참여하였고, 정농회 유기농업 생산에도 함께하여 오늘에 이르렀다. 1995년경부터 주스 등 가공사업에 뛰어들어 식초·와인 등으로 분야가 넓어졌으나 한살림생협으로 주로 유통하고 있다.

2003년 봄, 교보문고에서 구입한 일본 사학자 나카즈카 아키라(中塚明) 교수의 책을 계기로 동학에 대한 공부가 시작되고, 박맹수·김경재 교수님 등 여러분의 귀한 인연으로 행복한 노후를 보내고 있다. 특히 MB 정권을 겪으면서, 어디 가서 "교회 장로입니다." 할 수 없게 되었다.

> 나는 역사적 예수를 믿는 것이 아니다. 믿는 것은 그리스도다. 영원한 그리스도. 그는 예수에게만 아니라 본질적으로 내 속에도 있다.
> -『하느님 발길에 치여서』

> 우리 민족은 우리 종교를 가져야 한다.
> - 함석헌, 『뜻으로 본 한국 역사』

이날 달성공원 수운 선생 동상에 가 보니, 얼굴에 새들이 똥을 싸서 보기 안 좋더라는 이야기가 있었다. 김창환 씨가 3월 10일 전에 가서 청소하겠다 하니, 그러지 말고 관리기관에 이야기해서 그날까지 실행이 안 되면 청소하자는 제안이 나왔다. 나는 속으로 손뼉을 치며 '아멘' 하였다.

아! 3·1운동 그날이 다가온다. 빼앗긴 들에도 봄은 오는가.

한 사람씩 가슴이 열리고 한 송이씩 날마다 꽃이 된다.

2013.2.25

회화나무 이야기*

이 봄에는 한 그루 나무를 심자

4월 5일은 식목일이자, 수운 선생님 득도일. 그리고 나와 두 동생의 결혼기념일이다. 50여 년 포도 농사를 지으면서 포도나무는 꽤 심고 가꾸었으나 포도 이외 다른 나무는 전혀 심지 않았는데, 올해는 묘한 운수(?)로 회화나무와 인연을 맺어 가는 곳마다 떠벌리게 되었다.

2006년부터 해마다 찾아오는 일본의 동학농민혁명 사적지 방문단이 올해는 제8차로 김천·대구를 거쳐 호남으로 가게 되어, 지난 2월 초 대구 경상감영공원(구 도청) 옆 종로초등학교 교정에 있는 400년 수령의 회화나무를 찾게 되었다. 수운 선생님께서 1864년 3월 10일(음) 처형되기 전 60여 일 동안 이곳 감옥에서 조사를 받았으며, 언제부터인가 '최제우나무'라 불리게 되었다고 안내판에 기록되어 있었다. 나는 일제 말기에 대구사범학교를 다니고, 김구 선생의 단독정부 수립 반대운동에 참여한 일로 구속되어 6·25를 대구형무소 미결감에서 겪었는데, 7월 초 대학살의 와중에 생존하여 1950년 8월 15일 바로 이 교정의 천막 임시 법정에서 3년형을 받고 63년 만에 이 나무를 다시 만난 것이다. 지난 3월

* 《개벽신문》 제20호(2013.4.1)

10일 선생님 순도일, 달성공원 동상 앞에서의 추모식을 끝내고 이 나무 아래에서 묵념을 드리며 50여 명을 앞에 두고 졸시 〈최제우나무 아래에서〉를 낭송하였다.

대구시 중구 경상 감영길 49
종로초등학교 교정에 서 있는 400년 수령 회화나무
언제부턴가 '최제우나무'라 불린다.

콩과에 속하는 활엽 교목, 괴목(槐木), 홰나무, pagoda tree
8월에 황백색 꽃이 피고 10월에 열매가 익어 약용으로 쓰인다.

선전관 정운구에 체포된 것이 1863년 12월 10일(음력)
과천까지 압송되었다 철종의 죽음으로 다시 대구감영에 도착한 것이 이듬해 1월 6일,
좌도난정죄로 참수당한 것이 3월 10일이다. 64일 만에 순도하시니 41세였다.

소·대한 추위는 얼마나 혹독했을까?
설은 어디서 어떻게 맞이하였을까? 의복이며 음식은? …
제자들은 삼엄한 공포 속에서도 정성을 다하여 옥바라지를 하였다.
2월 어느 날 순찰사가 문초하는데 벼락 치는 소리가 났다.
"죄인의 넓적다리가 부러졌습니다."
아! 회화나무야, 너도 들었느냐? 살이 터지는 것이 아니라
넓적다리뼈가 부러지도록 곤장을 맞으며 몸부림친 인간 최제우의 부르짖음

을…

하늘에 사무치고 땅에 사무치고 듣는 이 가슴에 불칼로 각인되었으리

그리고 되묻는다 "누가 진정 죄인인가?"

하인으로 분장하여 찾아간 해월에게 말없이 전한 대설대 속에 적힌 글

"등불 밝아 물 위에 아무 혐극이 없고

기둥이 마른 것 같으나 힘이 남아 있다

고비원주(高飛遠走), 멀리 도망가라"

드디어 3월 10일. 수거에 실려 옥문을 나서 관덕정으로 향한다. 두어 달 머
문 건물과 하늘의 구름, 뜰에 선 나무까지 살피는데 문득 앙상한 가지만 수
줍은 듯 서 있는 너를 유심히 보았고 너는 온몸으로 떨면서 스승님 마지막
작별의 인사를 받아들였구나….

"회화나무야! 나는 사람이 제일인가 하였으나 어리석기 그지없네

나는 이제 마흔에 가지마는 너는 천 년을 살리라

천 년을 살면서 내 마음 전해다오."

님 가신 지 어언 149년!

묵묵히 한 자리에 서서 봄, 여름 그리고 가을과 겨울

이 땅의 백성과 함께 견딘 모진 세월의 낮과 밤

아! 비바람 지나고 또 서리와 눈이 오네

장한 회화나무야!

너는 그때마다 온몸으로 생명을 노래하고 춤추며 때로 울부짖었다.

이제 떨리는 손으로 막걸리 한 잔 붓노니

천 년을 굳게 서서 그날을 증언하라

포덕 154년 3·1절에

머리는 하늘에 발은 땅에*

'부처를 만나면 부처를 죽여라'

9·11 사건으로 미국이 이라크를 침공하고 한반도에 전쟁의 먹구름이 짙어지던 2004년 3월 1일, 실상사에서 생명평화탁발순례가 시작되었다. 제주도를 거쳐 경북 김천에 도법 스님이 오신 것이 이듬해 9월 13일이었다. 나는 그 며칠 전 대구에 가서 『부처를 만나면 부처를 죽여라』라는 충격적인 제목의 이 책을 사서 읽고 직지사에 가서 첫인사를 나누고 서명을 받았다. 불교의 중진(?) 스님이 이런 책을 내시다니… 기독교의 목사라면 '예수를 만나면 예수를 죽여라'가 될 터인데, 아직 그런 분은 나오지 않았다.

그간 10년 가까운 세월이 흐르고 MB 정권과 미국발 금융 위기를 겪더니 또다시 북의 미사일 발사로 핵전쟁의 위협과 불안 속에 살면서 이 민족이 과연 평화와 통일의 길로 나아갈 수 있을 것인지를 깊이 생각하게 된다.

2005년 9월, 추석을 앞두고 김천 YMCA·전교조·전농 등 조직의 대표들과 함께 4일간의 순례에 참가하여, 봉계골프장 반대운동, 부항댐 수

---

* 《개벽신문》 제21호(2013.5.1)

몰 지역을 방문하고 6·25 직후 김천 지역에서 일어난 7월 대학살(1,600여 명)의 구성면 현장 골짜기를 찾아 비통한 마음으로 잠시 묵념을 드렸다. 진실화해위원회의 권고에 따른 공식 위령제가 종교·사회 단체와 지자체, 민관 합동으로 추진되어 유족들과 모든 국민의 가슴속 상처를 근본으로 해원 상생할 날을 염원하는 것이다. 땅은 똥거름을 받아들여야 오곡이 풍성하다(地納糞土 五穀之有餘). 역사의 어떤 비극도 한민족의 큰 가슴으로 융화·극복해야 한다. 실상 이것이 통일의 전제가 되어야 한다.

> 이것이 있기 때문에 저것이 있고, 이것이 없으면 저것도 없다.
> - 『증아함경』

스님이 보내 주신 『내가 본 부처』 가운데 불교의 근본이며 전부라 할 수 있는 연기법의 내용을 간단히 이 한마디로 요약했다. 그리고 연기법의 세계관을 가장 깊고 풍부하게 다룬 경전이 『화엄경』이며, 이것을 알기 쉽게 비유한 것이 인드라망 곧 제석천 궁전의 그물 비유이다.

2006년 정초 일주일간 실상사 효소단식에 참가하였다. 영하의 새벽에 창문을 열고 알몸으로 수련하였는데, 스님은 '진리가 우리를 자유케 하리라. 실사구시, 현실을 있는 그대로 바로 보면 해답이 나온다. 만물은 한 몸이니 이웃을 내 몸과 같이, 이웃 나라·이웃 종교도 하느님으로 알고 섬겨야 한다.' 라고 하였다. 40년 『성경』을 듣고 교회를 다닌 장로가 진짜 복음을 듣게 된 것이다. 이해부터 날마다 일기를 쓰고 있다. 자성일기(自省日記). 어느새 27권이 되었다.

조상의 정령과 함께 영원히 활동한다

1970년대 초, 유신체제가 인간의 자유를 억압해 오는 가운데 『씨올의 소리』를 읽으며 희망과 용기를 길렀다. 종교적 우상숭배를 벗어나기는 얼마나 어려운가? 40년이 지난 지금도 수시로 되새기는 말씀이다.

나는 역사의 예수를 믿는 것이 아니다.

믿는 것은 그리스도다

그 그리스도를 통해서 예수와 나는 다른 인격이 아니라

하나라는 체험에 들어갈 수 있다.

그때에 비로소 그의 죽음은 나의 육체의 죽음이요

그의 부활은 내 영의 부활이 된다.

속죄는 이렇게 해서만 성립된다.

- 함석헌, 『하느님 발길에 채어서』

근간에 김경재 교수님의 글 「동학사상과 운동을 통해 본 한국인의 공복사상」(『녹색평론』 129호)를 통하여 새롭게 되새기고 있는 의암 손병희 선생의 '성령출세설'은 내 생명의 영원성을 쉽게 자각하게 한다.

조상의 정령은 자손의 정령과 같이 융합하여 표현되고

선사의 정령은 후학의 정령과 융합하여

영원히 세상에 나타나서 활동함이 있는 것이다.

- 「성령출세설」

좁은 색안경을 벗고 창문을 열자!

안일한 폐쇄주의의 비닐 포트를 탈출하여 대지에 뿌리를 내려야 한다. 얼마 전 실상사 귀농학교 출신 청년 셋이 포도를 심겠다 하며 상담 끝에 켐벨 묘목 400주를 사 갔다. 앞으로 양조용 포도도 심어서 포도주가 생산되면 얼마나 좋으랴! 단순 소박하게 서로 도우며 평화롭게 살자!

머리는 하늘 발은 땅에	頂天脚地
눈은 옆으로 코는 바로	眼橫鼻直
밥이 오면 입을 열고	飯來開口
잠이 오면 눈 감어	睡來合眼

스님의 암자에 새겨진 글이다.

담 넘어 쿵 소리에 무슨 일인지 짐작한다. 1949년생 제주 출신 스님이 실상사에서 도를 닦더니 생명평화전국순례에 나서 5년 동안 3만 리를 걷고 8만 명을 만났다. 제2기에 접어들면서 2007년부터 '지리산 둘레길'을 추진하고 있다.

국립공원 인근 옛길을 찾아 300킬로미터를 거닐며 5개 군 100개의 마을을 지나며 도시와 농촌이 만나며 민관이 협력하고 자신을 돌아보는 치유의 장, 청소년 교육의 장, 순례길을 가꾸어 가고 있다.

시천주 조화정! 보은취회 120돌! 장엄한 대합창 가운데 그물코마다 박힌 투명 구슬이 아침 이슬처럼 빛나고 있다.

자랑스러운 스승님, 자랑스러운 후손[*]

진도 동학 두골이 말하는 것

얼마 전 나카즈카 아키라(中塚明) 선생으로부터 책 한 권이 왔다. 『동학농민전쟁과 일본 - 또 하나의 일청전쟁』이란 제목 밑에 일청전쟁에서 최다 전사자를 낸 것은 일본도 청국도 아닌 조선이었다고 했다. 조선의 독립을 위한다는 거짓 명분을 내세운 일본이 사실은 먼저 왕궁을 점령하고 국왕을 포로로 하여 조선 군대를 무장 해제한 사실을 일본군 참모본부가 은폐하고 역사를 날조한 사실을 밝힌 선생이 85세에 이 책을 펴낸 것이다.

1995년 7월 북해도대학 연구실에서 발견된 6개의 두골 가운데 '한국 동학당 괴수의 수급(首級)'이 나와 이노우에 가쓰오(井上勝生)와 박맹수 교수가 함께 한일 공동 연구를 진행하여, 방위청 자료와 미나미 고시로(南小次郎) 후비 19대대장의 후손이 보관 중이던 자료와, 종군 병사의 진중일기가 밝혀졌는데, '포박하여 총살, 크게 고문, 모조리 총살, 민가 모두 불태움, 태워 죽임, 고문하고 총살한 뒤 불태웠다.' 등등 진상이 기록되어 있으며, 지방신문에는 홍주싸움에 참가한 군인이 자기 형에게 보

* 《개벽신문》 제23호(2013.7.1)

낸 편지가 실려 있다.

> 적(동학군)의 근접을 기다렸는데 앞다투어 달려와 (동서북 3방향) 400m까지
> 왔을 때 우리 부대는 비로소 사격을 시작 백발백중 실로 유쾌했다. 적은 오
> 합의 토민이라 공포의 염을 일으켜 전진해 오지 않게 되었다. 이날 탄환
> 3,100여 발을 소비했다.

단지 힘이 없는 후진국이란 죄로, 인간으로서 차마 할 수 없는 지옥과 같은 제노사이드 섬멸 작전은 히로시마 대본영의 명령이었다. 1840년 아편전쟁 이후 소위 선진국이 된 서구 열강들의 본을 따라 이웃 나라를 짓밟은 일본의 근현대사의 내면을 알 수 있다. 독도를 자기 땅이라 우기고, 위안부 문제를 근본부터 부정하는 아베 신조 등 일본 정객들이 과반수의 지지를 받고 있다니, 제2차 세계대전의 고통을 잊은 것인지 물어보고 싶다.

30만에 이르는 동학농민혁명의 희생자를 낸 우리는 과연 어떠한가? 2004년 「동학농민혁명 참여자 등의 명예회복에 관한 특별법」이 시행되었으나, 기념사업과 유족에 대한 보상과 함께 제1조 목적에 명시된 바와 같이 '애국애족 정신을 계승 발전시켜 민족정기를 북돋우는 데' 정성을 다해야 한다. 서세동점이 극에 달하고(FTA) 약육강식과 이기적 물질문명으로 '나쁜 병이 세상에 가득 차서 백성들이 편안할 때가 없으니 이 또한 상해의 운수요, 서양은 싸우면 이기고 치면 빼앗아 이루지 못하는 일이 없다.'(포덕문) 정확히 100년 만에 북해도대학에서 나타난 진도 동학농민의 영혼은 오늘날 우리에게 무엇을 말하는가? 스승님은 향아설위와 성

령출세설에서 말씀하셨다.

'조상의 사후 정신과 영혼이 없다고 하면 모르거니와 있다고 할진대 살아 있
는 후손과 제자의 정신과 영혼에 융합되어 영원히 활동하고 있다.'

'시천주 조화정 영세불망 만사지' 외울 때마다 하느님의 무한한 은덕
과 함께 피눈물 속에 돌아가신 스승과 선조들의 역사를 영세불망하여야
부끄러운 역사를 반복하지 않고 새 세상을 열어 주신 자랑스러운 스승
을 모신 자랑스러운 후손이 되지 않을까? 자기 민족의 잘못과 치부를 낱
낱이 고발하는 나카즈카, 이노우에 선생과, 천하에 드러난 잘못도 부인
하는 아베 중 누가 과연 일본 국민의 행복과 미래를 보장할까? 우리 또
한 눈앞의 이해관계보다 바른 역사 인식으로 내일을 생각하는 백성이
되어야 한다. 역사를 왜곡하는 자와 그 정권은 그것이 가장 중대한 범죄
임을 알아야 한다.

수운 최제우 선생 순도비 건립을 촉구하며

2006년부터 나카즈카 선생이 앞장서서 시작된 동학농민혁명 사적지
순례가 올해 8차는 김천·대구를 거쳐 호남으로 가게 되어, 그 준비로 2
월 7일 대구 종로초등학교를 찾아 400년 수령의 회화나무를 만나, '최제
우나무 아래에서'란 졸시를 읊고, 순도하신 자리에 아무런 표지석 하나
없는 현실에 직면하여, 교적을 대구시교구로 옮기고 뜻을 같이하는 여
러분을 만나 순도비 건립 운동을 시작하였다. 우리의 힘은 미약하고, 안

팎의 벽은 강고하여 고전 중이다. 처음부터 다짐하기를 돌 하나 세우는 것보다 동학사상을 바로 깨닫고, 우리 생활이 변화되는 실천을 다짐하고 있다.

이 소식을 듣는 전국의 벗들이 기쁜 마음으로 동참하여 주시길 바란다. 다음은 순도비 건립 운동의 발기인 참여를 촉구하고자 작성한 글이다.

149년 전 1864년 3월 10일 대구 장대에서 참수당한 수운 최제우 선생님 순도비를 세우고자 함은 고귀한 뜻을 기리고 추모함을 넘어 동학사상의 수련과 실천을 통해서 이 나라의 희망을 찾고자 하는 민중의 간절한 소망이다.

우리가 본 동학사상의 핵심은,

1. 하느님을 부모님처럼 모시고 섬긴다 하시고, 득도 후 부인에게 큰절을 하고 두 여종을 며느리와 양녀로 삼았다. 내 집부터 사랑과 평등을 실천하셨다. (천지는 부모, 부모는 천지, 천지부모는 일체니라 - 해월)

2. 멀리 구하지 말고 나를 닦으라. 본심을 지키고 기운을 바르게 하라(守心正氣), 수련 수도의 구체적 방법을 가르치셨다.

3. 우주만물의 근본이 하나이며, 오늘 나의 삶은 무궁한 대생명의 순환 가운데 하나이다. 우리 선조와 스승님의 정신과 영혼은 오늘 나의 삶 속에 융합되어 영원히 활동한다.

- 무궁한 이 울 속에 무궁한 나-『용담유사』, 「성령출세설」

일천한 우리의 공부가 부끄럽지만 극에 달한 물질문명과 희망이 없는 오늘의 현실 앞에 망연자탄할 수만 없어 헌법에 명시된 바 3·1운동과

4·19정신으로 돌아가서 자기중심의 소아(小我)에서 벗어나 대동화합의 세계로 나아가야 하며, 종교와 사상, 여야의 울타리를 넘어 자랑스런 스승님을 모신 자랑스런 후손이 되어, 이 나라가 살고 세계를 구할 수 있는 새로운 사상으로 가장 아름다운 문화의 나라를 창조해 가기를 염원하는 것이다.

'개성을 살리고 한 나무처럼 연대하라. 그러면 고난의 역사를 끝내고 새 시대의 선구자가 되리라….'라고 새기고 하느님을 내 안에 모신 기쁨과 사랑을 실천하여 새 세상을 열어 가자.

내년 2014년은 때마침 두 번째 갑오년이다.

땅은 똥거름을 받아들여야 오곡이 풍성하고*

옥토에 떨어진 씨앗

지난 6월 2일 오후, 대구시 중구 봉산동 민족문제연구소 대구지부 사무실에서 13명이 모여 '수운 최제우 순도비 건립 추진위원회'를 결성하였다. 박위생 천도교 대구시교구장, 방상언 대덕교구장, 정연하 민족문제연구소 대구지부장, 추연창 장준하사건규명위 대구 대표, 장현모 경북과학대 교수, 최영식 전 대구시교구장, 이종형 농민, 한명수 동학 유족(위임), 김현식 교사(위임), 문철조, 김현용, 김창환, 그리고 김성순의 13명이 각자 자기 주변의 발기인을 모아 8월 말경 발기인 모임을 열고 일을 추진하기로 하였다. 그러나 50일이 넘도록 우리의 힘은 부족하고, 호응은 미약하여 1차 100일 기도의 심정으로 임하되, 정연하 씨는 6월 이후 매일 아침 종로초등학교 교정의 최제우나무 아래에서 묵념하고, 사무국을 맡은 김창환 씨는 빈집공동체(?)의 어려움 속에서도 달성공원 동상 앞에서 하루를 시작하여 카페를 열고, 일제강점기 지적대장에서 순도지를 확인하고, 6·25 때까지 그 자리에 시천교 김연국이 세운 순도비가 있었다는 사실을 알게 되었다. 그런 과정에서 향토사 연구에 젊음을

* 《개벽신문》 제24호(2013.8.1)

불태우고 있는 권상구 씨를 만나 중구청과 연결이 되어, 지난 7월 23일 복지문화국장과 담당 과장을 만났고, 현장 답사까지 하게 되었다. 중구청 홍보지를 살펴보았다.

1퍼센트가 아닌 99퍼센트를 위한 협동조합 확산에 많은 노력을 기울이고 있으며(토닥토닥협동조합 등 7개가 설립되어 활동 중), '골목 투어'의 특허청 상표등록을 완료하고, 근대화 문화 골목에 대한 스토리를 기반으로 우리가 이미 잘 알고 있는 인물은 물론, 역사 속에 묻혀 있던 사건을 찾아 이야기를 만들고, 그 이야기를 통해 공감의 폭을 넓히며, 이야기 속의 현장을 사진으로 구성해 이 책을 보는 사람마다 골목을 걷고 싶은 마음이 들게 한다. 풍부한 스토리텔링 작업을 통해 중구의 근대 골목이 한국의 대표적인 여행지, 나아가 세계적인 관광 명소로 거듭날 수 있도록 만들어 나갈 계획이다.

-『우리중구』 7월 호

나는 즉시 윤순영 중구청장께 편지를 써서, 지난번 종로초등학교 최제우나무 안내판의 잘못을 시정하여, 4개 국어로 멋지게 새롭게 단장해 준 것을 진심으로 감사하고, 수운 선생 순도비 건립의 중요성을 설명하고 협조를 당부하였다. 독도 문제와 최근의 아베 총리의 발언으로 긴장이 고조되고 있는 이때, 『동학농민전쟁과 일본』이란 놀라운 책을 출판한 나카즈카 교수의 이번 8차 방문을 앞두고, 한일 간 평화 우호의 획기적인 계기가 되었으면 한다.

서울 인사동에 있는 포도나무집 골목에 있는 포도나무를 지난겨울 전정하였더니 탐스러운 송이가 달렸다고 사진을 보내왔다. 해마다 36℃를 넘는 대구의 살인적인 더위를 포도나무를 활용하여 시원하고 운치 있으며, 덤으로 포도와 포도주도 맛보게 되는 녹화 사업을 추진한다면, 50년 노하우를 다해 돕고 싶다. 만사는 주고받는 것! 중국의 신장 투루판지역에 가 보니 4차선 도로 위에 포도 덕을 가설하여 온갖 포도들이 주렁주렁 매달려 있었다. 한국포도회에서는 오는 8월 20일부터 5박 6일간 이곳을 방문할 예정이다. 일제강점기 대구사범을 다니며 주린 배를 안고 거닐던 약전골목과 종로초등학교에서 동아백화점(순도지)까지 수운 선생이 수거에 실려 가신 마지막 길에 우선 포도나무를 심는다면 3~5년이면 여름에도 시원한 포도의 거리가 될 것이다. 또한 생명평화를 염원하는 세계인들이 찾아오는 한국의 골고다가 될 것이고, 예수님이 십자가 지고 비틀거리며 걸어가신 길이 될 것이다.

사과를 먹어야 사과 맛을 안다

사과에 대한 책을 가령 100권을 읽고, 온갖 품종의 컬러사진을 1,000장을 보아도 소용없고, 사과를 내 입으로 잘 씹어 먹어 보아야 비로소 사과를 알게 되는 것이다. 이 간단한 진리를 확실히 모르고, 한평생을 마치는 이가 의외로 많은 것 같다.

나카즈카 선생이 안내하는 동학 사적지 방문 여행이 지난해까지 7차가 되었고, 그간 약 170명이 다녀갔다는데, 그 가운데 처음부터 계속 참여하고 있는 유이 스즈에(由井鈴枝) 여사에게 무슨 이유로 그렇게 오느냐 전화로 물었더니 "갈 때마다 새로 배웁니다."라고 한마디 하였다. 나는 속으로 신음하며 아무 말도 못했다. 그리고 느꼈다. 이제는 가해자와 피해자의 구분이 없어지고, 서로 배우고 서로 깨달아 함께 깊어지고 함께 높아지는 길만이 남아 있음을 알았다.

지금까지는 동학농민혁명 사적지 현장 탐방이 위주였다면 이번부터는 동학사상 그 자체에 대한 공부가 중심이 되길 바라서, 「포덕문」과 「논학문」을 번역하여 보냈고, 「내수도문」과 「성령출세설」을 준비하였다. 어린아이 호랑이 무서운 줄 모른다는 격이라는 걸 알면서도 감히 시도해 보는 것은 나이 탓으로 허물을 용서해 주시리라 믿기 때문이다.

나는 수첩에 이 말씀을 적어 놓고 수시로 소리 내어 읊는다.

신신영영 호호탕탕　　神神靈靈 浩浩蕩蕩
임사명지 대물공지　　臨事明知 對物恭之

멀리 구하지 말고 나를 닦으라[*]

   실은 몇 사람이 안타까운 마음만으로 출발하였으나, 중구청의 골목 투어 철학을 매개로 담당자와 만나게 되고 땅 소유주(동아백화점)의 폭넓은 양해로 순조롭게 추진되는 상황을 겪으면서 우리 사회의 앞날에 희망을 가지게 되고 스승님의 영이 우리와 함께하심을 실감하게 되었다.

   어느 날 새벽에 산에 올라가 큰 바위를 밀었더니 데굴데굴 골짜기를 굴러 내려가면서 큰 건물에 부딪치고 나는 뒤따라 달려가면서 스스로 후회막급이었는데 깨어 보니 꿈이었다.

   첫 모임부터 나는 다짐하기를, 순도비 돌 하나 세우는 것이 문제가 아니라, 우리 한 사람마다의 마음이 진정한 것이라면 우리의 생활이 변화되어야 하고, 그런 사람들이 한 사람씩 늘어나야 한다 하였다. 시일 아침마다 늦어도 아침 7시 20분 버스로 김천역에 와서 김밥과 우유로 아침을 때우고, 오전 8시 무궁화호 열차로 대구에 도착하면 종로초등학교까지 20분을 걸어서 회화나무 아래서 묵념(때로는 막걸리 한 병 붓고)하고 약전골목을 가로질러 동아백화점 뒤까지 15분 정도 스승님 마지막 가신 골고다의 길을 걷는다. 예정지에서 다시 묵념 후 반월당역에서 2호선을

---

* 《개벽신문》 제25호(2013.9·10.1)

타고 서문시장 1번 출구로 나가 대구시교구에 가서 시일식에 참석하였다. 회의를 마치고 4~5시 차로 돌아오는데 흔히 입석이라 힘들기도 했으나 자리를 양보해 주는 젊은이도 있었다. 유달리 폭염이 계속된 금년 여름내 시일마다 이런 상황이 반복되었으나 다행히 건강하게 지금까지 왔다.

아침과 저녁 하느님과 스승님, 조상님께 진심으로 감사드리게 된 것은, 예상치 못한 일들이 자주 일어나기 때문이다. 얼마 전 대구 YMCA 김경민 사무총장이 대구시의 항공사진을 보여주었는데 금호강이 팔공산을 돌아 낙동강으로 흐르면서 그린 지형이 완연히 거북이 고개를 들고 바다에 뛰어드는 모습이 아닌가?

스승님 나실 때 구미산이 3일을 울었다는데, 41세에 참수당하신 대구의 지형이 거북이라니….

'신신영영 호호탕탕…' 나는 마음속으로 읊조린다.

지난 4월 보은취회 모임에 대구의 노인들(민주화운동 원로회)이 기념사진을 찍으면서 "동학의 뿌리는 대구·경북이다.", "우리가 모두 하늘이다."라는 작은 팻말을 들었었다.

149년 전 스승님이 좌도난정률로 참수당하신 구한말의 시대적 상황과 오늘의 한국 현실이 겹치는 점이 많고, 정전협정 60년이 지나도 전쟁의 불안을 벗어나지 못하니 안타깝기 그지없다. 각계의 잇단 시국선언과 촛불집회, 더구나 헌법 전문에 명시된 3·1운동과 상해임시정부, 4·19 혁명의 정통성조차 외면하는 듯한 역사 교과서 문제를 바라보면서, 지난해 대선 전 태극기와 붉은 옷 물결로 '100퍼센트 대한민국!'을 외친 이들은 누구였던가? 복지 공약 후퇴로 국가의 기본 정신이 흐려지면 안 된다. 정의로운 사회보다 내 생활의 안전을 선택한 유권자들은 심각한 자기반성이 필요하다.

껍데기 말에 속지 말고 현실의 중심을 바로 보아야 한다. 모든 문제는 결국 나에게 있다. 내가 바로 서야 세상이 밝아 온다.

사이프러스와 별이 있는 시골길

이 제목의 반 고흐의 그림(1890.5)은 생명력이 넘쳐 내가 가장 좋아하는 그림이다. 짙푸른 사이프러스 나무가 화면 중심에서 하늘에 닿아 있고, 그 양편에 마치 달처럼 큰 별이 빙글빙글 돌면서 부엉이 눈처럼 빛나고 있다.

나무는 하늘과 땅을 연결하고, 비스듬한 시골길을 걸어가는 두 사람은 하루의 고된 노동도 잊고 정담을 나누고 저 멀리 마차를 탄 남녀는 오늘 밤 흥겨운 파티에 가는 길인가?

문득 내가 죽은 후 맞이하는 '영의 세계'가 바로 이런 야경이 아닐까 생각했다. 해월 스승님 호와 같이 달과 뭇별이 함께 빛나는 바닷가 야경도 그려 본다. 하늘과 바다 모두 흐릿한 윤곽 속에 꿈속인 듯 포근한 생명의 파도가 넘실대는 가운데 엄마 품에 안긴 아기처럼 나는 한없이 편안하다.

몇 광년 아득한 거리인데도 마음만 먹으면 순식간에 가까이 오고 가는 영의 세계!

이 나라의 역사와 문화를 지키고 빛낸 스승님과 조상님, 부모님의 얼굴, 공자, 석가, 예수님 그 외 많은 성인들의 모습도 제각기 다른 아름다운 빛에 싸여 별처럼 떠돈다.

'무궁한 울 속에 무궁한 나 아닌가'
'잠시도 모앙함을 그치지 말라'

비행기가 공중에서 연료를 공급받듯, 하느님과 스승님, 조상님들의 무한한 생명수를 청수로 공급받아 청년의 기상으로 노래한다.
어화둥둥 새날이 온다.

하느님은 모든 사람과 사물에 존재한다*

먼 듯하나 멀지 않다

나는 누구인가?

어디서 와서 어디로 가는가?

사람마다 하느님 모셨으니

사람이 하늘이다

내가 바로 우주의 주인이다

만물이 모두 한 마음 한 기운으로 관통하니

산하대운이 마침내 이 도에 돌아온다.

새해 2015년 을미년을 나는 용담정 입구 방정환 어린이집에서 맞이하였다. 한울연대에서 주관한 수련 자정모임에서, 20여 명의 참가자와 나 자신에게 말했다. "요양원에 가지 않고 여기에서 새해를 맞이하니 한없이 감사하다. '향아설위(向我設位)'의 뜻을 이해하는 데 한 5년 걸렸다. 우리 조상님들이 걸어가신 삶과 남기신 보배가 엄청나다는 사실을 조금이나마 깨닫게 되었다. 개벽은 나부터 시작된다. 마이너스는 플러스로, 부

* 《개벽신문》 제40호(2015.2.1)

채를 자산으로 전환시켜 나가야 한다."

배성운 님은 청수를 세 국자나 부어 주셨고, 돌아와 연수 교재를 100부 복사하면서 이 시를 실었다. 어릴 적부터 천자문을 배웠으나 하늘 천(天)의 뜻을 알게 된 것은 50이 넘어서였다 한다.

한 일(一) 자는 하나라는 뜻도 있고, 전부라는 뜻도 있다. 첫째라는 의미도 있고, 끝이라는 의미도 있다. 가장 높은 곳도 일(一)이요. 가장 낮은 곳도 일(一)이다. 한가운데도 일(一)인 걸 깨닫고 나면 색즉시공(色卽是空)과 1=0이란 의미의 그 참맛을 느낄 수 있을 것이다. 쓰임에 따라 수백 가지 뜻으로 나타나는 일(一)이 바로 '나'이고 '너'이고 우리이고 하늘임을 첫 시간에 암각화처럼 내 가슴에 아로새겼다.

이어서 해월신사님 영부주문의 해설이 있었다.

마음이란 것은 내게 있는 본연의 하늘이니 천지만물이 본래 한마음이니라.
心者在我之本然天也 天地萬物本來一心

만물이 낳고 나는 것은 이 마음과 이 기운을 받은 뒤에라야 그 생성을 얻나니 우주만물이 모두 한 기운과 한마음으로 꿰뚫어졌느니라.
萬物生生稟此心此氣以後 得其生成 宇宙萬物總貫一氣一心也

서세동점의 막바지에 이르러 개벽시대 한 사람으로 살리라.

나는 이 마지막 구절을 붓으로 써서 거실에 붙여 놓았다. 지난해 세월호 사건이 우리에게 던진 충격은 한마디로 타성적으로 살지 말고 정신

차리고 나 자신에게도 그런 사고가 날 수 있음을 생각하라는 것이 아닐까?

> "성찰적 근대화 과정에 들어선 국가는 솔직해야 한다. 앞으로 닥칠 재난과 위험을 관리하기 위해 최선을 다하면서 시스템의 역부족을 인정하고 국민들에게 협력을 구하는 거버넌스(통치 기구)를 만들어 가야 한다. 최근 스위스 정부는 원전 사고 위험지대를 반경 20킬로미터에서 50킬로미터로 확장하고, 그 지대에 살고 있는 국민들에게 비상약 요오드화칼륨 정제와 함께 위험지대에 살고 있음을 알리는 통지문을 보냈다고 한다. 사고 가능성이 매우 높은 원전을 계속 안전하다고 우기는 한국과는 참으로 대비되는 모습이다."
> -《한겨레》, 2015.1.14, 울리히벡

내가 사는 김천, 추풍령 아래는 공장 지대가 아니다. 그런데도 지난 한 해 저녁마다 하늘을 살펴보아도 북두칠성과 북극성을 한 번도 온전히 보지 못하였다. 모든 FTA의 마무리 단계인 듯한 중국과의 FTA가 현실화되면 어떤 일이 벌어질까? 그러나 그럴수록 마음을 다잡고 임종을 앞둔 사람처럼, 내일 지구의 종말이 와도 오늘 나는 사과나무 한 그루를 심는다 하였으니 서세동점(西勢東漸)이 막바지에 이르러 개벽시대 한 사람 노아처럼 나는 살리라 다짐한다.

대구 반월당에 서서

반월은 산머리 빗이요

기울어진 연잎은 수면의 부채로다

연기는 연못가에 버들을 가리우고

등불은 바다 노 갈퀴를 더했더라.

-『동경대전』〈밤노래〉

1864년 3월 10일, 좌도난정죄로 수운 최제우 선생이 참수당하신 지 150년, 이제야 깨닫는다. 구한말 기울어진 국운을 읊은 이 시가 새롭게 다가온다. 경상감영에서 혹독한 문초 끝에 허벅지 뼈가 부러진 후 참수되어 3일간 효수된 관덕정이, 대구 지하철 1·2호선이 교차하는 반월당이다.

경산에서 굽이쳐 흐르는 금호강이 동촌을 지나면서 북상하여 다시 불로동 팔달교를 거쳐 낙동강으로 합류하는 곡선이 곧 거북이가 고개를 쳐들고 바다로 뛰어드는 형상이 아닌가. 반월당이 이 거북의 심장에 위치한다.

100년 만에 발견된 동학농민군의 두개골이 가슴을 친다.

〈역사를 직시하는 한일 시민 대구교류회〉가 지난해 10월 19일에 대구 국채보상기념관에서 열렸다. 일본의 양심 나카즈카 아키라 선생은 2006년 이후 9번에 걸쳐, 이번에는 40여 명을 인솔하여 우리나라를 찾았고, 우리는 진심으로 해원상생을 다짐했다.

2003년 봄, 교보문고에서 구입한 책『이 정도는 알아야 한다 - 일본과 한국 조선의 역사』에서 선생은 "이웃의 불행 위에 내 행복을 확보하려 해도, 그것은 머잖아 나에게로 돌아온다."라고 하였고, 지난해에 출판된 『동학농민전쟁과 일본』에서 '청일전쟁은 일본군이 저지른 최초의 제노

사이드'였음을 1995년 7월 북해도대학 지하실에서 동학 괴수라 적힌 두 개골이 나오기까지 저자 자신도 몰랐다고 했다. 지금 생각해도 예사롭지 않은 것은, 1895년 1월, 일본군 3천 명의 마지막 소탕 작전에서 희생된 농민군의 두개골이 정확히 100년 만인 1995년에 드러났다는 것이다. 전기에 감전된 듯 새삼 가슴이 뜨거워진다.

30만이 희생된 조상님들의 영혼이 무심한 후손들에게 '이놈들아 정신 차려라!' 호령하시는 듯하다. 지난해에 이어 두 번째 참여한 요시카와 하루코(吉川春子) 여사는 참의원 4번의 24년 정치 경력을 갖고 있는 분으로 이날 정신대기념관 건립 성금을 전달하였다. 경북대학교의 류진춘 교수는 월남전에 종군한 과거사를 반성했다. 끝으로 9년에 걸친 동학 역사 기행에 한 번도 빠지지 않고 계속 참여한 유이 스즈에(由井鈴枝, 80세) 여사는 5박 6일간, 거의 200만 원에 가까운 경비를 들이면서 무슨 생각으로 매년 참가하는지 전화로 물었더니 한마디로 "갈 때마다 새로 배웁니다."라고 말한다. 그렇다. 이제 가해자와 피해자의 후손을 넘어 이 시대의 어둠을 함께 뚫고 희망을 찾아 나가야 한다. 동학사상 그 자체 속에 오늘 우리에게 등불이 될 무엇인가 진리의 광석이 있다면 함께 갈고 닦아 나감으로써 진정한 이해와 협력의 활력소로 삼고 새로운 아시아를 건설해야 한다.

유이 스즈에(由井鈴枝) 여사의 편지, 동학의 가르침은 인민 가운데 존엄에 관한 것이다.

김 선생님!

선생께서 대분투를 거듭해서 안내하신 제8차 동학 학습 여행에서 돌아온 지한 달이 지났습니다. 선생의 원기를 회상하면 바로 며칠 전에 만난 것 같습니다. 선생께서 마음을 다해서 준비해 주신 자료를 전부 강독하였습니다. 그중 선생의 시 '최제우나무 아래에서', '거북의 노래', '아침 노래'를 감명 깊게 읽었습니다. 귀중한 자료를 읽으면서 그때마다 선생의 진지한 말씀을 반추하며 조금씩 동학사상에 대해 알게 되었습니다.

선생이 열의를 가지고 말씀하시지 않았다면 글만으로는 좀처럼 이해되지 않았을 겁니다. 전화를 포함해서 선생께서 가르쳐 주신 것을 마음 깊이 고맙게 생각합니다. 내가 이 여행에 계속 참가하고 있는 목적이랄까, 소원은 지금껏 전혀 몰랐던 동학농민에 대해서 그 내면 깊이 공감하고 알고 싶은 것입니다. 역사를 살아간(창조해 온) 선인들 속에 있는 살아 있는 힘을 이해하기 위해서입니다. 그러나 이 정도의 노력으로는 동학농민들을 이해할 수 없습니다.

매번 이 여행을 복습하면 동학농민혁명에 대해서 모르는 일에 부딪힙니다. 그것을 배우기 위해서 나의 과제는 동학사상에 대해서 좀 더 알고 싶다는 거였습니다. 아주 좋은 여행(견학 등)이었으나 나에게는 과제가 커서 겨우 그 입구에 도달한 느낌입니다.

그나마 내가 겨우 알게 된 것을 적어 봅니다.

1. 현재의 우리는 동학농민 등 과거에 살기 위해 싸우다 죽은 이들의 생명과 내 생명이 하나로 겹쳐져 살고 있음을 실감합니다. 과거에 싸우다 쓰러진 분들은 한국에도 일본에도 많이 계십니다.

2. 하느님은 모든 사람과 물건 가운데 존재한다는 동학의 가르침은 인민 가운데 있는 존엄에 대해서 지적하고 있습니다. 다른 데서 구하는 것이 아니라 내 안에 있는 존엄을 살릴 수 있다면 세상은 밝아진다고 김 선생이 말했

다고 생각합니다. 그것이 진리라고 봅니다. 지금의 일본은 많은 국민의 존엄이 무시되고 어두운 구름이 짙습니다.(희망도 크게 하려고 애쓰고 있습니다만.) 나는 아이들 속에 있는 존엄을 소중히 하고자 학교에서 엄격하게 일했습니다. 이러한 뜻과 동학의 가르침은 함께 울리고 있습니다. 이러한 생각을 이번 가을 졸업생들의 집회에서도 이야기하였습니다.

3. 앞으로도 동학에 대해서 배워 가려고 합니다. 김 선생 내면의 빛에 접해서 큰 희망과 새로운 의욕을 받았습니다. 진심으로 감사를 드립니다.

추워지는 날씨, 건강에 조심하세요.

2013. 11. 20. 유이 스즈에(由井鈴枝)

* 후에 나카즈카 씨의 편지에 의하면 유이 씨는 2019년 11월 9일 자는 듯 편안하게 영면하였다고 한다.

중국인이 본 조선과 천도교[*]

조선 안에는 무진장의 보배가 있다. 조선 청년아 정신을 차려라. 세계 사람
을 살릴 무진장의 보배가 있다.

- 상해(上海) 김사용(金司鏞)

세계 사람 가운데 제일 불쌍하고 희망이 없는 자를 조선 사람이라고 누구든
지 말한다. 심지어 조선 사람이면서도 그렇게 말하는 이가 많이 있다. 그러
나 나는 이것을 믿지 않는다. 아니 부인한다. 그러면 어떻단 말이냐? 나는
이렇게 말한다. 세계 사람 가운데 가장 부럽고도 희망 많은 사람은 조선 사
람이라고. 왜? 조선 안에는 무진장의 보배가 가득 차 있음으로써다. 세계 사
람을 살릴 무진장의 보배가 있다는 말이다. 이에 따라 세계 사람이 이것을
암시하고 있다. 지금 조선 안에 있는 서양 사람이나 조선의 진상을 다소라
도 아는 서양 사람이라면 이것을 알 것이며 앎에 따라 저마다 대안의 기반

* 《개벽신문》 제42호(2015.4.1)
  [필자 주] 작년 가을 익산의 박맹수 교수 댁에서 일박한 기회에 『신인간』 2호(1926년 5
  월) 영인본을 빌려와서 읽는 중, 〈중국인이 본 조선과 천도교〉의 글을 발견하여 소개한
  다. 3·1운동 100주년이 눈앞에 닥친 이때, 중국 관광객은 해마다 40%씩 증가하여 머지
  않아 1,000만 명이 될 것이라 한다. 해월 선생은 중국에 포덕하여야 동학이 현도된다 하
  셨는데, 우리는 정신을 차려서 구체적인 대책을 세워야 한다. 아직도 한밤인가 졸고 있
  는데, 사실은 이미 해가 중천에 떠 있는 것이 아닌지? 적지 않은 한문 번역에 수고하신
  경북대 이우철, 박현수 교수님께 감사드린다.

인 물질의 역습을 당하여 애호하는 자들에게 생명수를 주도록 하였으리라 한다. 그러나 그렇지 못하다. 도리어 손으로 가리우고 왕하려 든다. 자기의 하던 버릇 개 주기 싫어서. 그러나 이것은 장구치 못하리라. 자기의 버릇 개라도 주고 오리라 믿는다. 글이 글제를 벗어났나 보다. 가까이 있는 중국인은 어떠냐? 참으로 그이들은 우리의 것을 알았다. 그 무엇이 있는 것을 알고 있다. … (중략) … 나는 (중국의) 어떤 잡지에서 '현대조선청년교육현상(現代朝鮮靑年敎育現狀)'이란 제(題)를 본 일이 있다. 그 대개를 초하야 여러분 앞에 드리오며 따라 그 가운데 불편한 말은 다 약(略)하오니 하량(下諒)하옴을 바라나이다.

(이하 중국어 부분 번역) 나는 조선 청년을 매우 존중하고, 조선 청년이 일에 종사하는 것을 매우 감복하고, 또한 (그들의) 정신을 좋아한다. 이런 정신은 교육으로부터 온 것이지 결코 그들에게 (타의에 의하여) 주어진 것이 아니라 자기 스스로에게 주어진 일종의 사회교육이다. (생략) 지금 그들(조선 청년)의 교육은 두 가지로 나누어지는데, 하나는 학교교육이고, 다른 하나는 사회교육이다.

사회교육. 본래 조선 청년은 미신을 매우 반대하고, 기독교와 기타 종교를 반대해 왔다. 그러나 조선총독부가 숭신인조합(崇神人組合)을 만듦으로써 미신을 고취하고, 또한 백일장을 거행하여 이런 저급한 심리를 이용하였다. 이것이 바로 총독부의 사회교육 방침이다. 그러나 조선 청년은 이런 종류의 (억압) 아래 그들의 일체 활동을 일종의 사상계의 영향을 완전하게 받아들였다. 우리들은 모두 조선의 동학당이 당신의 정치를 개혁하려는 것임을 알고 있다. 그래서 우리 중국이 출병하여 (조선 정부를) 원조하여 마침내 중일전쟁이 일어났다. 그래서 동학당의 혁명운동이 일대 좌절을 맛보았던 것이다. 우리들은 단지 동학당이 어떤 모반운동인 것으로만 알고 있으며, 그것이 평민혁명주의(平民革命主義)를 포함하고 있음은 모르고 있다. 또한 이런 주의가 창시된 역사도 모르고 있다.

1860년에 최수운(崔水雲) 선생이 하나의 학설을 말하였는데, 이 학설의 요지는 '인내천(人乃天)'이다. 이런 생각은 사람이 바로 상제(上帝)이며, 사람 밖에 따로 상제가 있는 것이 아니라는 것이다. 그래서 상제를 신앙하려면 자기 자신을 신앙하라는 것으로, 이는 우주 간에 자신보다 더 진실한 상제는 없다는 것을 뜻한다. 이런 학설이 나타난 후에, 조선 사상계는 완전하게 동요하게 되어, 마치 청천벽력과 같은 요동이 일어나게 되었다. 천주교와 야소교가 바야흐로 조선 민간에 퍼져 나갈 때에, 그(최수운)는 천당설의 황당무계함을 주창하고, 서양 오랑캐의 침략 정책을 통렬하게 꾸짖었다. 그러나 (조선) 국내의 구(舊) 사상계는 오히려 그를 이교(異教), 즉 천주교 예수교로 지목하였다. 당시의 정부 또한 그를 이교(異教)로 백성을 현혹되게 하는 죄로 다스려, 1864년에 대구 장대에서 그를 참형에 처하였다. 그러나 그의 학도들은 남선(南鮮) 지방, 즉 조선의 남부 지방을 풍미하였는데, 저 동학당의 영수 최해월(崔海月) 선생이 바로 그가 가장 신임하는 신도였다. 동학당의 혁명운동은 실패하였으나, 1904년 최수운의 학도 손병희(孫秉熙) 선생이 '천도교(天道教)'라는 명의로 동지들을 모아 300여만 명이 서로 뒤따랐다. 1919년의 운동(3·1운동) 때에 주요한 인물이 바로 손병희 선생이다. (생략)

이런 천도교는 다른 특별한 교육을 지니고 있는데, 그것은 바로 각지에 교리강습소를 설립하여 최수운의 학설뿐만 아니라, 과학도 가르쳤다. 이것이 바로 사회교육의 가장 중요한 일단이라 할 수 있다.

근래 몇 년간 조선 청년에게 특별하게 발달한 것이 바로 계급의식인데, 이런 의식은 실제로 주목할 만한 가치가 있다. 나는 이후에 세계적인 신운동이 이런 계급의식의 지배를 완전하게 받을 것이라 생각한다. (번역 부분 끝)

이상의 쓴 것은 그의 대강을 초월한 것이다. 그것을 총괄하여 말하면 즉 조선 1860년대의 운동이 동학당의 평민혁명주의 운동인 것과 따라서 이후 세계 운동이 여기에서 지배받아 나간다는 것이다.

이 사람들이 이것을 아는 것이 무엇이 그리 기괴하겠는가? 할 이도 없으리라. 그러나 그것이 그런 것이 아니다. 나는 세계 사람이 이전에는 조선 사람을 겉만 보았지만 이후부터는 이면의 조직이 어떠한 것을 알게 되어 간다고. 그러므로 조선 사람으로 조선 사람을 사랑한다면 우리가 우리 것부터 알아야 하겠다. 참으로 마춰, 최면에 걸려 천당 꿈꿀 때가 아니다.

아, 조선 청년아 정신 차려야 되겠다는 것을 재외(在外)이지만 부르짖노라. 우리는 상공업이 발달 못 되어 수출물품이 없는 것을 조금도 저어 말라. 조선 특산의 인내천 주의를 수출할 시기가 내도(來到)하였다. 이 시기를 잃으면 상천을 잃으리니 조선을 위하는 청년이거든 천도교를 알아야 되겠다하고 붓을 던진다. (1926.5.10)

동학 사과의 맛을 아시나요?

─영남에 부는 생명 바람

바보주막과 순도비 이야기

지난 6월 19일 저녁, 대구광역시 중구 약령길 25-1 협동조합 다문(바보주막) 마당에서 벽화 제막식과 박맹수 교수의 강연이 있었다. 메르스 바람이 이 지역에도 불어서 가족들이 팔십 노인의 외출을 말렸으나 마스크를 준비하고 참가하였다. 〈빼앗긴 들에도 봄은 오는가〉의 이상화 시인의 고택이 가깝고 그의 맏형이며 상해임시정부에도 참여한 이상정 장군이 거처하던 유서 깊은 한옥 마당에는 노무현 전 대통령이 밀짚모자를 쓰고 환하게 웃고 있는 펼침막이 걸리고 김효주 씨의 살풀이춤과 곽도경 시인의 시 낭송에 이어, 『개벽의 꿈, 동아시아를 깨우다』(모시는사람들)의 저자 박맹수 교수가 열강했다. 통일신라의 정신적 지주 원효 스님의 고향이요, 대구에서 순도한 구한말의 선각자요 동학 창시자인 수운 최제우 선생의 생명사상은 오늘날 혼란에 빠진 세계에 새로운 희망으로 주목을 받고 있으며, 일본의 명문 교토대학에서 오는 11월 동학 세미나가 준비되고 있다 하였다.

*　《개벽신문》 제46호(2015.8.1)

나는 12년 전인 2003년 봄, 서울 교보문고에서 산 한 권의 책이 인연이 되어, 나카즈카 아키라(中塚明) 선생을 알게 되었고, 2006년 이후 매년 가을에 5박 6일 일정으로 진행되는 동학 여행에 참여하며, 2013년 김천·대구·경주를 순례하는 과정에서 수운 선생 순도비 건립을 추진하게 되었다. 2013년 초부터 순도비를 건립하겠다는 뜻을 세우고, 천도교 대구 시교구에 추진위를 구성하고, 지방 여론과 대구시 당국, 특별위원회와 협의한 끝에 마침내 반월당 현대백화점 앞 시유지 일부에 건립하게 되었으니, 기쁘기 그지없다.

그러나 비문을 정할 때 천도교 중앙총부의 안인 '동학 천도교교조 수운 최제우 순도비' 가운데, '천도교' 석 자를 빼 달라고 위원회가 의견을 내서 난관에 봉착하였다. 궁을 문양과 '천도교 대구교구'의 문구는 그 밑에 있으니, 현지의 여러 실정을 고려하여 용시용활의 지혜로 모처럼 일어나고 있는 이 지역의 관심을 저버리는 일이 없기를 바라는 것이다.

경북대, 영남대 동학 세미나와 한울연대 수련 등에 참여하면서 대구동학연구회와 동학공부방 등을 통해 활발히 움직이고, '동학의 뿌리는 대구·경북이다' 다짐하며 이 지역의 뿌리 깊은 보수·진보의 대립과 남남갈등을 근본적으로 풀어 보고자 꿈꾸고 있다. 중앙의 높은 자리에서 보지 말고 현지에 내려와서 실상을 살펴보길 바라며 '무신론자라도 양심의 법에 따라 살면 된다'라고 한 프란치스코 교황의 선언이 많은 공감을 얻는 시대임을 명심해야 한다. 자기 허물을 벗지 못하는 뱀은 성장할수 없다 하였다. 대구 지형이 큰 거북이 바다에 뛰어드는 모습이며 지하철 1·2호선이 교차하는 반월당 거리를 수운광장으로 하자는 여론이 일어나고 있는 것도 관심을 갖고 지켜볼 일이다.

마음이 화하고 기운이 화하고[心和氣和]

2007년 6월 3일, 단성사 앞 도로변에서 열린 해월 선생 추도식에 참석하고, 2009년 2월 25일 용담정과 묘소를 찾았을 때 마음이 그렇게 편안할 수가 없었다. 전택원 씨는 271자 도선비결을 풀다가 "아들이 있는 장수가 어느 고을에 한가롭게 누워 있다[有子之將 閑臥一州]."는 대목에 막혀 고민하다가 표영삼의 『동학』에 실린 사진을 보고 묘소를 찾아 도선비결의 주인공이 수운 최제우였음을 확인하고 울부짖었다 한다(『천 년의 만남』, 흐름출판).

그날 나는 66년 만에 모교인 현곡초등학교를 찾아 옛 학적부의 소위 창씨개명 한 이름을 정정하였다.

4·19가 나던 1960년 봄. 하천부지 모래땅에 포도를 심고 유달영 선생의 '소심록', '인간 발견', '유토피아의 원시림' 등을 읽으며 비로소 내 발이 대지를 밟게 되었고, 유신체제 아래서도 함석헌 선생의 『뜻으로 본 한국역사』와 『씨올의 소리』를 읽으며 크리스찬아카데미 교육을 거쳐 농민운동에 참여하게 되었다. 1980년 한국포도회를 만들고, 정농회 유기농업을 실천하기 위해 노력하고 생명평화운동에도 뒤늦게 참여하였으나 2008년 촛불시위가 계속되던 해부터 동학 공부를 하던 중 『천부경』을 만나게 되었다.

"우주의 본질은 생명이다. 천·지·인 혼원일기에서 나와서 다시 거기로 돌아간다.", "인간의 근본 마음자리는 우주의 근본인 태양과도 같이 광명한 것이어서 이렇게 환하게 마음을 밝히면 사람 속에 천지가 하나가 되어 천지인 삼신 일체를 체득하게 된다[本心本太陽 昂明 人中天地一]."

그동안 머물고 있던 기독교적 세계관이 순간에 날아가는 태풍과도 같았다.

> 작은 정성은 하늘을 의심하고 　下誠疑天
> 보통 정성은 하늘을 믿고 　　中誠信天
> 큰 정성은 하늘을 믿고 의지한다 大誠恃天

그런데 수운 선생은 한 걸음 더 나아가 '시천(侍天)' 내 마음에 '하느님'을 부모님처럼 모신다고 하니, 한 차원 높으면서도 너무나 자연스럽다. 기독교 주기도문의 "하늘에 계신 우리 아버지 이름이 거룩히 여김을 받으시오며, 나라가 임하옵시며, 뜻이 하늘에서 이루어짐 같이 땅에서도 이루어지이다."라는 문장을 보면 하늘에 계신 아버지와 땅에 있는 나는 처음부터 분리되어 있다. 동학에서는 "천지는 부모요 부모는 천지, 천지부모는 일체니라.", "멀리 구하지 말고 나를 닦으라.", "잠시라도 모앙(慕仰)함을 늦추지 마라.", "수심정기 동귀일체", "흐린 기운을 쓸어 버리고 어린아기 기르듯 하라."라고 말한다. 하늘과 내가 둘이 아니다.

어느덧 1980대 후반 보청기를 몇 번 갈아도 가족들은 답답해하고, 인터넷 세상에 남은 시간을 생각해 보다가 스승님 첫 문답의 장면을 펴 본다.

> "내 마음이 네 마음이다. … 너는 무궁무궁한 도에 이르렀으니 닦고 단련하여 사람을 가르치고 덕을 펴라. 너를 장생하여 천하에 빛나게 하리라."

스승님은 불출산외의 맹세를 하고 피나는 정진 끝에 이 말씀을 듣고도 1년 넘게 실험 검토하신 후 '자연한 이치가 없지 않음'을 깨닫고 포덕에 임하셨다. 오늘날 나 자신에게 이 말씀을 주셨다 생각한다면 어떻게 이해할까? 머리가 아닌 온몸으로 받아들이자면 마지막 문제, 생사관, 사후의 문제를 먼저 풀어야 도통의 경지에 들어갔다 할 수 있지 않을까?

스승님께서는 4년 만에 누명을 쓰고 참수되었다. 여기서 다시「성령출세설」의 말씀을 상기한다. "사람의 영과 육은 수레의 두 바퀴와 같다.", "사람의 영은 곧 우주의 정신이며 조상과 선사의 정령은 후손과 후학의 정령과 융합하여 영원히 세상에 나타나서 활동한다."

나카즈카 선생의 동학을 통한 한일 교류가 올해 10년 차를 맞이하였는데 정부와의 소통이 거의 단절된 상황에서도 꾸준히 성장하고 있음을 느낀다. 일조협회(日朝協會) 고문 요시다(吉田博德) 씨는 2013년에 만난, 일제강점기 경성사범 출신 90대 노인인데 일본의 종교평화협의회에서 동학 천도교에 대해 공부를 하겠다 하여 자료를 보냈다. 마에다 겐지(前田憲次) 감독은 동학농민혁명을 테마로 한 다큐멘터리를 제작 중이다. 한편 15인의 여성들이 동학다큐소설을 집필 중인데, 금년 내 13권이 발행될 예정이라 한다. 눈물과 한숨에 젖은 수많은 조상님들의 영혼의 하소연을 듣고 제정신을 차리게 될 것이다. 이러한 진정한 창조력과 역동성이 과연 어디서 오는가?

동학농민혁명은 엄청난 희생을 초래한 실패한 운동처럼 보인다. 그러나 3·1독립선언문에 명시된 것과 같이 약육강식과 폭력의 시대를 거부하고 각자위심의 시대를 벗어나 해원·상생·협동의 시대로 한 단계 발전하려는 인류 역사의 시대적 표현이었고 오늘날 우리가 풀어야 할 영광

스러운 과제가 아닌가 한다.

김구 선생은 1947년 12월 「나의 소원」이란 글에서 "이 지구상의 인류가 진정한 복락을 누릴 수 있는 사상을 낳아, 그것을 먼저 우리나라에 실현하는 것이다. 새로운 생활 원리의 발견과 실천이 필요하다."라고 하셨다.

분단 70년을 맞이한 오늘 어두움 속에서 울리는 북소리, 징소리… 내가 진정 하느님을 모시고 한 마리 어리석은 거북이가 되어 하루에 꽃 한 송이 이틀에 두 송이 심화 기화 노래하며 살아갈 때 세상은 조금씩 밝아질 것이다. 동학 사과의 맛이 과연 어떠한가? 여러분이 다투어 증언해 주실 날이 올 것이다.

작은, 그러나 큰 학습 운동으로[*]
—동학 한일 교류 10년이 남긴 것

"갈 때마다 새로 배웁니다"

일본의 역사학자 나카즈카 아키라 선생과 원광대 박맹수 교수가 앞장 선 '동학농민혁명을 찾는 여행'이 마침내 10년의 매듭을 지었다. 지난 10월 23일 원광대 정산기념관에 일본 측 55명이 참가했다. 이 자리에서 10차에 걸친 동학 여행에 한 번도 거르지 않고 계속 참가한 유이 스즈에(由井鈴枝) 여사는 자기 소감을 말하였는데, 나는 보청기를 해도 영 시원치 않아 팩스로 보내온 내용의 일부를 적어 보았다.

"이 10년간 한국은 나의 그리운 고향이 된 듯합니다. 처음 이 여행에 참가하여 큰 충격을 받았는데 120년 전 일본 군대가 제노사이드(집단 살해)라고 할 살인·방화 등을 여기 조선반도에서 행하고 거기에 대항해서 살기 위해 싸운 동학농민들이 있었음을 나는 몰랐습니다. 나는 50년 가까이 일조(日朝)협회에서 재일(在日) 한국인의 권리를 지키는 운동을 해 왔는데도, 그것을 몰랐습니다. 나는 배워야 하고 주변 사람들에게 알려야겠다고 깊이 생각했습니

* 《개벽신문》 50호(2015.12·2016.1)

다. 과거의 사실을 배우지 않으면 일본의 침략도 거기 저항해서 싸워 온 아시아 사람들의 존재도 없던 것으로 되고 맙니다. 일·한 시민에 의한 사실을 알기 위한 이 여행을 계속해서 큰 학습 운동으로 하고 싶습니다. 2015.11.2.”

2012년 가을, 나는 나카즈카 선생에게 “동학농민혁명의 자취는 호남지역에 많으나 동학사상의 뿌리는 대구·경북입니다.”라고 항의하여 마침내 2013년 김천·대구, 2014년에는 경주·대구를 오게 되었는데, 막상 내 자신이 살아온 향토에 대해서 거의 백지 상태였음을 깨닫게 되었다.

천도교 대구대덕교구 방상언 씨의 안내로 종로초등학교를 찾아, 400년 된 회화나무가 최제우나무라 불린다는 사실을 비로소 알았던 2013년 2월 7일을 나는 잊을 수 없다. 수운 선생은 이곳 감옥에 머물며 허벅지 뼈가 부러지는 악형을 당했다. 그곳에서 20분 거리도 안 되는 약전골

한국 동학기행 모집 광고

목 염매시장 터, 지금 동아백화점 뒤편 관덕정 뜰에서 좌도난정죄로 참수당하여 3일간 효수된 자리에는 아무런 표시 하나 없는 것을 확인하였다. 일제강점기 대구사범을 다니면서 수없이 다녔던 이곳, 그렇게 특별한 곳인데 돌 하나 서 있지 않은 것이다. 120년 전 가해자의 후손들이 이렇게 모여 오는데 피해자의 후손인 나는, 우리는 무엇을 하고 있는가? 철면피도 이런 철면피가 없다는 부끄러움을 무릅쓰고 나는 그들 앞에 서서 "여러분을 안내하면서 나 자신도 이제야 깨달았습니다."라고 고백할 수밖에 없었다. 역사의 진실 앞에 철저히 겸손하게 서로 배우는 것, 생명은 끝없이 주고받는 것, 이것이 무왕불복지리(無往不復之理)가 아닌가 한다.

동학 아리랑

대구 앞산 등산로에 마련된 '동학공부방'에는 매월 격주 수요일 저녁에 10명 내외가 모이는데, 지난 10월 28일에는 『천 년의 만남』(흐름출판)의 저자 전택원 님을 모시고 공부하였다. 온 나라가 들끓고 있는 국정교과서 문제를 논의하다가 문득, 『도선비결』의 첫머리이다.

간신이 나라에 가득 차서
양신이 비명에 손상되어 죽는다
산협 속 그 원혼의 피는 해마다
산의 꽃과 함께 붉고
흐르는 강 위 굳센 혼은

호수와 함께 푸르다

이 구절이 떠올라 급히 진행된 것이다. 그런데 이 책 서문을 거듭 읽다가 나는 새삼 머리끝이 쭈뼛 서는 듯 놀랐다.

도선 827~898
해월 1827~1898

신라 말과 조선 말, 정확히 천 년을 사이에 두고 두 분이 이 나라의 운명을 예견하셨다.

때는 그 때가 있으니 마음을 급히 하지 말라.
만국 병사가 우리나라 땅에 왔다가 후퇴하는 때이다.

지난 11월 12일, 앞산 전망대에 올라 산 위에 물이 있는 듯 구름 낀 팔공산과 대구 시가지를 바라보았다.

오후에는 652회 목요철학인문 포럼 〈사람의 하늘과 동학—최제우〉라는 제목의 김용휘 교수 강연을 들었다. KTX에 동승하면서 전한 〈동학 아리랑〉은 아래와 같다. 김천 YMCA 봉계 어린이들이 부르기 시작하였으니 여러분도 함께….

방방곡곡 걷고 걸어
내 고향 산수를 살펴보자

아리랑 아리랑 아라리요

아리랑 고개를 넘어간다

소나무 잣나무 저마다 푸르고

가지가지 잎새마다 마디마디 얽혔네

(후렴)

늙은 학 새끼 쳐 천하에 퍼진다

이리저리 날면서 노래한다

제2부

자성록(일기)

I. 2006년 자성록
—생명평화운동과 대구사범학교의 항일운동

■ 2005년 12월 31일(토)

실상사를 찾아 2006년 정초부터 4일간 단식 수련을 했다. 일기는 그간 영농일지를 중심으로 쓰다가 말다가 하였으나, 이때부터 매일 나 자신을 돌아보는 기록을 적은 것이 스물일곱 권이 되었다.

아무리 지독한 고생과 죽을 고비를 겪더라도 '말'로 표현되어야 자기 체험화가 되고, '기록'으로 남아야 남에게 전달된다. 그렇지 못하면 그 고생과 고난은 사실상 없던 것과 다름없는 무(無)로 화(化)하고 만다. 내가 겪은 고난의 의미가 내 자녀와 동족에게 전달되지 못하면, 그 고난의 운명은 되풀이될 수밖에 없다.

나 한 사람의 인생과 우리 민족의 역사는 분리될 수 없다는 것을 확인하였다. 실상사는 신라 시대의 고찰인데 절마다 있는 대웅전은 보이지 않고 보광전 옆에 약사전만 서 있다.

첫인상은 일제강점기 그대로의 모습처럼 보여 마치 타임머신을 타고 60년 전으로 돌아간 것 같았다. 직지사의 화려한 단청과 우람한 건물의 모습과 너무나 대조적이었고 이것이 한국 불교의 참모습이란 강한 느낌이 왔다.

그리고 산속이 아닌 마을 가운데 평야에 위치한, 천여 년 전에 이름 지어진 '실상사(實相寺)'와 오늘날 생명의 실상을 바로 보고, 생명평화운동의 산실이 된 역사의 인연과 신비를 느끼게 되었다.

민족의 비극을 고스란히 겪은 지리산 품에 안기어 이 민족의 앞날에 새로운 희망을 잉태하고 있는가?

■ 2006년 1월 1일(일)~4일(수)

실상사 건너편 기슭에 건립된 교육원 비움의 잔치에서 도법 스님 이하 45명과 김민해 목사 등 도와주는 사람 8명이 단식 수행을 시작하였다. 구자상 부산환경운동연합 사무처장, 조홍무(여수), 전찬상(파주) 변호사, 도법 스님과 나, 또 한 분 모두 여섯이 한방에서 아침 6시부터 풍욕과 수행을 함께했다.

새해맞이 공동세배는 20대 젊은 세대부터 30대, 70대 나까지 앞에 나갔다. 108배 절을 올리고 '진리가 우리를 자유케 한다.'로 시작하여, '이웃을 내 몸같이'로 끝난 도법 스님의 말씀을 들었다. 78세의 시골 교회 장로인 나는 새로운 충격 속에서 어리둥절했다.

2일에는 108배로 시작해서, 김경일 신부의 지도로 춤을 추었고, 오후에는 실상사 경내를 산책하면서 이야기를 나누었다.

3일에는 108배를 올린 후 몇 개의 방으로 나누어 죽음에 대해 토론하였다.

밤, 종합 토론에서 나는 함석헌의 『뜻으로 본 한국 역사』 마지막 장에 '새 시대의 전망'이 나오는데, 백두산에서 뻗어 나온 백두대간이 지리산에서 끊어지고, 바다 건너 제주도의 한라산이 1,950미터인 것은, 8·15 해방 이후 남북 분단의 비극이 다시 시작되었지만, 새로운 시대의 도래를 예언한 것이라 말하고, 지난날 옥중에서 들은 청산리전투를 노래한 독립 군가를 불렀다.

> 가슴 짚고 나무 밑에
> 쓰러진다 혁명군은
> 가슴에서 흐르는 피
> 풀을 붉게 물들인다.
>
> 산에 나는 가마귀야
> 시체 보고 울지 마라
> 몸은 비록 죽었으나
> 혁명정신 살아 있다

1월 4일, 50배 하고 돌아가며 큰절하기를 12시까지 마무리한 뒤 거창 샛별중학교 교사 김귀옥 씨의 차로 거창에 가서 버스로 귀가하여 저녁 에 죽·김 한 장·물김치·키위·사과를 먹었다.

■ 2006년 1월 18일(수)~19일(목)

서울 종로에 위치한 여전도회관(정농회 30주년 행사 일본애농회에서 堀田 회장, 오쿠다 교감 등 7명 참가). 『전농선집 2』 첫머리에 나의 글 '내가 걸 어온 길'이 실렸다. 결산보고에서 11억 가까운 적자가 드러나 청산이 아 닌 재생의 길을 토론한 결과 1억 5천만 원을 새로 모금하기로 하고 자발 적 출자금을 모금하니 5천만 원이 되었다. 임낙경 씨를 회장으로 선출,

부회장단 유임, 감사 1인 보선. 회장 인사. "곰 다리를 붙잡고 있다.…"

■ 2006년 1월 20일(금) 여전히 푸근한 봄날

밤 11시 넘어 『녹색평론』 중 이선관 시인에 관한 글과 유고를 읽었다. 『씨알의 소리』 초기에 실린 그의 시 〈애국자〉에서 "'동포여' 소리에 깨어 자세히 들어 보니 '똥 퍼여'였다."는 이야기가 인상적이었다. 그는 나면서부터 장애인이었는데 작년 64세로 죽기까지 시집 12권을 남겼다고 한다.

■ 2006년 1월 21일(토) 맑음

오후 김천 춘양당서점에서 류상태 목사의 『한국교회는 예수를 배반했다』, 김상봉 교수의 『도덕교육의 파시즘』을 샀다.

류상태 목사의 글을 밤늦게까지 읽었다. "하느님이 주신 이성, 사고의 기능을 포기하고 있다. 예수를 따르라가 아니라, '예수를 믿으라'로 변질한 시초는 바울이었다. 목사를 하느님과 성도의 중간에 위치한 자로 받드는 한국 교회의 현실이 목사의 타락과 교회의 부패를 가져온다."

《한겨레》에 실린 권은정 인터뷰를 읽고 구입한 김상봉 교수의 글 가운데 "힘없는 사람에게 쥐어 줄 칼 한 자루–그것이 철학이다."라는 내용이 있다. 머리가 번쩍하는 느낌이었다!

■ 2006년 1월 22일(일) 맑음, 찬바람

덕천교회 예배: 정협, 윤호, 태영 군 셋이 찬송가 〈예수밖에는 없네〉를 불렀는데, 간밤에 읽은 글이 상기되어 마음이 무겁다.

이 목사와 대화: 『대한민국 다큐멘터리』 읽은 소감을 이야기했다. 해방 후 역사에 대하여도 어느 정도 상식적으로 알아야 하고, 오늘날 교육법 개정을 둘러싸고 서울 큰 교회가 개정을 반대하는 것에 대해서 토론을 하여야 한다.

(위) 나무, (좌) 새와 물고기,
(우) 네발짐승, (아래) 사람

"날마다 승리한다." "빛과 소금의 역할을 한다."라는 말이 공염불이 되어서는 안 된다.

이 목사는 한 달에 한 번씩이라도 조용히 의견을 나누었으면 했다.

■ 2006년 1월 24일(화)

완주 포도 농가 모임에서 한 말.

① 미국과의 FTA. 평택 미군 기지 확장 반대. 미국의 실체 인식(국가 이기주의).

② 지방의원 선거. 단체장 선거.

③ 한 몸-공동체의식, 역사의식.

④ 단순하고 가볍게 살자. / 시대의 흐름을 내다보자. / 화목한 가정·사회. 남을 이롭게 하는 것이 나를 이롭게 한다. / 세상의 평화는 나부터: 경천(敬天)·경인(敬人)·경물(敬物) → 동학(東學), 나는 하느님 안에 하느님은 내 안에 → 예수 / 홍콩 WTO 반대 시위에서 한국 농민 3보 1배 큰 호응.

■ 2006년 2월 2일(목)~3일(금) 유성 경하호텔, 생명평화결사 모임

○ 황대권(교육위원장): 금년은 농업 문제 중심으로 토론하자.

○ 도법: 2004년 3월부터 순례 시작. 도와준 분에 감사하자. 공통적으로 불신·불만에 차 있고 그 책임은 너에게 있다고 생각하는데, 정부와 정치인, 제도의 문제인가? 그런 정부·정치인은 누가 만들었나? / 현실적·구체적으로 원인을 찾아야 하고 내 삶의 실상을 알고 새로운 세계관을 확립해야 한다. / 『평화경』—영국에 가서 잠 못 드는 밤에 정리했다. / 이것이 있으므로 저것이 있다. 관계적 존재 → 생명 실상이다. 중 된 지 40년—고민. 중생의 죄업을 대속하게 해 주소서. / 기도문을 아무리 외워도 내 가슴속에서 우러나오지 않아 108참회를 1년 했더니 자연스러워진 듯하다. / 순간순간 분이 나기도 하지만 이래서는 생명평화의 삶이 안 된다. 돌이킨다.

저녁 먹고 310호실에서 살아온 이야기.

○ 김성순: 딸 키운 이야기.

○ 박정우(대구 YMCA)

○ 이영희(전교조): 교육사업보다 생명평화는 근본 운동. 어떤 교육이론에도 이 문제는 빠져 있다. 일생의 마무리 사업으로 안다.

○ 최정규: 간디 1기생. 부모의 바람이 과했다. 실상사 중학교 검정 수석. 현재 거고 3학년. 농민 되기 준비. 600평. 소를 키우고 나서 팔 것이 고민이다.

○ 박○○: 중학교 교사. 부인은 초교 교사. 1983년부터 전교조 활동. 갈등, 고민 남아 있다. 앞서가는 개인, 단체의 모습을 살펴보고 지원해야 한

다.

○권술룡: 아내의 양말 신기겠다. 염색–위장하지 않고 살 거야. / 수염을 길러 보실래요? 남성성, 야성이 달라지지 않겠나? 한국 사회가 성숙해지지 않겠나?

○도법: 서른까지 자기 고뇌에 골몰했다. 나 자신과 이웃, 사회문제를 통일적으로 어떻게 해결해 나가야 하나? / ① 잘못된 환상과 그것이 무너졌을 때의 좌절. / ② 가장 가까운 사람으로부터 신뢰받지 못할 때. / ③ 활동 자체를 안 하려고 하는 주변. / ④ 사람에 대한 애정이 나에게 있느냐. 변화의 가능성을 신뢰하는 바탕 위에서 기술·방법을 찾아 대화를 통해서 풀어 가려 한다. / ⑤ 평화는 상대 생명의 존엄성을 알고 대접해 주는 것. / ⑥ 언어·문자를 알고 잘 다루어야 한다. → 90%, / ⑦ 순례단끼리 소통, 만나는 사람끼리 소통이 중요하다. / ⑧ 세상일–내가 할 수 있는 일 다하는 것이다. 다 이루지 못했다고 고민할 것이 아니다.

○황대권: 헤르만 헷세 『나르치스와 골드문트』, 『야생초편지』 100만 부 나갔다. / 결혼 생활 3년–'생명평화를 당신부터', 선은 기다림 속에 온다.

○목영균: 통일보다 화해해야 한다. 경실련의 숲가꾸기 운동. / 함석헌 '동발목이 되라', 장일순 '어려움을 각오하고 10년을 견디자'

○종합 토론

① 생명평화의 눈으로 본 인간상과 사회상: 나(ego)가 없어진 사회. / 따뜻한 분위기—긍정적 인간상. / 몽둥이 맞을 각오로 진실을 말할 수 있는 사회. / 단순하게 살았으면. / 멈출 줄 아는 삶. / 경쟁 대신 협력과

나눔. / 성품, 나의 평화, 새 술은 새 푸대에. 비노바 바베(Vinayak Narahari Bhave Vinoba Bhave), 소로(David Henry Thoreau). / 폭력의 유혹을 끊은 화해와 용서. / 현대하이스코의 사례–끝까지 평화.

② 자연과 농업의 가치: 정직하게 사는 사람. 도덕적 직업윤리가 확립되어야 한다. / 자연은 평화의 절대 조건. 농촌은 자연과 인간의 공생의 자리.

③ 도시와 농촌: 고르게 가난하게 살기. / 대구촛불집회 73일(2005. 11. 23. 이후). 농업 회생과 지역 자치(1,000일 목표). / 성서학부모회: 봉화 석현리 1ha 이하 소농 + 9가구 귀농. 사과 판매 280상명 4일간 800만 원. / 도시의 자치 능력이 높아졌다. 농촌의 자치 능력도 높아져야.

④ 평화촌(대추리) 300만 평 방문. / 한 평 사서 씨 뿌리기. 대보름날 (2.12) 모임. 정태춘 씨 고향.

■ 2006년 4월 25일(화) 맑음, 대구사범 심상과 동창회

9시 30분 무궁화호로 대구역에 도착하여 지하철 1호선으로 갈아타 명덕역에서 내려 프린스호텔로 갔다. 4각으로 테이블마다 기별로 선배들이 모였는데, 1기는 아무도 없고, 2기와 3기는 각 2명씩, 4기는 0명, 14기가 19명, 우리 15기는 13명 등 모두 70명 정도 참석했으니 꽤 많이 모였다. 사회자 김유필 씨(14기) 말로는 해마다 20여 명씩 작고한다고 한다.

자료에 보니 3기 진두현 선배도 금년 2월에 감기·폐렴으로 돌아가셨다. 얼마 전 전화기에 벨소리만 울리고 느낌이 안 좋았던 일이 생각났다. 회칙 개정, 임원 개선으로 역사관장을 맡았던 13기 선배가 새 회장이 되었다.

대구사범 심상과 2학년 재학시절(1944년)

　조금 뒤 사회자가 뜻밖에 나를 지명하기에, 1949년 8월에 단독정부 반대운동을 하여 국가보안법 위반으로 구속된 9기 김철회, 13기 손정기, 15기 류칠룡과 내가 6·25를 대구형무소 미결감에서 맞이한 사건을 간단히 설명하였다. 1기 송남헌 선배를 찾아뵌 일도 소개하면서, 지난 3월 27일 우록동에서 개최된 일본 이누가이 목사가 인도한 '노모아왜란(No more 倭亂)' 15차 모임을 이야기하고 마침 참석한 7기 김재덕 선배를 소개하여 기립 박수를 받았다. 점심을 도시락으로 먹고, 한기춘 동기가 유신 논리를 펴는 것을 듣고, 박상영 동기가 나의 의견을 묻기에 나는 해방 직후에 떠돌았던 말, "조선아 조심해라. 미국 믿지 말고 소련에 속지 말아라. 일본이 일어난다."라는 말을 되새기고 싶다고 하였다. 어쩐지 서글픈 생각이 들었다.

나는 대구사범학교 심상과 3학년 때 8·15 해방을 맞이하여 잠시 대구 시내 칠성초등학교에서 근무하다가 일본 유학을 가려고 했으나 실패하여 사대부중에 재입학하였다. 1949년 8월 김구 선생의 단독정부 반대운동에 가담하여 김철회(9기), 손정기(13기), 류칠용(15기)과 함께 국가보안법 위반으로 구속되어 대구형무소 미결감에서 6·25를 맞이하였는데, 기미결 재소자 8,100여 명 중 3,700여 명이 가창·경산 코발트 광산 등에서 학살당한 와중에 생존하였다. 옥중에서 만난 5기 최현택 선배의 이야기—김영기 선생이 졸업을 앞둔 마지막 시간, 한 시간 내내 말없이 남산을 바라보았다고. 재심 출감 후 선생의 도움으로 공군 기술하사관으로 입대하게 되었으나 신원조회에서 걸려 불명예제대하였다. 다시 육군에 입대하여, 전후 7년의 군 생활을 마치고 1958년에 제대하였다. 하천부지를 개간하여 포도를 심고 주경야독하면서 삶의 터전을 잡고 동창회에 뒤늦게 참여하고 부고 역사관을 찾았다. 2008년 계명대학원에서 석박사 학위를 받은 기타무라 사치코(北村幸子) 씨의 논문 「대구사범학교의 항일학생운동」을 요약한다.

당시 사범학교 학생은 수업료도 없이 오히려 생활비를 지급받는 관비생으로 취직까지 보장되었다. 그래서 가난한 학생들이 사범학교에 입학하려고 경쟁이 치열하였다. 당시 노동자 월 임금이 11원이었는데, 사범학교 학생은 매달 25원을 받았다. 총독부는 황국신민을 양성하고 식민지 교육을 하는 데 사범학교를 이용했다. 경성(1922)에 이어 대구와 평양(1929)에 설립되어, 1945년 해방될 때까지 17년간 계속되었는데 유독 대구사범학교에서만 항일운동이 지속된 이유를 밝히려고 기타무라 사치코 씨는 신동준(10기생), 이문영(12기생) 그리고 나 김성순(15기생) 3인을 인터뷰하였다.

　당시 교사 자격에 1·2·3종 훈도제(訓導制)가 있었다. 1종 훈도는 중학 5년과 연습과 2년 수료자로서 관리직(교장)을 담당하며 대부분 일본인이었다. 2종 훈도는 사범학교 심상과를 마쳤거나 중학 5년과 강습과 1년을 수료한 자였고, 3종 훈도는 을종 중학 3년과 강습과 1년을 수료한 자였다. 처음에는 전원 기숙사에서 생활하는 제도였으나, 15기인 나의 경우 1학년 농촌 출신만 기숙사 생활을 했는데 연습과 일본 학생이 실장이었다. 일본인이라야 1종 훈도가 되어 교장(관리직)이 될 수 있었고 60% 가봉수당이 있었다.

　이러한 조건하에서 광주학생사건이 일어난 1929년에 입학한 대구사범 심상과 1기생 93명 중 62명이 졸업하고 31명이 중도 퇴학되었고, 2기생은 93명이 입학해서 65명이 졸업했으니 28명이 중도 퇴학된 것이고, 3기생은 96명이 입학하여 68명이 졸업했으니 28명이 중도 퇴학된 것이다. 현준혁(玄俊赫) 선생이 처음부터 민족독립을 목적으로 영어 시간과 조선어 시간에 3·1 운동에 이르기까지의 조선 역사를 심혈을 기울여 가르친 것이 제자들의 증언으로 확인되었다. 김영기(金永驥) 선생은 1932년 4월부터 1941년 8월 검거될 때까지 10년간 8·9·10기생들에게 조선어 시간과 한문 시간에 우리 문화와 역사를 가르치셨다. 두 분 모두 기숙사 사감직을 이용하여 직접적으로 군대식 계급의식을 배격하고 동포의 친화적 인간관계를 함양하면서 문예부와 차혁당(茶革黨) 등을 통해 조직적으로 활동하였는데, 9기 최태석(崔泰碩)은 "동지들은 조선 역사와 문예 관련 서적을 공동 구매하여 윤독·토론하였는데 특히 『흙』이 감명 깊었다. 모임은 주로 토요일 밤과 일요일에 가졌는데, 동지들의 하숙집과 대구 앞산·팔공산·동촌유원지 등 야외에서 비밀리에 모여 발표·토론·분석·정보 교환을 하며 활동 강화를 협의했다."라고 증언했다.

1941년 여름, 8기 졸업생 정현이 갖고 있던 『반딧불』이 발각되어 1943년 2월에 8기생 16명, 9기생 18명, 10기생 1명 등 35명이 공판에 회부되어, 5명이 옥사했다.

기타무라 사치코 씨 논문의 결론은 다음과 같다.

일제 식민지화 교육의 중심지였던 대구사범학교에서 유독 항일학생운동이 치열했던 것은 현준혁과 김영기라는 두 민족주의 교사가 있었기 때문이다. 초등교육 6년 동안 조국에 대하여 아무것도 배우지 못한 학생들에게 조선어 수업 중 조국의 역사와 문화에 대한 이야기는 매우 자극적이었다. 이 두 교사의 영향을 강하게 받은 학생들은 민족정신을 깨우치게 되었고, 이는 독립정신과 항일학생운동으로 결집해 갔다.

기숙사의 존재도 의미가 컸다. 기숙사에서는 일본어를 사용하지 않았고, 윤독회·독서회 등의 활동을 했고, 심지어 민요집을 발간하기도 했는데, 졸업 후에도 활동이 계속되고 확대되었다. 대구사범학교의 환경은 경성사범학교·평양사범학교와 다르지 않았으나, 두 교사가 식민지 교육의 모순에 대하여 직간접적으로 학생들에게 주입한 것이다.

(2022년 1월 6일, 이 시간 《한겨레》에는 일본대사관 앞 평화의 동상 앞에서 열고 있는 수요시위 30주년 행사를 전하면서, 2020년 5월부터 극우단체가 집회 장소를 선점하여 위안부는 거짓말이라고 주장하고 있다고 전하고 있다.)

■ 2006년 5월 31일(수) 교감과 성숙

흙살림 탄생 15주년–중학생 소년이 된 셈이다. 손자가 고2인데 키가 나보다 크지만 속에 철이 더 들어야 한다. 흙살림도 몸집에 비례하여 성숙하기를 기대한다.

성숙이란 무엇인가? 서로의 입장을 바꿔 상대 입장에서 다시 생각해 보는 것이다. 내 나이 어느덧 78세. 30에 결혼했으니 50년이 가까워 오는데, 요즘에야 새삼 '부부 화합'의 묘미를 깨달아 가고 있다.

지난 2월 유성 생명평화모임에서 옛 가농 동지 김상덕 씨를 만났는데, 어떤 사람이 어느 날 태양을 향하여 진심으로 고마워했다면, 태양도 그 순간 기뻐할 것이라는 니체의 말이 감명 깊었다.

4·19가 나던 1960년 봄에 하천부지를 개간하여 포도를 심었으니 포도와 함께 50년을 산 셈인데 포도나무와 어느 정도나 교감·대화가 이루어지고 있는가? 30평 정도 자란 거봉 한 그루가 개화기를 맞이하여 새순을 뻗고 있다. 밤새 몰라보게 자란 새순과 무수한 이파리를 보면서 새삼 생명의 에너지에 샤워하는 듯 압도된다. 이것이 나의 건강법이요 기도요 명상이다.

나는 아버지 안에, 아버지는 내 안에, 그리고 우리는 자연 만물 안에서 살고 있다.

II. 2014년 자성록
—아아! 세월호 그리고 한일 시민 교류

동학농민혁명 120주년, 수운 선생 순도 150주년, 한일 교류 대구 모임, 4·16 세월호 사건, 경북대 동학 세미나 등 2014년 1년의 일기를 돌아보니 유독 많은 일이 있었다는 느낌이 들어, 이 해 일기를 정리했다.

■ 2014년 1월 2일(목) 모앙과 앙모—수운 선생의 부부 싸움

지난 연말 용담수도원에서 개최한 한울연대 주관 수련회(12.28-1.4)에서 토론 시간에 수운 선생의 부부 싸움 이야기를 했다.

세상 온갖 고초를 겪은 후에 용담에 돌아와서 도를 통하기 전에는 산 밖을 나가지 않으리라 결심하고 정진하였으나 먹고 입고 하는 모든 현실적 어려움에 견디지 못한 박씨 부인이 때로 청수를 엎지르고 소리를 지르는 일이 있었다고 한다. 왜 그런 일이 없었겠는가. 아이는 울고 청수는 엎어져 방바닥을 적시고, 수운 선생은 물끄러미 바라보다가 방을 나가서 산을 올라 겨울이면 양지바른 바위 위에 앉아 하염없이 울었을 것이다. 그때 떠오른 것은 9세 때 죽은 어머니와 17세 때 죽은 아버지의 모습이요 사랑이 아니었을까?

『동경대전』 두 곳에 보이는 '모앙(慕仰)'이란 두 글자는 수운 사상의 핵심이라고 본다.

개신교 찬송가에도 '주를 앙모하는 자'라는 말이 있다. 개신교에서는 하늘에 계신 절대자 하느님을 우러르는 것이 첫째이고 나는 원죄를 지닌 자다. 동학에서는 부모를 사모하듯 하느님을 마음 깊이 사모하는 것이 먼저인 것 같다. 천지부모는 일체이니 잠시라도 사모하고 우러르기를 쉬지 말라고 한다.

나는 《개벽신문》에 글을 쓰기를, 시간 경과도 모르게 울던 수운 선생이 정신을 차리고 터벅터벅 내려오니 밥 짓고 생선 굽는 냄새가 풍겼는데, 해월 선생이 양식과 해물을 한 짐 지고 온 것이라고 하였다.

조한혜정 님 의견

"모든 비극에 참여하려고 했다간 손가락 하나 움직이지 못하게 됩니다. 그래서 한 가지만 관여할 수 있으면 되는 것입니다."(사사키 아타루) 세상을 보는 태도를 바꾸면서 새로운 관계맺기를 시작해야 한다. 혼자 모든 문제를 해결하려고 들기보다는 더불어 사는 시간 자체를 늘려 갈 수 있으면 좋겠다. '협동적 자아'를 만들어 가는 일들로 살림/살이의 경제 영역도 늘리고 우리 자신도 소생하는 새해 되길 소망한다.

-《한겨레》 2014.1.1.

안도현의 기도

내 말을 늘어놓느라 남의 말을 한마디도 듣지 못하는 이에게 파도 소리를 담는 소라의 귀를 주소서.

이 땅의 젊은 아들딸들에게 역사는 멀찍이 서서 관람하는 것이 아니라 스스로 아프게 몸에 새기는 것임을 깨우쳐 주시고.

■2014년 1월 4일(토) 푸근

틱낫한 스님의 『Being Peace』를 일독하고 『죽음도 없고 두려움도 없이』를 읽기 시작했다. 유이(由井, 동학사적지 방문 10차 계속한 여성, 2019.11.6. 영면) 씨는 아마존 자료를 보내며, 틱낫한의 책 중 필요한 것을 알려 주면 바로 보내고 계산은 가을에 하자고 한다. 한일 간에 이런 깊이의 교류가 이루어진 것에 스스로 놀랍고 감사한다.

(〈행복한 인문학〉, 나는 언제부터인가 책이나 신문에서 감동적인 글을 만나면 A4 3~4매로 요약해서 가까운 벗들에게 우편으로 보내고 있다. 한때 200명을 넘었으나 고인이 된 사람도 많고 코로나 이후는 거의 중단되었다.)

■2014년 1월 8일(수) 흐림

오후 청호사에서 '갑오년(甲午年) 우리집 안녕 대자보' 200부를 인쇄했다.(25,000원)

《영남일보》 박○○ 기자를 초대했다.

밤, 오덕훈 씨 연락이 안 된다.

신년호 『현대농업』에 80세 일본인 노인이 유럽을 다녀와서 복숭아나무를 심고 90세에 포도나무를 30아르(900평) 심은 이야기를 호리이(堀井) 씨가 소개하였다.

(호리이 씨는 니이가다(新潟)에서 농업기술센터에 근무하였는데, 교류한 지 아마 10년도 넘었을 것이다. 천안독립기념관과 광주항쟁의 현장도 안내하고, 심지어 2016년 촛불집회를 참관하기도 했고, 친교는 아들에게도 이어지고 있다.)

■ 2014년 1월 9일(목)

새벽 4시 전택원 님의 『천 년의 만남』을 역사관에 따라 정리해 보았다.

1860~1920(60년): 1860년 수운 동학 창도, 1894년 동학농민혁명, 1905년 3대 의암 손병희, 1919년 3·1 이돈화·김기전의 활동

1920~1950(30년): 1945년 8·15 해방, 1948년 8월 15일 남한 단독정부, 1949년 6월 26일 김구 암살, 1949년 9월 북한 정부 수립

1950~1980(30년): 1950년 6월 25일 6·25전쟁, 1960년 4월 19일 4.19, 1961년 5월 16일 5.16쿠데타, 1980년 5월 18일 광주항쟁

1980~2010(30년): 2010년 9월 11일 미국 금융위기, 생명평화운동

2010~2040(30년): 2016년 촛불혁명

30년을 단위로 시대의 파도가 밀려오는 듯하다.

2014년을 어떻게 맞이할까?

오후 3시, 김천 직지사 앞 파크호텔 304호실에 양산팀 김창환, 김영민 씨 등 모여 저녁 먹고 오솔길 식당으로 이동했다. 박맹수 교수는 늦게 도착했다. 상주 김영회 씨가 식대를 결제하여 감사했다.

박맹수 교수, 학생처장 사퇴 후 가벼워진 몸으로 사방을 다니는 중인데 최근 KBS 등에서도 강의 요청해 왔다고 한다. 동학 바람이 분다고. 4월 중순께 경주에서 규모 있는 모임이 있을 것으로 예상된다.

동학을 저항운동보다 생명운동으로 보고, 최치원 선생의 접화군생(接化群生)을 뭇 생명체 속에 들어 있는 하나됨이라 해석하니, 채현국 선생의 동(東) 자 풀이가 새롭게 다가온다 하였다.

이창희 씨가 준비한 자료에 따라 '최제우나무 아래에서' 법인체를 설립하기 위해 발기인회를 진행하기로 하여 추진위원장에 나를 선출하고, 채 선생과 박 교수는 함께 노력하기로 했다. 1월 중 대구에서 전체 회의를 추진하여 순도비 문제를 추진하고, 월 1회『동경대전』을 공부하기로 하였다.

양산팀은 밤늦게 돌아가고, 남은 사람 8명이 한방에서 잤다. 대구 정연하 씨가 공들여 준비한 자연산 가자미회에 포도주와 막걸리, 소주를 마시고 1시 넘어 취침, 잠자리에 들었다.

■ 2014년 1월 16일(목)

어제 주문한 책이 오늘 도착했다.『천도교 경전 공부하기』(라명재, 모시는사람들). 저자의 집안은 의사 출신으로 증조부 때부터 천도교 집안이다. 이 책을 교본 삼아 공부할까 한다. 806쪽이나 되어 3분 하였다.

서울 박원춘 씨에게 전화하니 내가 보낸 '대자보' 읽고 있던 참이라 한다. 80 평생 풍파를 겪으며 해석하는 경전 해석이 가장 좋다고 격려해 주어 감사하다. 수운 선생이 41세에 참수되어 미처 깨닫지 못한 바를 내가 몸으로 겪으며 증언한다는 것이다.

동일한 경전의 말씀이라도 오늘 이 땅의 우리가 어떻게 받아들이느냐가 중요한 것이다.

접화군생을 뭇 생명 속에 들어가 있는 하나됨이라 해석하고 어떻게 실생활에 실천하느냐가 중요하다.

십인십색으로 달리 해석하는 것은 자연스러운 일이고, 말로만 논쟁하는 것이 아니라 자기 생활 속에서 실천을 통해 그 말의 진리를 검증하는 것이 중요하다.

■ 2014년 1월 24일(금)

대구 국채보상운동기념관에서 26명이 참석하여 『동경대전』 주해 공부 모임.

이창희 씨가 정리한 결산보고서.

강의 총평: 포도 농사를 지으며 고생한 이야기 줄이고 참석자에게 질문하고 답을 유도하는 기술을 습득하도록 할 것. 내 마음이 편안해지고 자연과 하나 되고 세상이 평화로워지자면 멀리 구하지 말고 나를 닦으라. 나부터 내 가정부터 내 직장부터 평화를 찾고 그것을 차츰 넓혀 나가자.

16명이 청산식당에 가서 저녁식사 하고 막걸리 마시며 뒤풀이. 각자 1만 원씩 부담하고, 채현국 선생이 10만 원을 보태 주셨다.

■ 2014년 1월 26일(일) 맑음

혼자 청수를 모시고 시일 예배를 드렸다. 창문을 열고 푸른 하늘을 보면서 시천주를 노래했다. 「포덕문」을 한문으로 먼저 읽고, 우리글로 다시 읽었다.

정연하 씨가 준 박찬석 경북대 총장의 일화를 읽었다. 중학교 1학년 첫 학기 성적이 66/66 꼴찌였는데 1등으로 고쳐서 부모님께 보였는데 그 어머니가 모른 척하고 동네 사람들에게 소문을 내고 돼지를 잡아 잔치를 하였다. 그것이 계기가 되어 다음 학기에 7등이 되고 세월이 흘러 교수가 된 자리에서 그 사실을 고백하였더니, 그 어머니가 자식이 소중하면 거짓말도 소중하며 자식을 믿고 잔치를 해야 한다고 부부가 다투었다는 것을 알았다 한다.

■ 2014년 2월 2일(일) 맑음

유이 씨가 보내온 틱낫한 스님의 책 일어판 『맛보는 인생(Mindfullness)』을 정리해 본다.

① 제1테마: 손 안에 든 사과는 우주이다.–하나 속에 모두 들어 있다[一卽多 多卽一]. 대웅전 벽마다 반드시 써 있는 글–티끌 하나 속에 우주가 들어 있다[一微塵中含四方].

② 제2테마: 숨을 들이쉬면서 그것을 의식하고 숨을 내쉬면서 그것을 의식한다.–우리 마음을 현재 이 순간에 집중시킨다. 참새처럼 잠시도 안정치 못하는 마음을 눈앞의 현실에 집중시킨다.

③ 제3테마: 깨달음의 평안과 기쁨은 남이 주는 것이 아니다. 우물은 내 안에 있다. 지금 이 순간을 깊이 파면 샘이 솟아날 것이다.–본론에 들어갔다. 그것은 보물찾기와 같은 것이지만 한 번 찾으면 그만이 아니라 계속 솟아나는 샘물과 같은 것이다.

④ 제4테마: 나와 세계는 긴밀히 연결되어 있다. 가로세로 거미줄처럼 연결되어 주고받는다. 실상 그대가 없으면 나도 없다.

■ 2014년 2월 6일(목)

9시 11분 무궁화호로 대구에 가서 오랜만에 민주화운동 원로회에 참석했는데, 11시까지 총 9명이 모였다. 먼저 간 선배들에게 묵념하고 나이 순서대로 이목(李木) 선생부터 연두 소감을 나누었다.

내 차례에 준비해 간 「갑오년 동학 안녕 대자보」를 낭독하고 김병길 씨까지 마치니 1시 반이었다. 1층 식당에서 대구탕을 먹고 막걸리를 마셨다.

나는 고구려족 선조들이 기원전부터 6세기까지 축치반도 → 알류산 열도 → 알라스카 → 북미 → 멕시코 → 남미까지 이동하며 소위 아메리카 원주민이 되었다는 설날 TV 프로 이야기를 했다.

잠시 후 추연창 씨 연락이 와서 도 장로와 함께 그의 사무실에 걸어가 《영남일보》 주말섹션팀 박진관 기자를 만났다.

사진을 찍고 50여 년 포도 농사 경험담에서 얻은 영양주기이론과 최근 동학을 접한 심경을 이야기했다.

■ 2014년 2월 23일(일)

9시 11분 무궁화호로 대구에 가서 시일식에 참석했다. 추연창 씨가 불참하여 그의 말을 듣지 못했다. 중앙총부에서 쓰레기 버리는 곳에 추모비를 세우려 했다는 소리가 나왔다고 분통 터지는 소리만 들려온다. 3월 10일 세미나는 다가오는데 이경희 씨가 대구 시장을 만났으니 공문으로 장소 A, B를 제안하기로 의견이 모아졌다. 금년 내로는 순도비를 세워야 한다. 대구 시민이 주체가 되어 추진해야 한다고 주장했다. 김동환 전교령이 3·1운동정신계승운동을 하기로 했다. 이번에 순도비를 건립할 때에도 일원화, 민주화, 비폭력 3원칙을 실천해야 천도교 인식이 바로 설 것이라고 역설했다.

나에게 보내온 건립성금 5만 원과 1, 2월분 성금 12만 원을 납부했다.

대구교구 사무실 게시판에 《영남일보》 2월 14일 자 기사 게시.

1면에 수운 선생 초상, 2면 상단에 용담정 입구 수운 선생 동상, 하단에 종로초등학교 회화나무, 3면 상단에 나의 사진 15×20센티미터, 하단에 동아백화점 앞에 선 추연창 씨와 정만진 씨 사진.

■ 2014년 2월 27일(목)

1시 무궁화호로 상경했다.

낙원상가 프라자슈트호텔 9층에서 나카즈카 선생이 《연합뉴스》 기자와 인터뷰 마치고 《한겨레》 한승동 기자와 인터뷰했다.

■ 2014년 2월 28일(금)

천도교 대교당에서 손윤 씨의 강연, 의암 선생이야말로 대한민국 국부라고 주장. 뒤이어 나카즈카 아키라 씨의 강연을 박맹수 교수가 통역하였다. 오늘 청중 200여 명. 대부분 이주형 씨가 발로 뛰며 홍보하였다고 한다.

■ 2014년 3월 10일(월) 맑음

9시 11분 무궁화호. 이주형 씨와 대구역 앞에서 만나 MBC 방송국 차로 달성공원에 가서 인터뷰–일제시대 매월 9일마다 대구신사에 참배한 기억 등을 말했다.

수운 선생 동상 앞에 도 장로, 권오봉 씨, 한 여사도 왔다. 중앙에서 박교령이 와서 추모식 올리고 분향한 후, 대구공업대학까지 전용 버스로 이동하여 학술대회에 참석했다. 채현국 씨, 박원출 씨, 박남성 씨, 배 장로, 김창환 씨 등을 만났다.

오강남 씨 기조 강연, 윤석산 씨 강연 모두 요점을 짚어 가며 지루하지 않았고 청중들이 진지하게 집중하는 자세도 감동적이었다.

부산대 강사는 순도비를 천도교 차원에서 세울 것인지 문화, 관광, 홍보 차원에서 국가 주도로 세울 것인지를 루터의 생가 보존, 예루살렘의 골고다 언덕 사례를 짚으면서 다루었다.

시간이 부족하여 토론은 거의 할 수 없었으나 문제를 크게 제기한 것만으로 일단 마무리했다. 앞으로 어떻게 할 것인가?

대구 지역에서 월 1회 정도 동학사상 강좌를 열었으면 좋겠다.

■ 2014년 4월 1일(화) 맑음

5시 넘어 양산 개운중학교에 도착하여 동학을 강의했다. 벚꽃이 만개한 가운데 채현국 씨 내외의 영접을 받았다. 식당에서 저녁을 먹고 음악실에서 강의를 시작했다. 참여자 약 40명. 준비해 간 백두산 천지 사진을 걸어 놓고 "마음이 화하고 기운이 화하여 봄이 오기를 기다린다[心和氣和 而待春和]."라는 〈화결시〉 한 구절을 설명하고, 빈센트 반 고흐의 그림과 나의 시, 『참전계경』의 이야기로 강의를 끝내니 10시가 넘었다.

이튿날 회화나무 두 그루를 심었다.

■ 2014년 4월 5일(토) 맑음

대구원로회 팔공산 모임.

강 회장, 유 목사, 한 여사, 김병길 씨가 참석했다. 4년 전 처음에는 월 1회 모이다가 월 2회 모이게 되었는데 유익한 모임이라 그리된 것을 더 좋게 여긴다. 강 회장과 도 장로의 노고를 감사했다.

너무 정치 현실에 신경 쓰지 말고, 인생 노후의 심경을 가꾸고 나누자. 신문사 주최로 젊은이들과 함께하는 노소 환담의 자리가 마련되었으면 좋겠다. 도 장로와 귀로 버스 안에서 의견을 나누었다.

온천에서 목욕하고 5시경 출발하여 대구역에서 6시 23분 열차로 귀가했다.

아내에게 전화하니 '여수'에서 대답한다. 오늘이 결혼기념일인데….

■ 2014년 4월 16일(수)

애비 차로 8시 반경 출발하여 대전을 거쳐 서해안고속도로로 내려가 고창을 지나 무안군 현경면 서남부 농협에 도착하니 12시. 함평 영광으로 이어지는 큰 갯벌을 바라보는 횟집에서 점심을 먹었다.

지난번 김천 모임에서 건넨 동학 경전과 또 한 권을 모두 읽고 공부하니 전영남 조합장은 기독교가 불교보다 낮은 우상숭배가 될 수 있다고 했다.

최병상 장로는 보험회사 영업부장 명패가 있는 책상에 앉아 있었는데, 배종렬 장로는 나주에 다녀오느라 늦게 왔다. 요즘도 하루 2식으로 절식 중이라 하는데 몸이 쇠약해 보였다.

퇴비 판매는 농민회를 통해서 면사무소로 신청하도록 해야 한다고 했다. 와인과 사과즙을 나누고 4시 넘어 갔던 길을 돌아오니 8시경이었다.

도중 휴게소에서 진도 부근 바다에서 큰 사고가 난 것을 알았다.

■ 2014년 4월 17일(목) 부슬비

'얘들아 어디 있니?' 오늘《한겨레》1면 제목이다. 급회전하면서 짐이

이 그림은 빈센트 반 고흐의 '별이 빛나는 밤에'를 손자 김경협이 그린 것으로, 거실 중앙에 낮게 걸려 있다. 두 세력이 갈등하면서도 새로운 세계를 창조해가는 우주 대생명의 실상을 느끼게 한다. 세월호 유가족의 비통한 마음과 해월 선생의 향아설위의 뜻이 어렴풋이 가슴으로 느껴진다.

쏠려 전복했나? 선장이 9시 넘어 구명보트를 타고 탈출했다? 선장은 최후의 선객이 탈출할 때까지 함께 있어야 한다는데 죄송하다는 말만 되풀이했다. 긴급 사태 판단이 나고도 한 시간 넘도록 그 자리를 지키라고 방송했다. 단원고 2학년 280명의 학부모들은 진도 체육관에서 애가 타서 울부짖는데 558명의 잠수부들은 아직 내부에 들어가지 못하고, 대형 크레인은 아직 현장에 도착하지 않았고, 온다 해도 천안함보다 몇 배나 덩치가 커서 인양하기까지 몇 달이 걸릴 것이라고 한다. 학생들 대부분은 3~4층에 갇혀 있다. 칠흑 같은 어둠 속에서 공기는? 수온은? 아, 몇 사람이나 아직도 숨 쉬고 있을까? 정확한 사고 원인이라도 빨리 발표가 되어야 하지 않나?

■ 2014년 4월 20일(일) 맑음

8시 2분 무궁화호로 대구에 갔다.

회화나무 묘목 몇 그루를 비닐에 싸서 들고 가니 여인들이 무슨 나무냐 묻는다.

곤천 심○○ 씨(참전용사회 봉산면회장)가 자기 집 마당에 아름드리 회화나무 두 그루가 있었다며, 치질에 특효약이라 뜨겁게 데워 갈아 대거나 달여서 찜질한다고 일러 주었다.

감영공원에는 철쭉꽃도 피었고 처음 보는 흰 꽃이 조화처럼 화사하게 핀 나무도 있었다. 새봄 기운이 가득했고, 징청각 앞 회화나무는 이제 푸른 잎이 트기 직전의 연한 색을 띠며 죽지 않고 살아 있음을 증명해 보이고 있었고, 종로초등학교의 회화나무는 푸른색이 좀 더 짙게 물들어 있었다. 천막 몇 개를 쳐 놓은 것이 체육회 준비를 하는 것 같았다.

불로 막걸리를 나무 주위에 붓고 나도 한 모금 마셨다. 그리고 둥치에 손을 대고 잠시 묵념했다.

시공을 넘어 마음으로 하나 되는 순간….

골고다의 길 도로변 이팝나무에는 마침 화사한 흰 꽃이 만개하여 4월 20일 부활절을 노래하는 듯했다. 내 걸음걸이는 좀 힘들었다.

대구교구에 도착하니 교구장이 바로 나와서 호미와 야전삽으로 담 밑에 구덩이를 파고 내가 가져간 회화나무 묘목을 심었다. 잔뿌리가 상당히 붙어 있어 다행이었다. 바로 물 주고 신문지로 멀칭하고 잔돌로 눌렀다.

'수심경천의 길' 오늘 나의 설교 제목이다.

지난 16일, 항해사는 왜 급선회했나? 가장 궁금한 점은 밝히지 않고 3, 4층에 접근했다는 말이 하루가 지나도 진척이 없으니 가족들의 심정은 얼마나 애타겠는가? '이것이 대한민국의 현실입니다.' 한 부모의 부르짖음이 안타깝다. 대구역 TV에서는 청와대 앞 시위를 방영하고 있었다.

2009년 이후 한일 교류에 참가하면서 공주 우금치 기념탑 앞에서 어떤 일본 여성이 한국 농민이 8,000명이나 죽었는데 일본군과 관군은 한 사람도 죽지 않았다니 그런 무모한 싸움을 왜 했느냐고 물었다. 이 질문을 안고 2년간 고민했다.

전남대 김상봉 교수의 말처럼, 사육신의 죽음이 없었고, 3·1운동의 희생자가 없었다면 우리가 어떻게 자주독립을 주장할 수 있었겠는가? 해월 선생의 향아설위와 의암 선생의 「성령출세설」, 사후 사람의 정령이 없다고 하면 모르거니와 있다고 하면 자손의 정령과 융합하고 영원히 활동한다는 동학의 내세관은 50년간 포도 농사를 지어 온 농부로서, 나뭇잎 하나가 낙엽이 되고 퇴비가 되어 다시 생명의 순환을 하는 것과 같이 너무나 자연스럽게 이해된다.

『구약성경』에서 태초에 하느님이 천지를 만드시고 다 만든 후에 보시기에 좋았더라 했는데 그것을 본 자는 누구냐고 일본의 선(禪) 철학자는 질문했다.

「요한복음」 14장에서 제자들이 하느님을 한 번만 보여 주십시오 했을 때, 예수님은 지금까지 함께 살아왔는데 새삼스레 보이라 하느냐? 나는 아버지 안에 있고, 아버지는 내 안에 있다 하셨다. 나는 80이 되어서야 하느님이 내 안에 계심을 알게 되었다.

"멀리 구하지 말고 나를 닦으라."

그리고 〈화결시〉 6구절이야말로 동학의 진수가 아닌가 한다.

소나무 잣나무 저마다 푸르게 푸르게 서고, 수많은 가지와 잎이 만만 마디로 얽힌 한 그루 나무다.

시계가 12시 15분 전이라 끝내고 내려왔다.

■ 2014년 4월 25일(금)

오전 9시 11분 무궁화호로 대구역에 도착하여, 반월당에서 2호선으로 갈아타고 경대병원에서 내려 부고 앞으로 나왔다.

대구사범 심상과 동창회가 있었다.

옛 강당 앞에서 서성이는데 이원술 군이 와서 중앙의 큰 건물, 부고 건물에 들어가 교실에 가니 김시로 군이 먼저 와 있다. 조금 뒤 부산 류성욱 군과 한재영 군 등 모두 15명이 11시까지 모여 개회했다. 손영권(17기) 회장이 인사말을 했는데, 이것이 대구사범 심상과 동창회의 마지막 총회였다.

나는 회의 끝 무렵 한마디했다.

"1949년 8월, 김구 선생의 남북협상 당시 남한 단독정부 반대운동의 호소문이 너무 간절하여 대구 칠성학교에 함께 근무하던 9기 김철회, 13기 손정기 선배와 15기 류칠용 동기와 함께 전단을 살포한 사건으로 남대구서에 구속되었는데 20일 구속 정도로 나올 줄 알았더니 형무소로 가게 되었고 6·25가 터질 때까지 일심도 받지 못했다.

7월 초 두 차례에 걸쳐 수감자 8,100여 명 중 3,700여 명이 희생되었고, 8월 15일 종로초등학교 천막 임시 법정에서 3년을 언도받고 부산 서면 연필공장에 갔다가 다시 돌아와 1951년에 재심을 받아 4월에 출감하였다.

살길이 막연하던 중 옥중에서 만난 5기 최현택 선배의 이야기로 알게 된 김영기(金永驥) 선생이 마침 대구여중 교장으로 오셔서, 공군 기술하사관으로 입대하였으나 신원조회에 걸려 불명예제대를 하고, 다시 육군에 가서 4년 3개월간 복무하여 도합 7년간 사병 생활을 한 끝에 제대하니 내 나이 30세였다. 황무지 하천부지에 포도를 심고 50여 년간 농사를 지으며 오늘까지 살아왔다.

대구사범 심상과 1기생은 10대 1의 경쟁률(나중에 한국 학생은 28:1)을 뚫고 입학한 93명 중 31명, 3분의 1이 항일운동 등으로 중도 퇴학을 당한 것으로 기록되어 있다.

새는 좌우의 날개로 난다는 말을 생각한다. 앞으로 이 나라가 평화통일로 나아가자면 헌법 전문에 명시된 대로 3·1 운동과 상해임시정부의 정신으로 나아가야 한다.

올해가 마침 동학농민혁명 120주년, 수운 선생이 참수된 지 150주년이 된다.

나는 10년 전 2003년 봄, 교보문고에서 책 한 권을 산 인연으로 일본의 역사학자 나카즈카 아키라(中塚 明) 씨를 알게 되었는데, 그는 청일전쟁 때부터 일본이 잘못되었다 주장하고, 2006년 이후 매년 가을에 20~30명씩 동학의 자취를 찾아서 온다.

나는 대구사범이 백 년, 천 년 뒤에도 역사에 부끄럽지 않은 자취를 남길 것을 기원한다.

사람의 생명은 우주의 대순환 가운데 죽음 후에도 영원히 이어질 것을 믿는다.

역사기념관 앞 박대통령기념비와 독립운동에 희생된 선배들 앞에 국화꽃 한 송이씩 바치고 묵념했다. 15기 동기 사진을 찍고 부중 교장 한원경 씨와도 인사하였다.

6시 넘어 서울역 도착하여 이주형 씨와 함께 호텔 22층 4호실에서 나카즈카 아키라 선생과 박맹수 교수를 만났다. 야마베 겐타로 씨에 관한 책을 출판하자는 요청을 받아준 것에 대한 감사로 저녁은 이창희 씨가 일식 스시집에서 대접하였다.

■ 2014년 4월 28일(월) 비

《한겨레》에 실린 김누리(중앙대 독문학 교수)의 글이 감동적이다.

"행복한 10대들의 나라, 세월호 아이들이 갈망했을 그런 세상을 이제 우리 어른들이 열어 주어야 한다. 이 시대착오적인 노예 상태에서 아이들을 해방시켜 그들의 얼굴에 다시 행복한 미소가 피어나도록 해야 한다. 더러운 대한민국, 이렇게 부끄러운 적이 없었다. 언니, 오빠 두 번 다시 이런 나라에 태어나지 마세요. 저 아이들의 분노와 저주의 외침을 또다시 들어서는 안 된다."

■ 2014년 5월 1일(목) 맑음

김병길 님 전화로 대구 원로회 모임.

김부겸 씨가 온다 하여 김밥 사 먹으며 9시 11분 무궁화호를 탔다. 불로 막걸리 한 병 사 들고 종로초교에 가니 회화나무는 이제사 푸른 잎이 약간 돋아나고 있었다.

교장 선생을 두 번째로 만나 1월 19일 한일 교류회 이야기를 하니 일지에 적는다. 3·1절 나카즈카 선생 강연에 대한《경향신문》기사 복사본과 김용휘 씨 글을 드렸다. 교감은 바뀌었다.

노인은 9인 모두 참석. 왜곡된 자부심이 박정희 추종 붐을 일으켜 작은 절에도 박 대통령 내외의 위패 모신 것을 보았다.

강창덕 씨는 김부겸 씨에게 이제 주사위는 던져졌으니 당선되지 않으면 상처가 된다. 최선을 다하시라 했다.

나는 대구·경북 사람들이 진정한 자부심을 어디서 찾아야 하는지 물었다. 지난해 보은에 가서 찍은 사진 '동학의 뿌리는 대구·경북이다'를 보여주고 박정희가 5·16 쿠데타의 명분을 얻기 위하여 동학기념사업을 했는데, 결국 헌법 전문의 3·1 운동과 상해임시정부, 4·19 정신으로 나아갈 수밖에 없고, 그것은 한국 사상이요 동학이었다.

권오봉 씨는 동학 연구자들을 한번 만나 보시라 권했다.

동학농민혁명 120주년을 맞이하여 저항운동이 아닌 생명평화의 관점에서 동학을 보고 한일 교류와 중국까지 아울러 새로운 문명을 열어 갈 새 사상으로 바라본다면 박정희기념관 논쟁에 사로잡히지 않고 동서 화합과 남북을 아우르는 새로운 세계관을 제시할 수 있을 것이다. 수운 선생 순도비와 기념관 건립 문제를 이런 차원에서 바라보고 이번 선거에

임한다면 어떨까 한다.

추연창 씨와 만날 시간이 없어 전화만 했는데, 서 목사와 함께 의논해야 한다.

■ 2014년 5월 4일(일)

지금 자정. 어제 날짜《한겨레》에 실린 김용옥 교수의 글이다.

> 6·25 직후 한강 다리를 폭파하고 서울을 탈출하면서 거짓 방송을 한 이승만과 세월호 선장을 동렬에 세우고, 임진왜란 때 서울을 버리고 의주까지 도망친 선조, 그들은 모두 서울을 지켜야 했다. 박근혜는 퇴진하라. 아니면 거국내각을 만들고 국민이 주체가 되어 스스로 미래를 열어 가도록 도와주라.
> "시신을 찾지 못하는 녀석들과 함께 저승에서도 선생을 할까?"(강민규 교감)

우리는 이들의 모습 속에서 우리 민족의 도덕성을 발견할 수 있어야 한다. 민족을 구원하는 빛줄기는 있다.

세월호 희생자 302명은 살아 있다. 구조 174명, 사망 248명, 실종 54명(사망·실종 합 302명), 승선 인원 총합 476명–YTN 저녁 8시.

■ 2014년 5월 5일(월) 바람, 맑음

지금 새벽 3시. 큰 소리로 외쳤다.

지납분토(地納糞土) 오곡지유여(五穀之有餘)하고 인수도덕(人修道德) 백용지불우(百用之不紆)로다. 땅은 똥거름을 받아야 오곡이 풍성하고 사람은 도덕을 닦아야 만사에 거침이 없다.

이번 책이 한일 교류에 작은 기폭제가 될 것 같은 느낌이 든다.

지난 3·1절에 나카즈카 씨가 왔을 때 그가 한일 관계 역사 연구에 일생을 바치도록 결심한 계기를 만든 야마베 겐타로(소졸 출신)의 일생을 책으로 출판하게 되어 그것을 농사꾼인 내가 번역하게 되었다. 이 과정에 이창희 씨의 제안이 크게 작용한 것을 잊을 수 없다. 무명의 농민이 번역하여 많이 보급되지 못했다.

그간 한일 간에 맺어진 인연을 정리해 보면 다음과 같다.

- 이누가이(犬養光輝) 목사의 임진왜란 사적지 탐방.
- 가나이 히데키(金井英樹) 씨와의 교류―재일 교포 교육에 본명 사용 등 활동. 다문화 공생 운동.
- 요에 가쓰히코(余江勝彦)―우키시마마루(浮島丸) 사건 희생자 추모비 건립 등.
- 호리이 오사무(堀井修) 니이가타(新潟) 농촌지도 공무원.
- 이즈미 히로유키(泉博幸) 농본주의 연구가.
- 오가와 다카오(小川孝郎) 포도 재배 연구가.
- 사와노보리 하루오(澤登晴雄) 일본포도애호회 이사장. 포도 품종과 재배 기술 교류 협력. 아들 태연이 이 연구소에서 1년여 유학.
- 양미용(楊美蓉) 중국 북경식물원. 한중 농업 교류의 기초.

쓰지다 다카시(槌田劭) 씨가 이이누마지로(飯沼次郎) 전집을 보내왔다.

채현국 씨 도착이 늦어져서 영남대 독문과 정지창 교수와 상의 끝에 김태창 교수 강의는 9월 초순에, 계명대 목요회 중심 박맹수 교수와 협의하여 추진하기로 했다.

■ 2014년 5월 25일(일) 흐림

오전에는 밭에 나가지 않고 조용히 윤석산 교수의 책『수운 최제우』중 수운 최제우 선생이 남원 은적암에 가서서 「논학문」과 〈용담가〉를 지으신 부분을 읽었다.

전년 4월 5일 하느님과 문답하신 후 그해 가을 관의 이목을 피해 남원에 가서서 「논학문」을 쓰신 것이다.

지난 10월 한일 교류 시 거기서 박 교수의 설명을 듣고 뒤를 돌아보니 지리산 정상이 바로 눈앞에 다가서 있어 깜짝 놀랐던 순간을 상기하였다.

백두산에서 백두대간을 타고 내려와 맺힌 봉우리인 지리산을 조석으로 바라보면서 동학사상, 시천주 사상 체계를 확립하신 것이다.

『참전계경』 가운데 대성(大誠)은 시천(恃天) 즉, 믿고 의지함에서 한 걸음 더 나아간 시천(侍天) 즉, 내가 모시는 주체가 된다.

해월 선생의 양천주(養天主) 사상도 『참전계경』에서 나왔고, 의암 선생의 중심 사상 「성령출세설」은 『참전계경』의 '경신(敬神)'에서 온 것이 아닌가?

■ 2014년 5월 26일(월)

한때 바람이 세차게 불었으나 개화기에는 풍부하고도 좋은 햇볕이 잎에 쪼여 반짝거렸다.

세월호 사건 첫날 진도 대마도의 어민 김현호 씨가 쪽배(피시 현태호)로 25명을 구조했는데 선실에 갇혀 유리창 넘어 구조를 호소하는 두 사람을 구하지 못해, 지금도 소주 몇 병을 마셔야 잠이 든다고 한다.

작년 가을엔가 고양이가 덫에 걸린 것을 물통에 넣었더니 한참 몸부림치다가 조용해졌던 것을 상기하여 새삼 몹쓸 짓을 했다고 절감했다.

■ 2014년 5월 27일(화)

밤 JTBC 9시 뉴스에서, "엄마, 아빠 사랑해요. 엄마, 아빠 미안해요." 다급한 마지막 순간의 여학생 목소리…. 친구의 핸드폰으로 전한 마지막 목소리가 우여곡절 끝에 부모에게 전달되었다. 꼭 한 달 만에….

■ 2014년 6월 1일(일) 맑았다 조금 흐림

11시, 청수를 모시고 혼자 시일 예배를 드림.

"묻기를 어찌하여 그렇게 됩니까? 우리 도는 무위이화라. 그 마음을 지키고 그 기운을 바르게 하고 하느님 성품을 거느리고 하느님의 가르침을 받으면 자연 한가운데 화해 나는 것이요. 서양 사람은 말에 차례가 없고 글에 순서가 없으며 도무지 하느님을 위하는 단어가 없고 다만 자기 몸만을 위하여 빌 따름이라. 몸에는 기화의 신이 없고 학에는 하느님의 가르침이 없으니 형식은 있으나 자취가 없고 생각하는 것 같지만 주문이 없는지라. 도는 허무한데 가깝고 학은 하느님을 위하는 것이 아니니 어찌 다름이 없다고 하겠느냐?"
- 『천도교경전』, 「논학문」 30쪽

지리산의 웅장함을 바라보며 달이 뜨는 밤이면 능선에 올라 〈처사가〉를 부르기도 시호시호 이내시호 부재래지 시호로다. 검결을 부르며 목검을 잡고 검무를 추기도 했다.

이로써 봉건 관념을 떨치고 민중의 새로운 주체의식을 깨우쳐 국태민안 광제창생을 이루고 동귀일체의 새 세상을 열어 가고자 했다.

■ 2014년 6월 6일(금) 맑음

10시 넘어 양산에서 온 차로 보은집회에 갔다.

천시(天時), 지리(地利), 인화(人和) 모두 오늘의 모임에 알맞게 구비되었다. 전국 각지에서 온 사람이 장터처럼 모여 있었다.

해월 선생의 영이 이곳에 오셨다 하고 잠시 생각했다.

박달환 씨, 김창환 씨, 대구 추연창 씨, 정연하 씨외 함께 점심 먹고 광장에서 벌어지는 놀이와 극을 보는데, 말 다섯 마리에 옛 군장을 한 청년들이 칼을 휘두르면서 몇 바퀴 돌았다. 시호시호 이내시호! 검결을 생각하며 내 마음이 호쾌해짐을 느꼈다.

동학농민혁명에 참여한 농민들이 탈을 벗어 한 줄에 매달고 높이 띄우고 그 밑에서 여러 행사를 진행했는데, 함의한 뜻이 좋았다.

정지창 교수와 이이화 씨와 나란히 그늘에 앉아 연거푸 두부 안주에 막걸리를 마시며 이야기… 이이화 씨가 두어 해 전 서울에서 처음 뵈었을 때 김천에서의 강연회 계획을 이야기하였는데 그것을 기억하고 있어 미안했다. 4시 넘어 박맹수 교수 차로 익산에 갔다.

전교조 소속의 20~30대 사람들이 온다 하여 그들의 생각이 궁금했는데 버스 2대로 전국에서 모여 6일과 7일 이틀간 동학 사적지를 찾으며 연수한다고 했다. 유스호스텔에서 박 교수 강연 중 나를 소개하여 〈인당수 푸른 물에〉를 읊고 한마디하였다. 밤에 박 교수 댁에서 정연하 씨와 일박하였다.

■ 2014년 6월 8일(일) 흐림
11시 시일 예배는 청수 모시고 혼자 드림.

> "가고 돌아오지 않음이 없는 이치가 곧 천도이다[無往不復之理 是天道也].",
> "하느님을 부모님과 같이 모시는 자는 안으로 신령하고 밖으로 기화하여 세상 사람 모두 진실을 깨닫고 한 그루 나무처럼 왔다 갔다 하지 아니한다(與父母同事者 內有神靈 外有氣化 一世之人 各知不移者也)."
> "도를 배반하고 돌아가는 자는 어째서입니까? 질문에 그런 사람은 경이원지 (敬而遠之)하고 거론하지 않는다. 바람 앞에 풀과 같은 사람이다."
> ─『천도교경전』, 「논학문」

1860년 4월 5일 무극대도를 받으시고 1861년 6월부터 포교를 시작, 12월 남원 교룡산성 은적암에서 「논학문」 등을 지으심.
1862년 12월 접주를 임명. 63명 6월에 개접, 7월 23일에 파접.
1863년 8월 14일 해월에 도통 전수.
1863년 12월 10일 구속.
1864년 1월 6일 대구감영으로 이송, 3월 10일 참수 처형(41세).

■ 2014년 6월 14일(토)

영동 월류봉에 갔으나 쉴 곳이 없어, 백화산 반야사에 가서 냇가 솔밭에 자리를 깔고 한숨 잤다. 매점에서 만다라 손수건 두 장을 사서 ○○에게 주고 '오늘의 기념으로' 했다.

■ 2014년 6월 29일(일) 무더위

이달 들어 처음으로 대구교구에 갔다. 윤석산 교수가 설교하면서, 올해를 넘기지 말고 순도비를 건립하자고 했다.

점심 뒤, 동아백화점 자리에 가서, 지적도로 확인된 순교 현장에서 큰길로 나와 현대백화점 앞 큰길가에 교통에 지장이 없는 공간이 있어, 그곳에서 사진을 찍었다. 종로초등학교 회화나무와 감영 자리도 둘러보고 나는 거기서 윤 교수와 작별하고 역으로 갔다.

저녁 뒤 추연창 씨와 전화 통화하며, 7월 1일 시장 취임식 뒤에 시장과 만날 계획을 세웠다. 대구 10·1 사건 유족들의 요구도 수용하기로 했다하니…. 나는 충북도가 유기농업특화도로 세부 계획을 세우는 데 2020까지 1조 원을 투자한다니 경북도 도 당국과 협의하여 공무원, 농민, 시민 대표들과 함께 새로운 생명사상으로 전환하기 위한 장기 계획을 협의했으면 했다. 정지창 교수와 경북대 김 교수와 만나 의논하였으면 했다.

■ 2014년 7월 1일(화) 무더위

대구 NCC 목사님들이 초청한다 하여 10시 11분 차로 대구에 갔다. 야성 강창덕 씨가 지난 토요일 갑자기 토사를 만나 2일간 입원했는데 본인의 말로 지옥 문 앞에 갔었다고 한다.

약전 삼계탕집에 가서 9명 모두 만나고 모두 20여 명이 삼계탕을 먹었다. 유연창 씨가 기도했고, 나는 복사해 간 '만다라 손수건'을 나누었다. 나카즈카 선생과 동학 한일 교류에 대해 이야기하고 대구 지형이 거북이 형상이며 반월당이 그 심장부요, 동학이 말하는 후천개벽의 새 세상이 대구에서 열릴 것이라고 했다.

현순호 회장은 키가 훤칠하고 인상이 좋다. 추연창 씨를 통해 자료를 보내기로 했다.

■ 2014년 8월 4일(월) 흐림

오늘부터 3주간, 난생처음 여름 별장 생활이 시작되었다. 9시 반경 출발하여 12시경 경기도 양평군 강하면 김원호 님 농장에 도착하였다.

길가에 길게 일층 건물이었다.

89세의 모친이 더덕밭을 매고 계셨다. 부인도 함께…. 남편이 6·25 때 인민군에 입대해(25세) 헤어지고 삼촌은 국군에 입대, 포항전투에서 전사한 가정사가 있는 집이다. 가져간 포도가 여태 먹어 본 포도 중 최고라 칭찬하셨다. 사모님은 머무는 동안 자유롭게 전기도 아끼지 말라 당부하셨다.

■ 2014년 8월 5일(화) 맑음

오전에 첫 녹음을 했다. 1949년 8월 김구 선생이 주도한 당선 반대운동을 설명하였다. 당시 희생된 대구사범 동창들의 영혼은 지금 어디서 이 장면을 보고 있는가?

냉수와 온수를 번갈아 샤워하면서 피부 단련을 하기로 했다.

채현국 씨가 김천으로 보내온 책 두 권이 도착하였다. 『교황과 나』, 『다시 분노하라』.

■ 2014년 8월 7일(목)

서가에 꽂힌 책 가운데 톨스토이의 『인생독본』이 있었다. 6·25 이듬해 석방되어 공군 기술하사관으로 근무하던 중 신원조회에 걸려 불명예 제대가 되어, 다시 육군 제3보충대(포항)로 가는 화물차 안에서 하염없이 눈물을 흘렸다. 그때 가져갔던 톨스토이 『인생독본』을 다시 들고, 그 처음과 끝을 읽었다.

1월 1일 ☆책의 선택과 읽기. 평범하고 불필요한 것을 많이 알기보다는 적 더라도 참으로 바르고 필요한 것을 아는 것이 더 낫다.

12월 31일 ☆오직 현재가 있을 뿐, 시간은 존재하지 않는다. 존재하는 것은 오직 무한히 작은 현재뿐이다. 바로 그 속에서 생활은 이루어지고 있는 것이다. 따라서 인간은 그 온 정신력을 오직 현재에만 집중시켜야 한다.

■ 2014년 8월 9일(토) 맑음

서울시 계동 씨을재단 사무실에서 오는 9월 1일 일본 방문자 모임이 있었다.

오후 2시 반부터 《한겨레》 특집 이진순 씨 인터뷰를 했다.

포도는 비옥한 땅보다는 척박한 땅에서 품질이 좋은 것이 생산된다.

포도나무에도 역사가 있어 유년, 청년, 노년기에 따라 비배관리(肥培

管理)가 달라야 한다. 발아에서 개화기까지 성장기·전환기를 거쳐 비대기(肥大期)에서 성숙·낙엽기까지를 성숙기라 하는데, 성장기에는 질소 위주로 관리하고, 개화기 이후는 인산·칼륨·칼슘 등이 충분히 흡수되어야 하는데 중간 전환기의 관리가 매우 중요하다.

사람도 청년기까지 몸의 구조가 거의 완성되고 정신적으로 성숙되어야 사회적 책임을 다하게 되고, 인류 문명사 발전 과정도 물질적 생산에서 정신적 성숙의 단계로 전환되어야 한다.

인사동 포도나무집에서 지난가을 전정을 하였더니 올해 포도를 많이 땄다 하며 반가워한다. 내년 봄 발아 초기 순솎음하여 송이를 탐스럽게 하라고 조언했다.

■ 2014년 8월 23일(토)

오늘 《한겨레》에 이진순 씨 인터뷰 기사가 크게 실렸다. 채현국 선생의 소개로 이런 자리를 얻게 되었다.

■ 2014년 8월 24일(일)

오후에 뜻밖에 김조년 선생 부부가 왔다. 『씨을의 소리』 이번 호에 나의 글 「별이 빛나는 밤에」가 실릴 것이라 한다.

■ 2014년 8월 31일(일)

1923년 관동대지진 희생자 추모와 원전 사고 현장 방문 여행이 시작되었다.

8시 반 제주항공으로 출발하여 나리타공항에 도착한 후 몇 차례 환승

관동대학살희생자위령제, 맨 왼쪽이 유이 씨(도쿄, 2014.9.1)

하여 90 노령의 정경모 선생을 방문했다. 한일 고대사를 집필 중이라 하시는데 건강이 걱정되었다. 《한겨레》에 연재된 「시대의 불침번」을 읽고 편지 쓴 것을 이야기하니 기억한다고 하신다.

니시자키(西崎雅夫) 씨를 찾았다.

자택 바로 옆에 아담한 위령탑을 만들어 관리하고 있어 고마웠다.

MBC 방송에서 우리의 모습을 촬영했다.

길 건너에 있는, 91년 전 수많은 동포를 매장한 현장을 찾았으나 지금은 어디 다른 곳으로 이장했다고 한다.

니시자키 씨는 여교사의 감화로 '봉선화' 사업을 하게 되었다 한다.

둥글게 서서 묵념하고 〈봉선화〉 1절을 불렀다.

구천을 맴도는 원혼들의 눈물인가 빗방울이 계속 부슬부슬 내리고, 근처 조선학교 4~5학년 아이들이 한복 입은 여교사의 인솔로 우산을 들고 위령비에 참배하는 모습이 귀여웠다. 잠시 바라보는 사이 일행과 어굿나 한참 미아가 되었다.

전철역원의 도움으로 다시 합류하여 평화의 학을 건넸다.

12시 조금 전 법성사(法性寺)에 도착했다.

묵념과 〈봉선화〉 노래….

택시로 요코아미나쵸(橫綱町) 공원에 도착했다.

동학 여행에서 만난 유이 씨 등 일본 여성들 셋을 만나 반가웠다.

위령제에 헌화하고, 일조협회 고문 요시다(吉田) 씨와 만났다.

큰비 예보가 있어 유이 씨 등과 작별하고, 도시락을 먹고 있는데 한 목사 일행이 도착했다.

부근 대진재박물관 관람 후 다실에서 니시자키 씨와 대담했다.

김승주, 김홍기, 이주형 씨를 만나 맥주집을 순례했다.

하루 종일 비가 왔다.

■2014년 9월 2일(화) 맑음

예보와 달리 맑아서 다행이다.

우에노(上野)역에서 이와대(岩手)행 급행을 탔다.

이시카와 다쿠보쿠(石川啄木)의 시가 있어 흥미롭게 읽고 일행에게 설명했다.

옛 고향 사투리가 그리워

정차장 혼잡 속에 들으러 가네.

ふるさとのなまりなつかし

停車場の人ごみの中にそを聞きにゆく

그의 대표작이라 할 수 있는 하이쿠가 생각난다.

동해의 작은 섬 기슭 흰 모래밭에

나는 눈물에 젖어 게와 노닌다.

東海の小島の磯の白砂に

われ泣きぬれて蟹とたはむる

그가 눈물에 젖어 게와 노닐던 동해가 지금 원전 사고 때문에 오염되어 물고기도 먹을 수 없게 되었다.

오텐토(お天道) SUN 기업조합 사무국장 시마무라(島村守彦) 씨의 안내로 바닷가 식당에서 점심을 먹는데, 뜻밖에 지난해 10월 동학 여행 때 왔던 미나미쇼코(南章子) 씨가 과자를 사 들고 찾아왔다. 유이 씨가 연락했다고 한다.

점심 뒤 더 북방으로 가서 교통 차단 구역까지 갔는데, 방사능 측정기 수치가 보통 0.01정도라는데 건물의 물받이 밑에서는 15~19까지 올라 불안했다. 주변 들판은 잡초만 무성하고 조금 나오니 일부 논에 벼가 노랗게 익어 가고 있었다.

목화밭을 지나 숙소 오후쿠로노야도(宿)에 도착했다. 일본 옷을 입고 저녁 먹으며 노래했다. 한 목사가 나를 지명하여 〈화결시〉를 노래했다. 나는 시마무라 씨에게 〈황성의 달(荒城の月)〉을 부탁하였다. 흥겹게 노래 부르는데 비즈니스가 시작되어 목화로 만든 샤쓰를 한두 벌씩 샀다.

온천 목욕 후 취침했다.

■ 2014년 9월 8일(월) 맑음

추석이다.

백옥동 동생과 진연이 딸 규리가 처음 왔는데 나에게 덥석 안기고 수염을 만진다.

제상 차리고 애비가 묵념하고 찬송가를 부르고 〈주기도문〉으로 끝냈다. 동생이 나에게 한마디 하라고 권했다. "형님같이 치열하게 산 사람이 없습니다." 고마운 마음에 나는 말했다. "프란치스코 교황이 정말 대단한 분이다. 그의 행복 10개조에서, 자기 종교를 고집하지 말고 넓은 마음으로 서로 존중하고 실천할 것을 권하고 있다. 습관이란 얼마나 무서운가? 예수님에게 물어보고 싶다. '나는 아버지 안에, 아버지는 내 안에 있다.' 하시면서 〈주기도문〉에는 '하늘에 계신 아버지여' 하고 〈사도신경〉에는 '하느님 우편에 앉아 계시다가 산 자와 죽은 자를 심판하러 오시리라' 하셨는가? 내가 옳다고 해서 온 식구를 끌고 가기보다는 모두가 제각기 생각해서 판단하기를 바란다." 그리고 김용휘 교수의 글 '대중영성 시대'에 대한 글 앞부분을 읽었다.

새해부터는 차례 방식을 새롭게 할 수 있을까 싶어 기뻤다.

■ 2014년 9월 11일(목) 맑음

9시 반 차로 대구에 가서 추연창 씨 사무실에서 도영화 씨, 정지창 교수, 박진관 기자를 만났다.

순도비문에 '천도교초대교조' 문구가 들어간다고 한다. 용담 묘소에 있는 문구를 본따서 '동학창도주 수운최제우순도비'라고 했으면 좋겠다는 의견을 교환했다.

10월 19일, 교류회 준비를 논의했다.

경대 주최 동학 세미나를 11월에 개최하기로 하고 강사는 박맹수, 김용휘, 경대 교수 한 분을 내정했다.

■ 2014년 9월 12일(금) 맑음

고난의 역사 속에 걸어온 길, 생명의 나무, 만다라 손수건 등 '행복한 인문학' 자료를 주고 내일 다시 만나기로 했다.

박남수 교령에게 편지를 보냈다.

순도비 전면에 경주 묘비에 따라 동학 창도주라 하고, 뒷면에 '멀리 구하지 말고 나를 닦자' 문구를 새기자고 건의하였다.

■ 2014년 9월 18일(목) 맑음

오늘이 EBS〈장수의 비결〉마지막 촬영이었다. 오전 도사이마을 MBA 포도밭에서 아내와 나무 밑에 앉아 대화하는 장면이다.

저녁에 모든 식구들 모여 대화하는 중에 삼연이 발작이 일어났다. 촬영팀이 여러 날 중앙과 긴밀하게 연락하면서 진행하는 수고가 예상외로 대단했다.

■ 2014년 9월 21일(일) 맑음

밤 깊어 자정 가까운 시간, 「도마복음」을 읽는다.

"이것들은 살아 계신 예수님께서 말씀하시고 도마가 받아 적은 비밀의 말씀들입니다.

제1절 이 말씀의 뜻을 올바르게 풀이하는 사람은 결코 죽음을 맛보지 아니할 것이다.

제2절 추구하는 사람은 찾을 수 있을 때까지 계속해야 한다. 찾으면 혼란스러워지고, 혼란스러워지면 놀랄 것이다. 그런 후에야 모든 것을 다스릴 수 있다.

제3절 그 나라가 하늘에 있다면 새들이 먼저 가고 바다에 있다면 물고기들이 먼저 거기에 갈 것이다. 그 나라는 여러분 안에 있고, 또 밖에 있다. 여러분 자신을 알아야 한다. 그러면 살아 계신 아버지의 자녀라는 것을 알게 된다. 스스로 알지 못하면 가난 그 자체가 된다."

오강남 교수가 엮은 책을 읽으면 114절 말씀 중 믿으라는 말은 단 한 곳에만 있고, 깨달음을 강조하고 있다. 나는 「탄도유심급」과 「도마복음」 10절까지를 A4 용지에 적은 것을 수첩에 접어 넣어서 수시로 읽고 생각했다. 그런데 수운 선생의 말씀과 「도마복음」의 내용이 너무 비슷하여 대동소이란 말을 연상하게 한다. 선입견을 버리고 진실을 찾아야 한다.

■ 2014년 9월 26일(금) 흐린 뒤 갬

정경모 선생에게서 편지가 왔다.

지난번 한 목사 방문이 전혀 이해가 안 된 상태여서 불쾌~오해하고 있음을 밝히면서 나에게는 최근 집필 중인 한일 고대사의 핵심 부분을 사본해서 보내 주셨다. 심지어 나카즈카 선생에 잘 말해 달라고까지….

■ 2014년 9월 28일(일) 맑음

9시 8분 차로 교구에 가니 시일 설교를 하라 한다. '탄도유심급'이란 제목으로 30분 정도 이야기했다.

박맹수 교수의 『생명의 눈으로 본 동학』(모시는사람들)으로 동학에 봄 바람이 불고 있다. 5·18 당시 37사단 연락장교로 근무하면서 이 나라의 혼란을 바로잡으려면 동학농민혁명을 바르게 이해해야 함을 깨닫고, 1995년 7월 북해도대학에서 동학 괴수라 쓴 두골이 나온 이후 운명으로 받아들이고, 4년간 일본에서 연구하면서 한 종군 병사의 일기 등 당시의 진상을 밝히게 된 내력을 간단히 소개했다.

■ 2014년 10월 1일(수)

《한겨레》 오피니언 난에 김동춘 성공회대 교수의 'TV가 만들어 낸 두 얼굴'이 실렸는데, 최근 이 나라의 움직이는 꼴이 결국은 종합편성채널 (종편)과 조·중·동으로만 세상을 읽는 사람들과 그렇지 않은 사람들로 나누어진 결과 … 라는 진단이 공감이 가고 서글펐다.

또한 해방 직후 미국이 제안한 '신탁통치안'을 소련이 제안한 것처럼 《동아일보》 등이 왜곡 보도함으로써 그간 숨죽이고 있던 친일 세력들이 반탁·반공 투사로 부활하였다는 사실을 처음 알았다.

침몰 직전 세월호에서 어떤 일이 있었는지 일본 후지TV를 통해 비로 소 알 수 있었고, 박근혜 정부가 국제사회의 웃음거리가 된 나라에 무슨 희망이 있을까 싶었다.

또한 어제(9.30) 《한겨레》 기사 중 6·25 직전 김일성이 마오를 만나 군 대를 빌려 달라 하여 회의 끝에 제3차 세계대전은 일어나지 않는다는 주은래의 말과 3주 안에 제주도까지 밀고 간다는 김일성의 말에 전쟁에는 예상 외의 사태가 일어난다는 말을 하면서도 참전하게 된 경위를 읽었다.

당시 국제 정세에서는 김일성의 결단이 그렇게 나올 수밖에 없었을 것이다. 그래서 그 결과는….

나카즈카 선생은 더 깊은 사려가 필요했다고 했다. 이것이 역사적 교훈이란 것이다.

■ 2014년 10월 2일(목) 맑음

9시 54분 무궁화호로 대구원로회의에 가니 마침 선열 추모를 하고 있었다. 추 선생도 함께. 일곱 분에게 잔을 올리고 묵념·음복 하고 제물을 나눌 때 나의 포도 하니 비너스 세 송이를 설명했다.

이어서 향아설위에 대해 이야기하고 10월 19일 2차 한일 교류회 이야기까지 했다. 대구 지역 민주운동 대표들이 모일 것 같아 그날 우리는 〈새야새야〉와 〈동학 아리랑〉을 불렀으면 좋겠다 하고 〈동학 아리랑〉을 내가 제창하였다.

오늘 제물을 혼자 준비한 이도 있었다.

강 회장은 포도 대금이라며 12만 원을 챙겨 주는데 지난여름보다 원기가 회복된 듯 보였다.

2시에 추연창 씨 사무실에서 한일 교류회에 대하여 협의했다.

① 호텔 시설 이용하면 좋을 듯. 박맹수 교수와 전화–내주 초경 확정되면 알림.

② 안내 통지–인터넷으로만 하고 별도 통지는 안 함.

③ 자료는 내가 100부 정도 준비.

■ 2014년 10월 10일(금) 맑음

만 85세 된 날. 청명한 가을날. 건강한 몸.

온 식구가 모두 건강한 가운데 이날을 맞이하니 더구나 금년 들어 예상치 못한 바람이 불어 신문에 방송에 전파되고 반사적으로 집안 식구들도 지금까지와는 다른 분위기로 대해 주는 것 같아 감사할 일이다. 빙산의 일각이란 말 그대로 가족 모두의 보이지 않는 이해와 후원이 있었던 것이다.

9시 무궁화호(입석)로 동대구에서 박맹수 교수, 정연하 씨, 정지창 교수 나중에 신효철 씨가 모여 2층에서 칼국수를 먹었다.

임박한 19일 한일 교류회에 대하여 협의했다. 숙소인 프린스호텔 대관료가 100만 원이란 말을 듣고 국채보상운동기념관으로 변경하기로 협의했다. 비용은 몇 사람이 10만 원 정도씩 분담키로 했다. 장차 대구 지역 센터가 될 것 같다.

광주 무등산 모임은 10년 역사를 가졌다 하는데 우리는 '최제우나무 아래서'라는 이름이 어떨까?

1시에 차로 돌아와 포도 병과 정리 작업을 계속했다.

■ 2014년 10월 12일(일) 맑음

들깨 타작하던 것을 대충 정리하고 10시 반에 돌아와 혼자 시일 예배를 드렸다.

오후에 다시 들깨 타작을 마무리하고 돌아오다가 숙이 예인이와 고구마 수확하는 데 조력하여 어둡기 전에 모두 마쳤다.

올해같이 탐스럽고 보기에도 예쁜 고구마를 수확하는 것은 처음이고, 조금씩 판매한 것이 30만 원은 될 것이라 한다.

잇몸 아픈 것은 오늘 밤 지나 보고 내일 치과에 갈까?

전주 서태석 씨가 배를 한 상자 보내왔다.

해마다 보내오는 정의가 너무 고맙다.

■ 2014년 10월 19일(일) 맑음

김밥으로 아침을 때우며 애비 승용차로 대구 국채보상운동기념관에 갔다. 3시 넘어 일본 방문단이 와서 종로초등학교에 가서, 나의 시 〈최제우나무 아래에서〉를 낭송했다. 일본 참의원 4선 의원 요시가와 하루코(吉川春子)와 일본 공산당 종교위원 히구마(日隈) 씨는 "나는 공산당이 싫어요." 하며 죽은 소년의 동상을 묻고, 아직도 이런 동상이 서 있는 것을 아쉬워하면서 일본에도 니노미야 손토쿠(二宮尊德)의 지게 진 동상이 아직도 있다고 했다.

동아백화점 순교지에서 올해도 설명이 있었는데 반월당에 대한 자세한 설명은 오늘 저녁에 할 것이라 했다.

저녁은 따로국밥집에서 먹었는데, 일본인들 식성에는 맞지 않는 것 같았다. 식탁에서 나카즈카 선생은 이번에 경주에 들러서, 동학이 신라 불교와 조선 유교의 깊은 문화 전통에 토대를 두고 있다는 것을 확인한 것이 가장 큰 성과였다고 했다.

교류회는 7시부터 진행되었는데, 예상대로 100여 명이 참석하여 뒤에 몇 사람이 설 정도였다.

개회사도 없이 지난번 보은 모임의 영상물을 방영했는데 유족들의 슬픔이 표현되어 해원상생 테마에 적합하다고 느꼈다. 나는 칼린 지브란의 '사자(死者)의 희망' 사진과 고흐의 '별이 빛나는 밤에'를 설명하면서 산 자와 죽은 자가 소통하는 대생명의 관점에서 겸손하게 서로 배우는 과정에 있다고 말했다.

뜻밖에 요시가와 씨가 위안부 문제에 대한 성금을 준비하여 대구 출신 이용수 할머니에게 전달하였고, 경남 합천 원폭 피해자 후손의 호소가 있었다.

경대 류진춘 교수가 자신이 월남전에 파병된 한 사람이었다고 말하며 한국의 과거 반성도 필요하다고 말하여 분위기를 깊게 하였다.

내가 준비해 간 포도와 박위생 교구장이 가져온 떡을 나누어 먹었다. 프린스호텔 근처 모텔에서 이주형, 이창희 씨와 함께 잤다.

■ 2014년 10월 20일(월) 비

남원 광한루 주변을 부슬비 속에 거닐었다.

금 술잔의 아름다운 술은 천인의 피	金樽美酒千人血
식탁에 가득한 요리는 만백성의 기름	玉盤佳肴萬姓膏
촛불 떨어질 때 백성의 눈물 흐르고	燭淚落時民淚落
노랫소리 높은 곳에 원한의 소리 높도다	歌聲高處怨聲高

- 〈춘향전〉

이 글이 식당 벽에 걸려 있었다.

이때 김원호 씨을 재단 이사장이 모두에게 인사하였다. 5·18 직전 서울 학생시위 막바지에 광주 전남 대표는 물러서지 말자 주장하였으나 서울대 대표는 소극적이었다는 회고담도….

이날 교룡산성 유적지에서 은적암까지 빗속이라 계단의 길이 험하였으나 누각에 올라 지리산을 바라보았다. 백두대간이 여기서 끊어졌으나 바다를 건너 제주도에 한라산이 솟았는데 그 높이가 1,950m인 것, 그해 일어난 6·25 전쟁은 우리 민족의 비극인 동시에 세계사의 모순이 표출된 것으로 이것을 해결하는 것이 우리 민족의 새로운 사명이라고 하신 것이 함석헌 선생의 결론이었는데, 동학사상의 핵심이 바로 여기서 태동했던 것이다. 수운 선생은 밤에 목검을 들고 〈칼노래〉를 부르며 「논학문」을 쓰셨다.

이창희 씨가 우산을 들고 나를 붙들고 내려왔다.

나의 옷이 속옷까지 젖었는데, 유이 씨의 알뜰한 배려로 갈아입게 되어 고마웠다.

아오모리현 히로마에(弘前)에서 온 이가라시(五十嵐吉美) 여사가 들고 있는 책 『마쓰다(松田解子)』를 보니 99세를 산 프롤레타리아 작가의 일생을 기록하였는데, 사진이 많아 젊은이들이 읽기 좋은 양식이어서 호감이 갔다.

도쿄 출신 데라지마(寺島) 씨의 명함을 받고 불교와 기독교와 동학의 내세관에 대해 이야기를 나누었다.

■2014년 10월 21일(화) 비
광주에서의 한일 교류회.

배종렬 씨는 사정이 생겨서 못 오고 심상봉 목사는 내외분이 함께 와서 '평화(平和)'라고 크게 쓴 족자를 나누었다.

일본 측 참가자들이 〈아름다운 자연(麗しき天然)〉을 합창할 때 나도 따라 불렀다. 내 위의 두 누님이 일제강점기에 이 노래를 배워 자주 불렀는데, 그 가사와 곡이 정말 좋았다.

■ 2014년 10월 22일(수) 날이 갬

삼례공원, 대둔산, 논산을 거쳐 공주 우금치 기념탑까지 함께하고 나는 대전을 거쳐 돌아왔다.

■ 2014년 11월 21일(금) 맑음

대구원로회에 참석. 강 회장, 도 장로, 박두호 씨, 유 목사, 한 여사들이 모였다. 지난 10월 19일 한일 교류회에 참여해 준 인사를 하고, 오늘 오후에 열리는 경북대 동학 세미나를 소개하였다.

청산식당에서 채현국 씨, 정지창 교수, 박맹수 교수를 만나 회덮밥을 먹고 경북대로 갔다.

오후 2시에 시작하여 5시까지 끝났는데, 개별 발언 첫 순서로 내가 말했다.

"올해는 동학 120주년, 수운 선생 순도 150주년으로 예사로운 해가 아닌데, 3년 전 용담수도원에서 경북대 교수 30여 명이 둘러보고 동학을 경대 이념으로 했으면 하는 이야기가 오늘 실현된 것이다.

대구 지형이 큰 거북임을 보이고, 반월당에서 순교하셨는데 「영소(詠宵)」에서 이미 자기 운명을 노래하셨다. 지난 10월 19일 한일 교류회에서 나카즈카 선생의 사관과 이노우에 교수의 사상은 해월 선생의 향아설위를 이해함으로써 우리의 생명이 시간적·공간적으로 무한 영원함을 깨닫게 한다. 이것을 깨닫는 데 나는 5년이 걸렸다.

일본 여성 유이 씨는 9년간 계속 동학 탐방 여행에 참여하면서 이제 겨우 동학사상의 문턱에 들어섰다고 했다.

대구 권 시장은 특강에서 대구가 역대 대통령을 배출한 것이 독소가 되었다고 했다. 그것을 근본 치유하고 해원상생으로 통일과 한일 우호로 나아가 동아시아 평화 세상도 우리 한 사람마다의 마음에서 다가오리라."

기념사진 후 후문 밖 식당에서 저녁을 먹으며 류진춘, 박현수, 박맹수 교수에게 말했다. "삼경 사상과 발뒤꿈치로 호흡하기를 실천함으로써 개벽 세상이 다가온다."라고.

이창희 군과 택시로 동대구에 가서 8시 15분발 기차를 탔다. 어미가 역에 나와 있었다.

토의 중 이철수 의원 전화.

■ 2014년 11월 22일(토)

오전 제일병원에 가서 흉부 CT 촬영을 했다. 결과 폐렴, 폐결핵? 그러나 담과 열 등 다른 이상이 없어 일주간 복약하기로 했다.

■ 2014년 11월 23일(일) 맑음

일본과 한국의 현실을 정치 차원이 아닌 더 깊은 차원에서 바라보고 대응해야 한다. 동학사상은 그런 가능성을 품고 있는 것 같다.

엔진이 고도로 압축되어 어느 순간 스파크가 튀면 엄청난 폭발력을 발휘하는데 그것이 파괴적인 결과를 가져오지 않는 방법이어야 한다.

■ 2014년 11월 26일(수)

니가타의 호리이(堀井) 씨와 야스노(安野檢一) 씨가 12시에 인천에 도착해서 KTX로 3시 반에 동대구역에 도착했다. 계명대 오카다(岡田卓己) 씨와 함께 마중하여 청산식당에 갔다.

《영남일보》박 기자, 정지창 교수, 추연창 씨, 경대 박현수 교수 또 한 분과 인사 나누고 회덮밥을 먹고 막걸리와 니가타산 정종도 한 잔씩 마셨다.

대구시에서 상징 동물로 독수리 대신 거북이를 제안했다고 박 기자가 설명했다. 앞으로 경쟁 사회를 탈피하고 협동 사회로 가야 한다.

정지창 교수가 내년 3월 10일에는 수운 선생 추모 모임을 조용히 소수 인으로 준비했으면 좋겠다고 제안하여 매우 감사했다.

이주형 군이 〈조국은 하나다〉(김남주), 〈천지부모〉를 암송함으로써 끝을 맺고 8시 20분 기차로 김천에 와서 파크호텔 307호에 갔다.

■ 2014년 11월 28일(금)

한겨레신문사 6층 문화부에서 한승동 기자와 만났다. 서울역에서 6시 20분에 무궁화호를 탔는데 입석이라 신탄진까지 와서 자리를 잡았다.

옆자리에 앉은 충남대 의류학과 3학년이라는 여대생과 이야기를 나누다가 호감이 가서 시 한 편을 적어 주었다.

■ 2014년 12월 3일(수) 눈

한국포도회 35주년 정기총회.

9시경에 포도마을에 모여 편회장 내외분 차에 박노일 씨와 동승했다. 판암에서 금산 쪽으로 진입해 추부터널을 거쳐 만인산 휴양림에 도착했는데 눈보라가 한창이었다.

《한겨레》 지난 인터뷰 기사 복사본과 기타 자료를 나누고 개회가 늦어 색소폰 연주를 생략하고 35주년 총회를 시작하였다.

박보생 김천 시장에 대한 감사패는 기술센터 계장이 대신 받았다.

점심 뒤 박맹수 교수는 '세상은 개벽을 갈망한다'라는 제목으로 30분 정도 열강했다. 개벽은 나부터 시작된다.

박용하 씨가 유통사업단 출범에 대해 이야기하고, 나는 〈나무의 노래〉를 읊으며 한국포도회가 앞으로 옳은 방향으로 차분히 나아갈 것을 격려했다.

이현목 씨는 품목 조직에 대해 이야기하던 끝에 딱 알맞은 때에 오셨습니다 했다. 그와 한방에 잤는데 오래 잠들지 못했다.

한국포도회가 잘 발전할 것 같고, 수운·해월 선생의 영(靈)이 함께하심을 실감하여 감사한 마음이 가득했다.

■ 2014년 12월 9일(화) 흐림

편 회장과 이사 10여 명과 함께 시청 박보생 시장실에 갔다. 지난 3일 정기총회에서 드린 감사패 전달식에 참석하고 좀 기다렸다가 건의했다. 김영민 YMCA 사무총장이 배석했다.

○《영남일보》 10월 24일 자 기사를 보이며, 일본에서 참의원 4선 의

원이 와서 위안부 헌금을 하는 등

ㅇ 11월 21일 경북대 동학 세미나 자료를 제시했다.

ㅇ 김천은 한국의 중심에 위치하고, 구성면 용호동은 해월 사상의 발원지로 국내외 문화관광의 중요 지점이 될 것이다.

ㅇ 1994년 동학농민혁명 100주년을 계기로 제정된 「동학농민혁명 참여자등의 명예회복에 관한 특별법」 제1조 목적에는 "봉건제도를 개혁하고 일제의 침략으로부터 국권을 수호하기 위하여 동학농민혁명에 참여한 사람의 애국·애족 정신을 기리고 계승 발전시켜 민족정기를 북돋우며 동학농민혁명 참여자와 그 유족의 명예를 회복함을 목적으로 한다. 1. 기념관과 기념탑 등 기념시설 건립. 2. 관련 학술 연구 및 교류" 등을 규정하고 있다.

공무원부터 동학 공부를 해야 한다고 건의하고 나오면서 문득 박 시장이 아침에 출근하면 자당에게 전화한다는 그의 효심이 정말 놀라운데 '천지는 부모요 부모는 천지'라는 동학사상을 이해한다면 엄청난 에너지가 발생할 것이란 생각이 들었다.

III. 2015년 자성록
— 채현국 선생 이야기

■ 2015년 3월 18일(수)

채현국 효암학원 이사장이 '비상식의 시대, 삶의 중심 잡기'라는 제목으로 한 2014년 12월 5일 무지개교육마을 강연을 요약한 유인물이 우편으로 왔다.

1935년 대구에서 태어난 채현국 선생은 1960~1970년대에 강원도에서 부친과 함께 흥국탄광을 운영하며, 한때 소득세 10위 안에 들 만큼 큰돈을 벌었다. 그러나 유신 독재가 시작되자 군사독재를 무너뜨리고 인간답게 살자는 생각에 1973년 회사를 정리했다. 회사 재산은 모두 직원들에게 나누어 주고 막상 자신은 빈손으로 서울에 와 유신 독재에 저항하던 민주화 인사와 그 가족들의 뒷바라지를 하였다. 그 후 경남 양산에 개운중과 효암고를 설립하여 교육사업에 노력하였다.(채현국 이사장은 2021년 4월 2일 영면하였다.)

"멸망으로 인도하는 길은 넓어서 찾는 이가 많으나 생명으로 인도하는 길은 좁아서 찾는 이가 적다. 우리의 사후 영혼은 후손과 동지들의 영혼과 융합되어 영원이 활동한다."라는 말을 생각한다.

이 유인물에서 소개하는 강연 요지는 다음과 같다.

덕천포도원에서 채현국 선생 등과 함께(2009년)

"태평성대라고 하면 누구나 중국 요순시대를 떠올린다. 그러면서 "요순 시절에는 감옥에 풀이 돋았다."라는 말을 인용하기도 한다. 태평성대라 죄수도 없었다는 말이겠으나, 한편으로는 그 시대에도 감옥이 있었다는 말이 되기도 한다. 진정한 태평성대는 아니었던 것이다.

이처럼 우리가 아는 모든 것은 고정관념에 불과하다. 태평성대란 위정자들이 만든 허상일 뿐이다. 어느 시대나 세상은 혼란스럽고, 세상살이는 팍팍하기 마련이다. 그렇기에 우리의 테마는 어지러운 세상에서 자기중심을 어떻게 잡을 것인지에 맞추어져야 한다. 그런데 요즘처럼 원칙과 신뢰가 무너진 사회에서는 이미 중심 잡은 자도 넘어질 지경이다.

그렇다. 중심을 잡았다고 넘어지지 않는다는 보장은 없다. 이러니 중심 잡기에 너무 연연하지 말라는 또 하나의 역설을 던지지 않을 수 없다. 깊은 도량에 들어가 면벽 수행하는 자도 마찬가지이다. 지나치게 득도에 집착하다가 세속주의자보다 못한 허무주의에 빠진 사람을 여럿 보았다.

결국 자기 생각으로부터 자유로워질 필요가 있다. 겁을 내도 내 인생이고, 겁을 안 내도 내 인생이다. 무모한 용기를 자랑하다가는 어느 순간 더 큰 힘 앞에서 비겁해질 수 있다. 오히려 비겁함을 되풀이하다 보면 그 비겁함이 부끄러워 용기가 생기기도 한다.

신념을 만들려 하지 말고, 신념이 강한 체하지도 말아야 한다. 신념이란 허구이기 때문이다. 히틀러(Adolf Hitler, 1889-1945)는 인간의 신념이 얼마나 무상한지를 극명하게 보여준다. 인간이 가질 수 있는 것은 자신감뿐이다. 자신감의 무한 확대가 신념인데, 유한한 인간이기에 무한 확대는 애초부터 불가능한 일이다. 예수조차 신념을 가질 수 없었기에 시험에 들지 않게 해 달라고 기도하지 않았나.

자신감이 있다면 실패도 두려워하지 않는다. 『톰소여의 모험』으로 잘 알려진 소설가 마크 트웨인(Mark Twain, 1835-1910)은 "나는 담배를 수천 번 끊었다."라고 하였다. 수천 번 실패했기에 이렇게 말할 수 있는 배짱이 생겼음을 알아야 한다. 도전하기 위해서는 실패를 두려워하지 않는 삶의 자세가 중요하다.

근래 들어 나를 가장 힘들게 하는 것은 이웃이 썩어 가고 있는 것이다. 정치가 썩는 것은 참겠는데, 이것만큼은 정말 참기 어렵다. 나와 생각이 다르다고 하여 썩었다는 게 아니다. 자신감을 잃고 있다. 도전에 앞서 실패를 두려워하는 나약함이 일상화되어 있다. 불의를 향해 당당하게 외칠 줄을 모른다. 통념과 관념의 허상에 사로잡혀 깨우침을 얻으려 하지 않는다. 문학을 비롯한 예술이 행간의 의미처럼 넌지시 던져 주는 깨달음의 기쁨보다는 자연과학과 사회과학이 직설적으로 가르치려는 지식만을 믿으려 한다.

현대 과학을 포함해 믿음은 미신이다. 결코 영원불멸일 수 없는, 끊임없이 진화하기 마련인 지식에 대한 맹목적인 믿음은 창의보다 순종, 저항보다 굴종을 습성화시킨다. 이런 지식은 '잘못된 옳은 소리'를 하게 한다. 세상에 정답이란 없기에 설익은 지식으로 "옳다."라고 하지 말아야 한다. 흔히들 잘못 알고 있는 것을 고정관념이라고 하는데, '확실하게 아는 것'도 고정관념이다.

물론 어느 정도의 지식은 쌓아야 한다. 지식을 믿고 따르기 위해서가 아니라 스스로 중심을 잡기 위해서이다. 무엇이 고정관념인지를 알고 무지의 어둠에 빠지지 않기 위해서이다. 비상식의 시대일수록 썩은 것과 그렇지 않은 것을 분별하는 지식으로 당당하게 외쳐야 한다. 썩었다 하여 외면하거나 내버려 두지 말고 욕이라도 할 수 있는 당당함이 있어야 한다. 자신이 누군가에게 삶의 내비게이션 역할을 하겠다는 오만과 편견에서 벗어나 실천적 삶을 살아가기 위한 중심을 잡아 주기 바란다."

(스푼에듀 편집국 기자)

■ 2015년 3월 23일(월)

지금 밤 12시 50분. 채현국 선생의 『쓴맛이 사는 맛』을 한 시간 남짓 읽었다. 그의 독특한 인생철학의 깊이를 실감할 수 있는 대목을 만났다.

"나는 좌우명 같은 것을 없애려고 노력해 왔다. 분칠 같은 것. 사람은 순박하게 살아야 하는데 농약과 비료 같은 것이 되고 만다. 나는 그것들을 철저히 거부하며 살아왔다. 내 인생에 교훈이나 좌우명 같은 것은 없다.

자본주의 병폐는 절대 단기간에 사라지지 않는다. 극한의 사회 갈등 역시 한순간에 봉합되지 않는다. 지나온 삶이 용광로처럼 펄펄 끓어도 타 죽지 않고 살아왔다. 우리 삶 속에는 펄펄 끓는 용광로도 견뎌 내는 그 뭔가가 있다.

절망 속에서도 희망을 본다. 총체적으로 보면 세상은 차차 나아가고 있다. 그 속에 희망이 있고 거기서 행복이 샘솟고 있는 것이다."

"그 아이들하고 신나게 살면, 일어나지 않겠어요? 선생님이 애들하고 살면서 속 썩는 시간이 자기 시간이라고 느끼지 못하면 아주 허무해집니다. 그 애들하고 속 썩는 시간. 속 썩는 깊이. 그 답 없는 일을 머리카락 다 빠지고 이빨 다 빠지도록 하는 사람들. 그것밖에는 남는 게 없지."
(광주 강연 중)

뼛속 깊이 새겨야 할 말씀이다.

제3부

나와 항보

정농의 씨앗을 뿌린 사람[*]

임낙경 (목사)

하느님은 이름이 없는데, 괜히 이름을 붙여 서로 싸운다. 9·11 테러나 보스턴 테러를 보아도 그런 싸움들을 하고 있다. 여든여덟, 그로서는 힘껏 살았다. 옛 성인들은 대개 부모가 일찍 죽었다. 부모가 무엇을 주면 온실 속에서 크게 되는 것이다. 마찬가지다. 고생을 해야 제대로 된 것이다. 한 사람 한 사람이 똑바로 사는 것이 바른 삶이다. 이 사람들이 모이면 정농이 되는 것이다. 노인이 되니 할 일이 없다. 어디서 편지 오는 것이 낙이다. 그런데 백 부를 보내도 답이 안 온다. 그래도 만나면 말이 있다.

김성순은 『성경』을 한 번도 통독해 본 일이 없다. 한마디 한다면, 「요한복음」 14장 "나는 아버지 안에 있고 아버지는 내 안에 있다." 그러나 〈주기도문〉에는 '하늘에 계신 우리 아버지'이니, 나와 떨어져 있는 관계다. 〈사도신경〉에서는 하느님 우편에 앉아 계시니 나와는 어떤 관계냐. 나는 하늘에서 내려온 생명의 떡이다. 내 살을 먹고 내 피를 마셔라. 우리는 조금 알고서 알았다고 생각한다. 사과를 보고 색깔이 어떻고 무게를 보고 영양분이 어떻고 하는 것보다 먹어 보아야 안다. 먹은 후에 어

---

*   임낙경 대표집필, 『정농의 씨앗을 뿌린 사람들』(그물코, 2016) 김성순 편.

떤 영향을 미치는가 하는 것마저 천천히 안다.

복잡한 이 세상에서는 지식이 많아도 문제다. 어느 의미에서 유영모 선생처럼 학교 보내지 말자는 말씀도 되새겨 볼 말씀이다. 그렇다고 무식하게 살자는 것은 아니다. 본래 사람은 생각하도록 태어났다. 좋은 학교 나오고, 무슨 책 읽어서 깨닫고 그런 것이 다가 아니다.

김성순은 1929년에 태어났다. 아버지가 교직에 있었기에 초등학교(소학교) 네 군데를 전학을 다녔다. 상주에서 4학년 다니다가 황해도로 전학을 했다. 그때 월급이 40원인데 황해도로 가서 근무하면 10원을 더 받기에 황해도를 선택한 것이다. 황해도에서 평양으로 가기 위해 여러모로 힘썼으나 강서군으로 갔다. 그곳에서 평양 제2중학을 가려했으나 못가고 중학 시험에 두 번 떨어졌다. 다시 김천에서 상업학교 시험을 쳤는데 떨어졌다. 상주에서 할아버지가 한약방을 하셨다. 누님이 두 분 있어 처녀 태가 나고 혼담이 들어오니 할아버지께서는 이북놈은 상놈이다 내려오너라 그래서 내려왔다. 다시 경북 경주군 현곡소학교 6학년에 재수해서 졸업했다. 2009년에야 용담정에 처음 갔다. 초등학교를 찾아가 일본 이름으로 되어 있는 것을 김성순으로 고쳤다. 60여 년 만이었다. 대구사범 3학년일 때 8·15 해방이 되었는데 아무것도 몰랐다. 태극기가 있는 것도 몰랐고, 임시정부가 무엇인지, 김구 선생이 누구이며, 독립운동이 무엇인지도 몰랐다. 아버지더러 "왜 아버지는 일제 때 저항을 안했습니까?" 했더니 "이놈이 머라카노?" 하시더란다. 8남매를 기르시면서 일제 때 모진 수모 다 당하면서 굶겨 죽이지 않으려고 온갖 애를 쓰신 아버지의 마음을 몰라주었던 것이다. 다시 생각해 보니 이놈이 몹쓸 놈이구나 하고서 아버지께 다시는 그런 말씀을 못 드렸다. 이것이 역사구나,

한 걸음씩 나아가는구나 하는 생각만 해 보았다.

1948년 4월, 평양 전국 정당 사회단체 회의에 참석하기 위해 김구 선생이 북한을 가려 하니 학생들이 경교장을 둘러싸고 못 가게 했다. 김구 선생은 내가 가는 것을 막지 말라고 했으나, 그래도 못 가게 하니 지하로 해서 담을 넘어 대기시켜 놓은 승용차를 타고 가셨다. 평양에서 회의를 마치고 다시 서울로 왔다. 1949년 6월 26일, 경교장에서 안두희에게 암살되었다. 그때는 이미 이승만에 의해 1948년 8월 15일 남한에 단독정부가 선 이후였다. 김구 선생은 지금이라도 협상을 해서 통일 정부를 세우자고 제의했다.

김성순은 스무 살 때 교직 생활을 했다. 그 당시 김성순은 남북 협상을 지지하는 전단을 돌렸다. 1949년 8월에 6명이 남대구서에서 20일간 조사를 받고 형무소로 갔다. 같이 간 6명은 어디로 갔는지 지금도 모른다. 1심도 받기 전에 6·25가 일어나 7월 어느 날 팔공산에서 쏘는 박격포는 대구 시내에 떨어지고, 죄수들은 좁은 형무소에서 칼잠을 잤다. 한 사람이 오줌 누고 오면 잘 데가 없다. 어느 날 번호를 부른다. 하루에 반이나 떠나니 우선 잠자리가 넓다. 그다음 또 반이 떠났다. 재소자 기미결 약 8,100명 중 3,700명은 가창과 경산의 코발트 광산 등에서 집단 학살되었다. 살아남은 사람은 부산 서면 연필 공장으로 이감됐다.

인천상륙작전이 있었고, 할아버지는 손자가 형무소에 있는데 어떻게 따뜻한 방에서 자느냐고 추운 겨울에도 냉방에서 주무셨다. 할아버지가 변호사를 사서 재심하였는데 "나를 제2의 장발장으로 만들지 말라." 하였더니 1년 6개월로 감형받고 풀려났다. 나오기는 했으나 가진 것은 출감 증명서뿐이었다. 옥중에서 만난 선배가 김영기 선생을 추모했다. 김영기 선생은 졸업을 앞둔 마지막 수업 시간에 아무 말씀 없이 한 시간 동안 남산을 바라보며 눈물만 흘린 선생님이셨다. 그분이 대구여중 교장으로 왔다. 찾아가니 박정희가 육군정보학교 교장으로 있는 달성국민학교에 소개장을 쓰려고 하다가 공군본부 인사국 신현경 씨가 공군 기술하사관 합격증을 주었다. 그곳에서 기술 교육을 받고 강릉 비행장 무전기 담당 기술하사관으로 근무하게 된다. 비행기 이착륙 때마다 무전기를 확인하는 직책이었다. 2년 후 어느 날 특무대에서 불러서 갔다. 그때는 지금처럼 조회가 빠르지 않았다. 조회를 하고 보니 전과자였다. 그 즉시 불명예제대를 했다. 2년여 헛 복무한 것이다. 다시 육군에 입대해야 한다. 육군에 입대해서 4년 3개월 근무를 마쳤다. 공군 2년여, 육군 4년 3개월, 총 7년을 어떻게 버티어 냈을까. 제주도 훈련소에서도 톨스토이의 『인생독본』을 읽고 있었다. 또 니체의 차라투스트라가 말한 "깊이 더 깊이 내려가지 않으면 안 된다. 높이 더 높이 올라가지 않으면 안 된다."라는 말을 되새기면서 고난을 이겨 낼 수 있었다 한다.

서른 살에 제대를 하니, 앞으로는 한 가지 일을 붙들면 그 길로만 가야지 이것저것 직업을 바꾸면 안 되겠다는 생각이 들었다. 그때 양돈에 관한 책을 읽고 계산해 보니, 돼지만 기르면 부자 되겠구나 하는 생각을 하게 되었다. 아버지는 하천부지를 개간해서 주말마다 그곳을 농장으로 만드셨다. 1958년에 제대해서, 1959년에 개간하여, 1960년에 캠벨이라는 포도를 심었다. 농고도 안 나오고 농업도 모르는데 농업에 종사한다. 서른 살에 좀 여유 있고 기와집에 살던 막내딸과 결혼했다. 스물두 살 앳된 처녀였다. 그 당시는 마당에서 대례를 지내는데, 수군거리는 소리가 들렸다. 나이 서른이면 새신랑이 아니고 헌 신랑 아니냐고. 시집은 왔으나 아침거리 없을 때가 많았다. 포도를 심었는데 과수에 제일 좋은 거름은 역시 인분이다. 태어나 처음으로 똥장군을 져 보니 출렁이고 힘들었다. 하는 수 없이 새색시의 3.5돈짜리 금반지를 팔아 리어카를 사기로 했다. 금반지는 꼭 다시 사 주겠다고 약속했으나 여든이 넘도록 약속을 지키지 못했다. 얼마 전, 이제는 금반지 사 줄 수 있다고 했더니 금반지 말고 통장을 달라고 해서 통장을 주었다. 똥장군을 지고 다닐 때는 한 개를 지고 다니기도 힘들었는데, 리어카를 사니 똥장군 네 개를 실을 수 있어 다행이었다. 똥장군이라지만 변소에서 꼭 똥오줌만 나온 것이 아니다. 변소 청소하는 물까지 섞여 나온다. 김천 시내까지 물 실러 다닌 격이다. 시내 교도소 똥도 퍼 나르게 되었다. 그나마도 늦게 가면 퍼 올 수가 없었다. 그때 만난 어떤 노인이 "나이 환갑 전에 똥장군만 면해도 상팔자야."라고 하셨다. 30대에 리어카로 똥장군을 네 개씩 나르는 김성순은 상팔자였다. 어느 날 개인 집에서 똥을 푸는데 잘못돼서 마당에 똥이 다 쏟아졌다. 그런데 주인은 싫은 소리 한마디 안 했다. 지금도 잊혀지지 않는다 했다.

과수원은 모래땅이고, 경상도 지방은 지리적으로 무척 가물다. 닷새만 비가 오지 않으면 포도 넝쿨이 틀어진다. 하루에 물지게로 백 번 이상 져 날라야 한다. 심고 2년이 되어야 포도가 달린다. 3년, 4년 되니 포도를 수확해서 판매한 돈이 30만 원이었다. 쌀 한 가마가 3천 원이니 쌀백 가마 값이다. 아버지가 학교 교원이었으나 한평생 쌀을 말로 사다 먹었지 한 가마씩 사다 먹어 본 일이 없었는데, 처음으로 쌀 한 가마를 사 먹었다. 그곳에서 10년을 살았다.

사모님이 처녀 때 염소를 길렀다. '배내기'라는 풍습이 있었는데, 염소

새끼를 주고 그 염소가 자라서 새끼를 낳으면 어미를 주인이 가져오는 풍습이다. 이렇게 하면 돈 없는 사람들에게 염소가 생기고, 새끼 낳으면 염소를 늘릴 수 있었다. 계속하면 여러 마리가 된다. 그래서 사모님은 돈을 모았다. 이 돈과 포도밭에서 소매한 돈을 김성순 집사는 마나님께 차용증 쓰고 1년 이자 100퍼센트로 해서 빌렸다. 이렇게 모은 돈으로 1970년에 땅 2,555평을 다른 사람 돈 안 빌리고 사게 되었다.

1958년 제대하고, 1960년 포도 심고, 1970년 지금의 봉산면 농장으로 왔다. 1965년 6월 새실마을금고도 시작했다. 자전거포, 이발소 등 영세한 직업을 가진 사람들이 하루 10원, 20원씩 저축했다. 농민들은 그 돈도 없어 집집마다 주머니를 나누어 주고 때마다 쌀을 한 숟갈씩 모으라고 했다. 한 달에 한 번 걷으러 다녔다. 그리고 돈으로 환산해 마을금고 통장으로 입금시켜 주었다. 그 쌀은 김성순 집사가 샀다. 쌀은 사 먹어야 하니 서로 좋았다. 지금 마을금고 자산은 100억 원이 넘는다. 마을금고 총회 때 한 번쯤 불러 주면 좋으련만 아무런 연락이 없다. 그렇다고 찾아가서 내가 마을금고 창립한 김성순이요 할 수도 없다.

1970년대 『씨올의 소리』가 창간되었다. 창간호부터 독자이다. 안양에서 열린 『씨올의 소리』 독자 수련회 때 함석헌 선생을 만나러 갔다. 그때 김지하, 김동길, 안병무 등 여러 분이 참석했다. 김조년 선생이 군장교로 참석했다가 애를 먹었다고 한다.

1971년, 강정규 작가가 《크리스천신문》 편집을 했고 향린교회에서 성서연구회가 있었다. 그때 최완택, 이현주, 김영운 모두 합쳐 6명이 안 되었다. 〈모두 한 걸음씩 나가자〉라는 노래부터 부르고 모임을 가졌다. 끝나고 무교동 술집에서 술 마시고 담배도 피우는데 이게 목사들의 모습

인가 하고 놀라기도 했다. 크리스찬아카데미 교육에 가 보라고 추천을
해 주었다. 수원에 있는 크리스찬아카데미 농촌교육 9기에 참석했다.
특별히 기억나는 것은 질문을 무척 해 대던 배종렬 장로의 모습이다. 정
제돈, 최종진, 이병철 등이 9기 동기였다. 이때부터 세상을 넓게 볼 수
있었다. 2차 교육이 있고, 3차 교육은 21일간 합숙 교육을 한다. 그때 임
낙경을 만났다. 고무신 신고 온 임낙경은 경기도에 사는데, 집 안에 쌀
가마를 놔두고 문 안 잠그고 20일씩 비워 놔도 아무런 일 없이 살고 있다
고 했다.

  1970년대 농민회 조직은 가톨릭농민회뿐이었다. 그때 경북은 권종대
씨도 함께했다. 총회라 하고 늦게 온 사람 제껴 놓고 자기네끼리 했다.
함평 고구마 사건이 터지고 농성을 하는데, 경북 총무라서 가야 했다. 4
월 25일, 한창 못자리하는 철이었다. 단식 농성 2, 3일 후 정보부로부터
2백 몇십만 원이 왔는데 구속된 사람도 있고 앞으로 이런 활동이 보장되
어야 한다 하여 8일 만에 해단하면서 '농민도 사람이다'라는 글을 김성
순이 썼다. 함평 고구마 사건 중 문익환 목사님이 오셔서, "여러분을 보
니 한국에 민주화의 서광이 비친다."라고 격려도 해 주셨다. 1978년, 영
양에서 오원춘 사건이 일어났다. 이번에는 감자 사건인데, 씨감자가 잘
못되어 항의를 했다. 지금 같으면 그대로 보상해 주면 간단했을 것인데,
그냥 데려다 패고 나니 상처가 너무 나서 울릉도에 갖다 버렸다. 그곳에
서 여기저기 돌아다니며 얻어먹다가 겨우 돌아왔다. 신부가 "어디 갔다
왔느냐?" 물으니, "이렇게 해서 울릉도에서 겨우 살아왔습니다."라고 했
다. 다시 "그게 사실이냐?" 물으니 금방 답을 못하고 성당에 들어가 기도
를 마치고 신부들 여럿이 모인 곳에서 양심선언을 했다. 이것이 오원춘

사건이다.

1979년 8월 6일, 김수환 추기경이 안동에 오셔서 강론을 했는데 "민주 국가에서 이럴 수 있느냐."라고 했다. 시가행진하고 노래만 하고 집으로 돌아왔다. 집에 와서 일하다가 이런 일이 있었다고 회원들에게 보고했는데, 경찰들이 다시 데리고 가 안동경찰서에 구속되었다. 공휴일인 8월 15일에 재판을 했다. 판사, 검사도 안됐다. 대구에서 온 학생과 충북의 송창기 그리고 김성순 외 몇 사람이다. 김성순 먼저 재판이 진행되었다. "당신은 교회 집사인데 왜 가톨릭에 와서 데모를 하느냐?" "같은 『성경』 보고, 같은 하느님 믿고, 같은 예수 믿는데 무슨 상관이냐?" 또 "무슨 일이 있으면 조용히 해결해야지 왜 그렇게 소란을 피우느냐?" "함평 고구마 사건만 해도 몇 해 동안 해결이 안 되어서 결국에는 농협 직원 수백 명이 해고되고 보상도 해 주지 않았느냐." 다음, 송창기 씨에게는 대학 나온 사람이 무슨 목적으로 농촌에 갔느냐는 어리석은 질문을 했다.

1980년 겨울, 정농회 모임에 참석했다. 정농회는 기독교 신앙을 바탕으로 한 조직으로 우리나라 유기농업의 선구자가 되었다. 정농회에서 100일 걷기 운동을 적극적으로 지원하지 못한 것이 아쉽다.

신앙에 대한 좁은 생각이 아쉽다. 김종북 선생이 청년 분과 모임 회지에 실은 글이 잘못됐다고, 오재길 선생이 회지를 회수해서 다시 발간한 일이 있었다. 사람은 한계가 있다. 누구든지 있다. 지금 세계는 다문화 공생 사회다. 종교가 여럿이 같이 살아야 한다. 이것을 담아 낼 수 있는 폭넓은 가치관이 있어야 된다. 그렇지 않으면 이 사회의 변화를 따라갈 수 없다. 이제는 한 사람 한 사람이 합리적으로 토론하고 서로 자기 몫에 따라 충분히 발의하되, 소이(小異)를 넘어 대동(大同)의 세계로 나아가야 한다.

크리스찬아카데미 교육에 참가하기 전에는 기술자협회만 알았다. 기술자협회에서는 농업 기술이 부족해서 잘못 살았다고 생각했고 신기술만 도입하면 잘산다는 생각으로 기술 개발에만 전념했다. 뒤에 알고 보니 사회구조가 농민들을 못살게 만드는 것이었다. 그 후부터는 구조 개선에 앞장서고자 가톨릭농민회 경북 총무를 했다. 당시에는 농민 문제와 사회문제를 열린 눈으로 바라보는 신부들이 많았다. 광주 북동성당에서 8일간 단식 농성을 했다. 어느 날 전경들이 들이닥칠 것 같아 성당 안으로 들어갔다. 그때는 신부들과 신자들이 같이 밤을 새웠다. 한번은 남동성당에서 기도회를 하는데, 문익환 목사님이 오셔서 성호를 긋고 참석하셨다. 대단히 존경스러웠다. 그 후 1980년에 전농이 생겼고, 가톨릭농민회, 기독교농민회, 전국농민회 등 여러 농민운동 단체가 생겼다. 지금은 죽고 없으나 그 당시 함평에 살던 노금노가 모든 농민 단체를 해체하고 전국농민회로 모이자고 해서 그렇게 했다. 기독교농민회에 앞장선 사람들이 전농으로 갔다. 이로써 기독교농민회는 해소되었다. 가톨릭은 지역구 조직이 교구마다 잘되어 있고, 개신교는 역시 개교회주의다.

가톨릭은 주교 성향에 따라 다르다. 진보적인 성향의 주교가 있는 교구는 활발히 움직이고, 보수 성향의 주교가 있는 교구는 역시 보수적이다. 그래도 어떤 신부는 적극적으로 활동하기도 한다. 농업 문제에서 중요한 것은 농협이 시군 단위 지역으로 통합되는 것이다. 순천농협은 통합되어 크게 하고 있다. 통합이 되면 조합장 수가 줄어드는데 그렇게 되면 조합장들 월급이 적게 나간다. 시군 단위로 빨리 통합되어야 한다. 그렇게 함으로써 기반을 키워 생산, 가공, 유통, 수출까지 해야 한다. 박정희가 20년간 농협 조합장을 임명제로 했다. 우리나라 농촌도 산업 발전 못지않게 발전하고 있을 때, 조합장을 대통령이 직접 임명했으니 농민들은 회의도 선거도 제대로 배울 수 없었다. 이는 농업과 농촌에 많은 후유증을 남겼다. 김성훈 장관이 농협을 개혁하는 데 큰 역할을 했다. 그분은 장관 임기 동안에 얼마나 피곤하게 지냈는지 치아가 9개나 나갔다고 한다. 김성순이 김성훈 장관 사임 후 "얼마나 피곤하게 근무를 했으면 치아가 9개나 나갔느냐."라며 고생 많이 하셨다고 격려하니, "아니요, 10개입니다."라고 하더란다. 새벽 1시나 2시, 시도 때도 없이 오는 전화를 다 받아야 했다. 혁명보다 더 어려운 것이 개혁이라 한다. 봉화의 봉봉협동조합처럼 생산과 판매를 같이 해 나가면서 지역 문제를 풀고 농협을 통합해 갔으면 좋겠다.

1980년에 정농회 들어와서 포도 유기농은 성공했으나, 기본적으로 다른 재주는 없고 다만 책 읽기를 좋아했다. 깊이 읽기를 좋아한다. 주변에 지도자는 없고 유달영, 함석헌 선생 등의 영향을 받았다. 전과자인데도 모임에 나간 것은 신앙보다는 함석헌 선생의 『뜻으로 본 한국 역사』(1960)의 도움이 컸다.

수운 선생한테 여종이 둘 있었는데, 하나는 며느리로 맞고 또 하나는 양녀를 삼았다. 지금은 이런 일을 할 수 있어도 조선 시대에는 불가능한 일이었는데 그 일을 해내셨다. 양반들이 자기들 체계가 무너진다고 야단을 쳤다. 그러나 서민들은 찬성한다. 김성순 장로는 몇 년 전부터 동학에 깊이 빠졌다. 무슨 말을 하든지 시작은 달라도 마지막에는 동학 이야기로 돌아간다.

내가 김성순 고문을 처음 알게 된 때는 1976년이다. 크리스찬아카데미 수원교육원에서부터였다. 그 당시에는 교육 도중 사진을 제대로 찍을 수 없었다. 무슨 교육 내용인 줄도 모르고 사진에 나타나면 며칠 후 수사기관에서 찾아와 조사하고 불려도 간다. 사진을 찍을 때면 직원들이 주로 김성순을 배경으로 찍는다. 수사관들이 이미 알고 있는 사람이기에 그렇다. 그 후 가톨릭농민회에서 나는 경기도에 있기에 경기도에서 활동하고, 김성순은 경북에 있기에 경북에서 활동하신다. 그다음 전국 총회에 나가면 만나게 된다. 또 행사나 모임 때마다 만난다. 제일 오랫동안 만날 수 있었던 때는 크리스찬아카데미 장기 교육과정 21일 동안이었다. 21일 동안 합숙하며 교육할 때였다. 이때는 교육만 하지 않고, 저녁에 가끔씩 노래도 즐겼다. 노래하자고 하면 김성순은 언제나 〈사나이 가는 길〉이다.

사나이 가는 길

1.

사나이 가는 길 앞에 웃음만이 있을소냐

결심하고 가는 길 가로막을 폭풍은 어디 있으랴

푸르른 희망을 가슴에 움켜 안고

떠나온 정든 고향을 또다시 찾아갈 때

알뜰히 가는 곳마다 꽃잎을 날려 버리자

2.

세상을 원망하면서 울던 때도 있었건만

나는 새도 눈 위에 발자욱을 남기고 날아가건만

남아 일생을 어이타 연기처럼 헛되이 보내오리까

이 몸은 죽어서 흙이 되어 세상을 떠날지라도

이름만은 남겨 놓으리라

　이 노래는 내가 어릴 때 형님께 배운 노래다. 1절은 외워서 불렀으나 2절은 잊어버렸다. 김성순 집사더러 가르쳐 달라고 했더니 적어서 주셨다. 1절보다 2절이 뜻이 더 깊고 용기를 준 노래다. 김성순은 1929년생이고 내 형님은 1933년생이다. 4년 차이다. 아마 일제 때 불렀던 노래 중 일본을 찬양한 노래 대신 이 정도는 불러도 될 것 같아 부른 노래인 것으로 생각한다. 실은 3절도 있는데 처음만 알고 있다. '지구가 크다 한들 내 맘보다 더 클소냐'이다. 아마도 김성순은 이 노래에 힘을 얻어 일생을 사셨으리라.

　사나이 가는 길, 계집이 가는 길도 마찬가지이겠으나 어떻게 웃음만이 있을소냐, 결심하고 가는 길에 가로막을 폭풍이 어이 없으랴. 가로막을 폭풍은 아니지만 가로막는 사람이 있었다. 누구라 할 것도 없이 사모님이시다. 포도 농사뿐 아니다. 집안에 여자가 할 일이 있고, 남자가 할 일이 있다. 이런 때 20일씩 구류를 살고 오면 집 안에서는 경찰들이 밤낮 지키고 있다. 일도 일이지만 정신적으로 너무 피곤하게 한다. 대외적인 행사를 하려면 마나님께서 말리니 힘들다고 하셨다.

　1979년 어느 날, 일부러 김천 김성순 집사 댁을 찾아갔다. 가서 자고 새벽 4시가 되어 사모님이 밥을 하러 부엌에 나가실 때 따라 나가 같이 불을 때면서 사모님더러 힘드시겠다는 말을 먼저 했다. 그다음 "사람이 큰일을 하다 보면 집안일은 소홀하기 마련입니다. 독립운동가들의 가정은 언제나 어려웠습니다. 사람이 태어나서 가정을 위해 사느냐, 국가나 사회를 위해 사느냐 하는 것은 본인이 결정할 일이나 국가나 사회를 위해 살려면 가정은 힘듭니다."라고 하면서 되지도 않는 이야기를 지껄였다. 그 후로는 농민들 시위나 교육에 사모님이 더 앞장서신다고 한다. 어느 것이 옳은지는 몰라도 내 말발이 그 가정에 먹히기는 했다. 그 지경이 되면 나는 어떻겠느냐 하는 생각도 해 본다.

더 어려운 일이 있다. 늦둥이 은영이 이야기다. 유치원 때부터 초등학교 때까지 지금 말로 왕따 정도가 아니었다. 그냥 '빨갱이 딸'이라고 낙인찍혀 친구가 없이 학교를 다녔다. 다행히 풀무농업고등기술학교 다닐 때부터 해소가 되었다. 장남인 김성순은 장로이고, 나머지 형제자매들은 교인이 아니다. 몇 년 전 사모님께 전화가 왔다. 어머님이 돌아가셔서 동생들이 제상을 차리자고 하는데 어떻게 하느냐고. 그냥 동생들이 차리게 두라고 했다. 그리고 문상받을 때 신자들은 기도하고, 안 신자들은 절하도록 하라고 했다. 돌아가신 분의 뜻은 형제들의 화목에 있지, 종교에 있지 않다고. 내 말이 먹혔는지 안 먹혔는지 확인해 볼 일도 아니고 궁금할 일도 아니다.

김성순 집사는 사모님에게 감사한 일 백 가지를 찾아 써서 드리려고 했는데, 백 가지를 못 채우고 육십 가지를 우선 써서 드렸다 한다. 대구에 가서 감사장을 사서 구구절절 감사하다는 글을 써 놓고, 다음 4월 5일 결혼기념일에 돌아가시지 않으면 드리겠다 하셨다.

가톨릭농민회는 있으나 기독교농민회가 없다고 1979년부터 기독교농민회를 구상했다. 먼저 전남의 배종렬 장로가 시작했다. 준비 모임을 하고 각 도마다 준비위원장을 정했다. 경북은 김성순이고 나는 경기도 준비위원장을 맡았다. 매달 모여 준비위원회를 하는데, 제일 어려운 문제는 모일 장소였다. 당시는 10여 명만 모여도 수사기관에서 모인 곳을 찾아다녔기 때문이다. 더욱이 김성순, 배종렬 등 수사기관에 알려진 인물이 모이면, 그 모임은 해체되고 파출소에 가서 자고 와야 한다. 그래서 시골 어느 곳으로 조용히 모여야 했다. 전주에서는 심상봉 목사님 동생 집에서 모였고, 광주에서는 성결교회 어느 교육관 소회의실에서 모였으며, 김천에서는 김성순 집사님 댁에서 모였다. 그것도 김천역에서 모여 10여 명이 같이 버스를 못 타고 뿔뿔이 흩어졌다가 모여야 했다. 특별히 기억나는 일이 있다. 대전역에서 만나 각기 다른 곳으로 가자 하고 무조건 대전역으로 12시에 모였다. 그 당시는 누가 10분 늦으면 기다리지 말고 장소를 옮겨서 만나야 했다. 10분 늦으면 그 뒤에는 형사가 따라오기 때문이다. 그런데 준비위원장인 배종렬 장로가 안 온다. 아무튼 그 장소를 피해 유성온천 쪽으로 시내버스를 타고 옮겨갔다. 거기에서 점심을 먹고 나오는데 배종렬 장로가 길거리를 걷고 있었다. 어떻게 여기로 오셨느냐 하니, 이곳으로 왔을 것 같아서 왔다고 했다. 모이기 전 유성온천은 생각도 안 해 보았다.

준비 모임을 꾸리고 1년이 지나도 조직이 안 되니, 우선 전남기독교농민회만 창립하고 조직은 전남이지만 전국 준비위원회에서 같이하자고 했다. 경기도 준비위원장인 나는 함께할 수가 없었다. 그 당시 나는 경기도 가톨릭농민회 이사였는데, 총회를 하면 정족수 부족으로 성원이 안 되었다. 두 번, 세 번 모여도 안 되어서 회칙을 변경해 세 번째는 정족수가 안 되어도 진행하자고 했다. 경기도의 농민 단체와 뜻이 같은 이들이 모인 곳에서 기독교농민회 준비 안건을 내놓았다. 여론은 아직 시기가 이르다는 것이었다. 가톨릭농민회도 정족수가 모자라 안 되는데, 기독교농민회를 조직하면 우선 임낙경이 빠져나가고 또 몇 사람 더 빠져나갈 것인데 그러면 가톨릭농민회마저 깨지고 가톨릭농민회가 깨지면 경기도에서 농민운동이 사라진다는 이유였다. 이렇게 되어 내가 기독교농민회 준비위원회에서 빠져, 기독교농민회 측에서는 배신자가 된 셈이다. 김성순 집사님도 서운했을 것이나 말은 안 했고, 나도 사과할 일도 아니어서 지금 글로 쓴다. 또 김성순 장로님은 연로하셔서 다 잊으셨다. 나는 가톨릭농민회를 살리고자 열심히 일하느라 수원에서 살다시피 지냈다. 월급도 차비도 숙박비도 식비도 없이 몇 년을 지냈다. 마침내 수원교구청에서 교육을 진행하면서 회원을 모아 1년 후에 450명 회원들과 총회를 했다. 450명이 모이니 김남수 주교가 주교좌성당도 내어 주고 행사 때 축사도 해 주셨다. 기독교농민회 회원은 아니어도 기독교농민회와 멀어질 수는 없었다. 관계는 유지하고 있었다.

이제 또다시 1980년대부터 정농회에서 만나게 되었다. 정농회 운영위원회 때부터 이사회 때까지 수시로 만나 뵌다. 일본어 통역은 일제 때 학교를 다니신 오재길 고문과 김성순 고문 몫이다. 한일평화교류회를 시작하면서 통역은 두 분이 다 하셨다. 두 분이 돌아가시면 누가 통역을 하나 걱정도 있었으나, 지금은 젊은이들이 일본으로 유학도 가고 일본에서도 한국으로 유학을 와서 통역관은 넘친다. 김 장로님은 늦둥이 딸이 있고 나 또한 늦은 나이에 딸들이 많아 풀무학교를 나왔기에 그 인연으로도 자주 만난다.

김구 선생을 존경하여 김구 선생에 관한 전단을 돌리다 죄수가 되어 고생을 하셨기에, 김구 선생이 마지막으로 가셨던 경교장을 복원하는 단체의 대표자이기도 하셨다. 상해임시정부 현장도 다녀오셨는데, 그 작업은 연로하셔서 못 마치고 후진들의 몫이 되었다.

몇 년 전, 내가 정농회 회장 때 일이다. 딸 은영이가 복권에 당첨되었고 당첨된 돈을 은행에 투자해 십 몇 억이 되었다고 한다. 그 돈을 어떻게 쓸지 은영이는 아버지께 의논했다. 김성순 고문은 정농생협에 후원금으로 보내기로 했다. 아무튼 그 일로 복잡했다. 후에 그 돈을 사기당했다. 그래도 정농회에 큰돈을 내놓겠다는 뜻과 그 많은 돈을 정농회에 기부한다 해도 가족들이 반대하지 않았다는 게 무척 고맙고 감사한 일이었다.

김 장로님은 수신을 잘 해서 아흔까지 사시고 제가 역시 잘하셨다. 치국의 일에서도 우리나라 농민운동사에서 빼놓을 수 없는 인물이고, 정농회에서도 존경해야 할 어른이시다. 그 외에도 사회문제, 정치문제, 민주화운동에 앞장선 분이시다. 교회에서도 장로는 대단한 직책이다. 말년에는 천도교에도 열심이시다.

2013년, 정농회 어른들을 찾아 말씀을 듣기 위해 모였다. 다음 날 아침 예배 시간에 나더러 설교를 하라고 했다. 설교 제목은 '사나이 가는 길'이다. 내가 노래를 앞서 부르면서 합창으로 두 사람이 부르자고 하는데 다 잊으셔서 한 구절도 못 하셨다. 젊었을 때 내게 2절을 적어 주시고 만날 때마다 부르던 노래를 다 잊으셨다. 이 노래는 김성순의 주제가다. 아마 이 생의 일을 다 잊으시면 저세상으로 가신다는 뜻이겠다. 남아(男兒) 일생을 어이타 연기처럼 헛되이 보낼지라도, 이 몸은 흙이 되어 세상을 떠날지라도 이름만 남기오리다.

김성순 씨와 '한일 시민 동학 기행'

나카즈카 아키라(中塚明, 일본 나라여자대학 명예교수)

김성순 씨는 1929년생으로 저와 동갑입니다.

우리 둘의 교류는 우연한 만남에서 시작되었습니다.

저는 2002년에 『이 정도는 알아야 한다─일본과 한국 조선의 역사』라는 제목의 책을 도쿄의 한 출판사(高文研)에서 출간하였습니다. 일본인이 가진 한국(조선)에 대한 인식을 바로잡을 목적으로 쓴 책입니다. 책 마지막에서 저는 "이것만큼은 꼭 알아 두길. 일본과 한국·조선의 역사에 대한 일본인의 상식이 이 정도 수준만 되었더라도 2001년 큰 문제가 되었던 '역사 교과서' 문제는 일어나지 않았을 것 아닌가." 이렇게 생각하며 이 책을 썼습니다.

고등학생이라도 이해할 수 있도록 교토에 있는 어느 여고 학생들이 원고를 읽은 뒤 이해하지 못한 표현은 고치고, 되도록 많은 사람이 읽을 수 있게 책을 펴냈습니다. 그 결과 이 책은 제법 많이 팔렸습니다. 바다를 건너 서울 교보문고 책장에 진열되었던 것이 김성순 씨의 눈에 띈 것입니다. 2003년 3월에 있었던 일이라고 합니다.

1995년 일본 홋카이도대학 문학부의 어느 연구실에서, 먹으로 '동학당 괴수'라고 쓰인 두골이 발견되었습니다. 곧바로 홋카이도대학 문학부 이노우에 가쓰오 교수 일행은 필사적인 조사를 시작하였습니다. 한국에서도 원광대학교 박맹수(朴孟洙) 선생이 일본으로 와, 일본에서의 동학 농민혁명에 관한 연구가 획기적으로 진행되었습니다.

저는 이노우에 선생과 박맹수 선생의 조사·연구 성과에 대해 배우면서 한국으로 가 동학농민혁명의 전적지를 걸으며 공부하는 현장학습 여행을 계획했습니다. 다행히 일본 여행사인 후지 국제 여행사의 후원으로 '동학농민전쟁의 전적을 찾는 여행'이 2006년부터 시작되었습니다.

원광대학교 박맹수 교수가 지도하며, 한국 시민들과 함께하는 여행입니다. 이 여행은 후에 연례행사가 되어 총 300명이 넘는 일본인이 참가했습니다. ('한일 시민 동학 기행'이라 약칭. 2020년과 2021년은 코로나 사태로 인해 중단되었습니다.)

이 현장학습에 관한 이야기를 들은 김성순 씨는 거의 매년 가을이 되면 며칠간 동학농민전쟁의 전적지 탐방을 함께하게 되었습니다.

제8회(2013.10)에는 대구로 향하던 도중 김천에 있는 김성순 씨 댁을 방문하였습니다. 가족분들의 환대를 받고, 갓 딴 포도를 먹은 기억은 잊지 못할 추억입니다.

'한일 시민 동학 기행'에 참가한 일본인 대다수는 김성순 씨의 이야기에 감명을 받았습니다. 김성순 씨와 맺은 우정은 한일 시민 교류의 역사에 깊이 새겨져 있습니다. 미래에도 계속 이어져 나갈 것을 믿고 있습니다.

김성순 씨, 감사합니다.

2021년 11월 1일

金聖淳さんと「日韓市民東学紀行」

　金聖淳さんのお生まれは1929年と聞いています。私と同い年だと思いました。

　偶然の出会いから二人の交流は始まりました。私は、2002年、『これだけは知っておきたい日本と韓国・朝鮮の歴史』と題する書物を東京の出版社(高文研)から出版しました。日本人の韓国(朝鮮)観をただす目的で書いた本です。その本のあとがきに、私はこう書いています。

　「これだけは知っておきたい、いや日本と韓国・朝鮮の歴史について、この程度のこと が日本人の常識になっていれば、2001年に大きな問題になった「歴史教科書」の問題は 起こらなかったのではないか、そんなことを思いながら、この本を書いてきました。」高校生にも理解できるように、京都のある女子高校の生徒に原稿を読んでもらい、彼女らが理解できない言葉は書き直し、広く読まれることをめざして出版しました。その結果、この本は比較的よく売れました。

　海を越えて、ソウルの書店、教保文庫の書棚にも並びました。

　それが金聖淳さんの目にとまったのです。2003年 3月のことだったと金聖淳さんはふりかえっておられます。

　日本では、1995年、北海道大学文学部のある研究室で、「東学党首魁」と墨書されたドクロが見つかりました。その直後から、そのドクロをめぐって北海道大学文学部教授の井上勝生先生らの懸命の調査がはじまっていました。韓国からも圓光大学校の朴孟洙先生が来日、日本における東学農民戦争

の研究が画期的に進みました。

　私はこの井上先生や朴孟洙先生たちの調査・研究の成果に学ぶと同時に、韓国に行き、東学農民戦争の戦跡を歩いて勉強するフィールドワークの旅を計画しました。幸い日本の旅行社、富士国際旅行社の賛成を得て、「東学農民戦争の戦跡を訪ねる旅」が、2006年からはじまりました。

　圓光大学校教授の朴孟洙先生の指導の下、韓国の市民といっしょに行く旅です。それ以来、この旅は毎年の行事となり延べ300人を超える日本人がこのツアーに参加してきました。(「日韓市民東学紀行」と略称。2020年と21年はコロナ禍で中断てしいます)。このフィールドワークのことが、金聖淳さんのお耳にはいり、毎年のように秋の数日をご一緒に東学農民戦争の戦跡めぐりを続けることになりました。

　第8回目(2013年10月)には、大邱に向う途中、金泉の金聖淳さんお宅にもおうかがいしました。ご家族の皆さんから歓待され、とりたての葡萄をいただいたのも忘れられないことです。

　「日韓市民東学紀行」に参加した日本人の多くが、金聖淳さんのお話に耳をかたむけ、感銘を受けました。金聖淳さんと結んだ友情は、日韓市民交流の歴史に深く刻まれています。将来にわたって生きつづけるにちがいありません。

　金聖淳さん、ありがとうございました。

　2021年 11月 1日 日本 奈良女子大学名誉教授 中塚明

존경하는 김성순 장로님 전상서(前上書)

김경재 (목사)

『씨올의 소리』 창간 50주년 특집호(2020년 3·4월 호)에 실린 장로님 옥고 「봄바람 밤새 불더니」를 읽고 글 올립니다.

전국이, 세계 지구촌이 속칭 '코로나19' 전염병으로 혼비백산하는 요즘, 인간의 탐·진·치 삼독(三毒)이 원인이 되어 이미 예견된 질병 앞에서 문명과 인류종(人類種)이 크게 반성하고 거듭나면 좋겠습니다.

「봄바람 밤새 불더니」를 통해서 험난한 한국 근현대사의 고난과 혼돈과 죄업을 뚫고 이기시어 오늘 92세까지 형형한 눈빛과 몸으로 참진리와 삶의 길, 한민족이 나아갈 길을 가르치시니 존경과 감사의 마음이 더욱 그지없습니다.

한국에서 김용기 장로, 원경선 선생, 김성순 장로 세 분을 저는 '농사 짓고, 복음 진리와 천도(天道)를 전파하는 3대 어르신'으로 늘 생각합니다.

한국의 기독교 교회가 본래 생명(生命) 종교로서 영기(靈氣)를 잃고, 교리화, 경직화, 교권화, 제도화 된 것을 보시고, 김 장로님께서 동학(天道教)에서 탈출구를 보신 것을 저는 충분히 이해합니다.

예수의 복음 종교와 가장 닮은 종교라면 동학이지요. 김 장로님 맘속에서 그 두 종교가 다른 두 종류가 아니고 하느님 진리의 두 표현으로 느꺼지시고 확신하시는 줄 믿습니다. 그래서 저는 항상 '김성순 장로님'이라 부르는 것입니다.

코로나19 전염병은 인류 문명, 철학, 종교, 산업, 교육 등 모든 분야에 근본적 혁명(革命)을 요청합니다. 이번만이 아니라 앞으로도 바이러스 전염병, 이상기후, 핵전쟁은 인류에게 경고할 것입니다.

지구촌이 이러한 문명의 '환골탈태(換骨奪胎)'를 요청하고 있는데, 미국·일본·북한·유럽 제국(諸國)의 정치의식이 아직도 19세기에 머물러 있으니, 사라져 없어져야 할 국가주의(國家主義)와 물질 자본·이윤 추구·경제 제일주의가 득세하니 인류의 존망이 심히 위태롭습니다.

더욱이 남북한이 서로 상생교류협력·평화 증진으로 동아시아와 세계사에 새로운 비전을 열어 가야 할 텐데, 아직도 답답합니다.

그러나 존경하는 김성순 장로님! 장로님이 말씀과 글과 삶과 생활로서 가르쳐 오신 생명(生命)의 정도(正道)가 후진·후학·후손들에게 살아서 열매를 거둘 것입니다.

'사랑이신 하느님'이 30억 년 생명 농사를 포기하지 않으실 것을 믿습니다.

늘 주은중(主恩中) 강녕하소서.

2020. 3. 14.

김 장로님의 사랑을 많이 받은 목사 김경재 올림*

---

* 『씨알의 소리』 창간독자, 크리스챤아카데미를 거쳐 생명평화결사 모임에서 직접 만난 이후 한결같은 포근한 사랑으로 인도해 주심을 감사합니다.

청년 구도자 김성순 장로님

도법(실상사 회주)

얼마 전 전화를 받았다. 『도선비결』에 관한 책을 보낼 터이니 꼭 읽어 보라는 당부이시다. 며칠 뒤 책을 받고 한참 읽고 있는 어느 날이었다. '내가 만난 항보 선생 이야기'라는 취지의 글을 쓰라는 요청이 왔다. 순간 뇌리에서 번개처럼 '청년 구도자 김성순 장로님'이라는 한 생각이 반짝하고 스쳐 지나갔다. 사실 나는 항보 선생님을 잘 안다고 할 수가 없다. 개인적으로 많은 대화를 나누지도 못했다. 그분의 삶을 가까이에서 본 적도 없다. 대부분 대중적인 자리에서 주고받은 이야기들을 들은 정도가 있을 뿐이다.

하지만 그간의 인연으로 볼 때, 거절하는 것은 도리가 아님이 분명하다. 이 궁리 저 궁리 하면서 선생님과의 만남들을 되짚어 봤다. 2005년 김천 지역 생명평화탁발순례 할 때 처음 뵈었다. 그때부터 오늘까지 생명평화에 관한 크고 작은 모임의 자리에서 함께했다. 참으로 열정적이고 헌신적이고 탐구적이시다. 그 과정에서 내 뇌리에 새겨진 인상은 참으로 강렬했다. 몇 가지를 옮겨 보면, '열혈 청년 학생·철두철미한 생활인·확고부동한 우국지사 ·영원한 청년 구도자' 등 언제나 한결같이 새로운 세상, 좋은 세상을 향한 힘찬 발걸음을 옮기신다.

여기까지 글을 썼는데 더 이상 글이 나가지 않는다. 어떻게 할까 하고 눈을 껌벅거리고 있는데 하나의 꾀가 생각났다. 내 뇌리에 새겨진 인상을 살리기 위해 누군가가 또는 선생님 자신이 설명한 것을 잘 자르고 이어 붙이면 더 괜찮겠다고 여겨졌다.

철두철미한 생활인

"천지에 누구 하나 의지할 곳 없는 환경에서 여덟 식구를 부양해야 하는 장남의 책임감으로 … 농사를 결심하고 입덧이 심한 부인을 밤새 설득했다. 마침 아버지가 마련해 놓은 하천부지 모래땅이 좀 있었다. … 1960년 3월 종일 바람이 몹시 불던 날 캠벨포도 묘목 400여 주를 심었다. … 2년생 어린나무에 달린 7~8송이 탐스러운 검은 포도가 익어 갈 때는 너무 기쁘고 대견해서 그 모든 괴로움도 잊었다. 4년생 수입이 쌀로 치면 100가마가 되자 마을 사람들이 하는 말이 '산꼭대기에서라도 살 사람'이라고 했다고 한다. …"

"내가 아내에게 공손한 말과 자세로 대하면 아내도 그렇게 하고, 어떤 사람과 처음 인사하면서 머리를 숙이면 그도 그 정도 깊이 머리를 숙인다. …"

"등불님은 … 부러움의 대상이기도 하다. 포도 농사만 잘 지은 것이 아니라 자식 농사도 잘 지었다고 말한다. 현재 등불님 댁은 등불님과 아들 내외, 손자 등 3대가 함께 산다."

열혈 청년 학생

"지난날을 회고해 보면 … 장남의 책임감으로 여덟 식구를 부양하는 문제를 안고 고민하면서도 도대체 인생이 무엇이고 역사가 무엇인지를 묻고 또 물었다. … 지속적으로 묻고 있지 않은데 답이 올 리가 없지 않겠는가 … 무슨 말이라도 씹고 되씹으면 그만큼 이해가 깊어진다. … 나 또한 이렇게 나이가 들었고 여러 스승들의 책을 읽었지만 탁발순례 때 도법 스님을 만나고 나서 우리가 모두 그물코처럼 연결된 구슬이며 서로 투영하고 받아들인다는 것을 새삼스럽게 깨달았다. 지금도 그러한 뜻이 잘 담긴 생명평화 100대 서원 절 명상 CD를 틀어 놓고 아침마다 절을 하기도 하고 도법 스님의 글을 소리 내어 읽기도 한다.…" 등불님은 올 새해 첫날 영성 단식에서 "내 나이가 만으로 팔십이다. 나는 이제 세상을 떠날 준비를 하고 있다."면서 다음과 같이 말씀하신 바 있다. "생명은 나무라는 생각을 한다. 나무 이파리는 땅으로 돌아가 낙엽이 되고 거름이 되어 뿌리를 통해 다시 나무로 올라가 잎과 열매를 맺게 한다. 나역시 생명 순환 과정에서 없어지는 것이 아니다. … 나는 누구인가? 어디에서 왔다가 어디로 가는가? … 인류는 한 그루 큰 나무, 나는 그 가지 끝 작은 이파리, 가을이면 떨어져 낙엽이 되지만, 대지에 쌓여 퇴비가 되었다가, 다시 봄이 되면 수액으로 올라 꽃을 피우고 열매를 맺는다."

확고부동한 우국지사

1948년 남한 정부가 수립되고 이승만이 정권을 장악했지만 김구 선생은 계속 민족 통일의 원칙을 주장하며 민족의 양심에 호소했다. "정말 눈물겨운 호소를 하셨어. 이거 막지 못하면 참혹한 일이 동족 간에 일어난다고. 그때 많은 사람들이 그분의 말씀이 옳다고 곳곳에서 반대운동을 벌인 거야. 당시 나는 스무 살 교사였는데 그때 교사들도 반대운동에 참여했지. 내가 했으면 얼마나 했겠어. 전단 한 번 돌린 게 전부지. 그때 내가 다른 친구에게도 시켰거든. 그런데 그 친구가 덜컥 구속이 되어 버린 거야. 자고 있는데 새벽에 경찰이 들이닥쳐서 구속된 게 1949년 8월이었지."

등불님은 언젠가 보내 주신 편지에서 "님께서 통한의 한을 안고 가신 지 어언 60년─홍안의 소년은 황무지를 가꾸며 어느새 백발의 80 늙은이가 되었습니다."라며 "나의 소원이 날마다 되새기는 '겨레의 소원'이 되게 하옵소서."라고 민초의 기원을 말씀하신 바 있다. 여기에서 님이란 김구 선생이다.

영원한 청년 구도자

'인생이 무엇이고 역사란 무엇인가'에 대해 묻고 또 물었다. 그러다가 마음의 스승을 만나게 되었다. 누가 따로 있어 이끌어 준 것도 아니었다. "언젠가 우연히 유달영 선생의『소심록(素心錄)』을 읽었는데 마음에 봄비처럼 딱 스며드는 거야. 그런데 그분이 책에서 함 선생님, 함 선생님 하시는데 그분이 바로 함석헌 선생님이었던 거라 … 그때가 1964년 가을이 깊어 갈 때였다고. 함석헌 선생님의 글을 읽는데 그 글 모두가 나 자신에게 주시는 글만 같았다. 진리의 비밀이 자신에게 그대로 스며오는 느낌이었고 이후에는 보고 듣고 겪는 모든 일 속에서 뜻을 찾게 되었다. …"

"나 자신 80 평생을 살아오면서 큰 바위 얼굴처럼 무의식중에도 자기 향상의 표상이 돼 준 것은 씨올 사상과 고난의 철학이라고 볼 수 있겠지. 인류 역사는 고난의 역사이다. 고난은 인간을 위대하게 만든다. 궁핍에 주려 보아야 아버지를 찾는 탕자처럼 인간은 고난을 통해서만 생명의 근본인 하느님을 찾는다."

이 글은 지금까지 내가 받은 항보 선생님 편지글, 그리고 『생명평화
등불』에 실린 수지행의 인터뷰 내용과 선생님께서 직접 쓰신 내용들을
이리저리 짜 맞춘 것이다.

굳이 끝맺음으로 한마디 더 붙인다면, 항보 선생님은 말 그대로 한 생
활인으로, 한 사회인으로, 한 구도자로 지극정성을 다해 살아오고 살아
가시는 전범이시다. 참으로 많은 것을 보고 배웠다. 부디 내내 편안하시
길 손 모은다.

항보 김성순 선생의 보증서

이병철(시인, 생태귀농학교 교장)

마지막 불꽃이 되어

아침에 김천에 계시는 항보(恒步) 김성순 선생님께서 전화를 주셨다. 항보 선생께선 종종 당신의 생각을 정리하거나 기고한 글 또는 읽고 공감이 가는 책을 사서 보내 주시곤 하는데, 이리 전화를 주시기는 오랜만이다.

오늘 아침에 전화로 하신 말씀의 요지는 이 나라의 명운을 가르는 중요한 이 시점에 이제 생의 마지막 불꽃이 되어 무엇인가 하고 마무리해야겠다는 것이었다.

선생은 당신의 의식이 언제까지 맑을 수 있을지 장담할 수 없는데, 스스로 드는 생각은 아마도 올해가 마지막일지도 모른다는 것이다. 그래서 올해 말까지라도 나라와 앞날을 위해 무엇인가를 할 수 있으면 하는 간절함을 말씀하셨다.

항보 선생은 올해로 93세이시다. 한국포도회를 창립하셨고 1970년대부터 농민운동에 앞장서 오신 이 땅의 농민운동 큰형님 가운데 한 분이시기도 하다.

나와의 인연도 1970년 중반 크리스찬 농촌지도자 과정의 동기로 만나 함께 농민운동에 참여해 오면서 거의 오십 년에 가까운 세월을 지내왔다. 그 세월 동안 선생께서 당신의 말씀과 삶으로 보여 주신 한결같은 발자취는 우리 후배들에겐 큰 귀감이 되었다고 할 수 있다. 독실한 교회 장로였던 선생께서 노년에 동학도가 되어 수운의 가르침을 삶으로 체현하시는 그 정성과 노고 또한 함부로 흉내 낼 수 있는 게 아니었다.

말씀을 주시는 말미에 선생께서 몇 달 전에 내가 서정시집으로 묶었던 시집 『그 이름으로 부를 때』를 100부 주문해서 한국포도회의 지인 77명에게 당신이 서명하여 어제 모두 발송 작업을 마쳤다는 것이다. 그리고 남은 시집은 김천 시청의 계장급 이상 공무원들에게 보내 줄 생각이라 하셨다.

지난번에도 내 시집 『지상에서 돋는』도 200부를 사서 지인들에게 나누어 주신 바 있는데, 이번에도 그렇게 하신 것이다. 선생님의 형편을 모르는 바 아닌 데, 아마도 모아 둔 용돈으로 그리하신 것이라 짐작한다. 그리고 선생께선 또한 이 시집을 보내면서 40여 년 이어 온 계간지 『한국포도회』에 '보증서'라는 글을 실었다는데, 그 내용이 이 시집을 날마다 한 편씩 꾸준히 읽으면 마음과 감성이 맑아진다는 것을 당신이 보증하는 내용이라 하셨다.

나로서는 많이 부끄럽고 또 고마운 말씀이 아닐 수 없었다. 내가 선생께서 말씀하시는 그런 수준에 훨씬 미치지 못함을 잘 알기 때문이고 그럼에도 이리 믿고 격려해 주시는 그 마음 때문이었다.

생각하면 선배들께선 이리 챙겨 주시고 격려해 주시는데, 나는 제대로 한번 응답하거나 그렇게 깨어 있지 못했음을 새삼 돌아보지 않을 수 없다.

미안하고 부끄럽고 고마운 마음이 온몸을 감싸는 느낌이다.

선생께서 말씀하신 '마지막 불꽃'의 의미는 곧 나에게 주시는 마지막 당부의 메시지임을 느낀다. 나의 남은 생도 선생처럼 그럴 수 있으면 좋겠다는 마음이 간절하다.

남은 길, 그 불꽃을 생각한다. 선생님의 기력이 다시 불꽃으로 밝게 타오르는 그 길에 내 마음도 함께 보탠다.

선생님의 그 길에 건강과 깊은 평화가 함께하시길 간곡히 마음 모은다.

여류(如流) 이병철 시인에 대한 보증서

선생은 백두대간 중간쯤인 김천 황악산이 바라보이는 곳에 사신다. 선생이 사시는 곳에서 바라보는 황악산이 가장 균형 잡힌 모습이라 선생은 당신을 황악산 아래의 누구라고 표현하시길 좋아하신다.

며칠 전에 미리 전화로 찾아뵙겠다고 했더니 사모님과 함께 기다리고 계셨다.

이태 만에 찾아뵙는 것인데 두 분의 모습이 예전처럼 건강해 보여 다행이었다. 선생이 93세, 사모님이 85세이니 무엇보다 건강이 가장 우려되는 나이인데 사모님이 얼마 전까지 건강이 좋지 않아 고생하셨지만, 지금은 많이 회복되셨고 선생도 귀가 좀 어두운 것 말고는 아직 크게 불편한 것은 없으시다고 하신다. 고마운 일이다.

우리 내외가 도착해서부터 댁을 떠나올 때까지 여섯 시간 넘게 선생께서 열정적으로 말씀하셨다. 당신과 사모님의 건강 문제와 집안 문제, 동학 공부와 동갑인 일본의 역사학자 나카즈카 아키라 선생과의 관계, 함께했던 농민운동의 회고, 최근 도올과 박진도 교수 중심의 농산어촌 개벽 대행진까지 이야기는 끝이 없었다. 하시는 말씀을 들으며 새삼 감탄하고 귀담아듣지 않을 수 없었다. 특히 당신이 뒤늦게 입도하여 공부하고 있는 동학과 관련한 수운 선생과 해월신사의 어록 등은 거의 외우고 계셨다. 더구나 최근에도 『창비』 등의 잡지를 구독하시고 관심 가는 책들을 주문하여 꾸준히 읽고 계셨다. 그러한 선생의 말씀은 한마디도 허투루 들을 수 없는 것이었다. 그 모든 말씀이 당신이 90 평생을 바쳐 몸으로, 삶으로 체득한 지혜이자 당부였기 때문이다.

선생과 처음 만나 선생을 농민운동의 동지로, 인생의 선배로 모셔 온 것이 1970년대 중반 무렵부터였으니 어느새 45년이 넘었는데, 그동안 선생이 걸어오신 그 길에서 선생의 걸음이 흐트러진 것을 여태 한 번도 본 적이 없다. 그렇게 선생은 평생을 운동가로, 종교인으로, 시대의 선비로 일관해 오셨다.

그런 선생이 자신이 몸 바쳐 온 『한국포도회』라는 계간지에 내 시집을 소개하면서 나를 보증한다는 글을 공개적으로 써서 게재하신 그 마음을 생각한다.

〈여류(如流) 시인에 대한 보증서〉

유신 시대 크리스찬아카데미(농촌 9기) 동기생 이병철 시인은 50년 가까운 세월 동안 농민운동과 생명평화운동에 함께 걸어오는 사이, 나는 한 마리 거북이로 헤매는데 그는 독수리처럼 하늘을 날고 있었다.

"한 송이 꽃이 어떻게 피어나는지를 떨리는 가슴으로 지켜본 사람은 꽃 한 송이가 지기 위해 애씀이 어떠한지를 안다.

서녁 햇살에 긴 그림자 끌며 먼 길 걸어온 사람은 남은 날들의 소중함이 어떻게 절실한지를 안다."

"잘 살아가는 것이 또한 잘 죽어가는 것. 마지막 자리 환히 미소 머금고 감사
와 사랑으로 작별의 인사 나누며 그리움으로 하나의 문을 닫고 설레임으로
새로운 문을 열기."

코로나 이후 어떤 세상이 오더라도 아침마다 그의 시 몇 편을 읽고 잠들기
전 하루를 돌아본다면 일 년 뒤 몇 구절, 저도 모르게 외고 맑은 샘물 솟아나
리라.

촛불혁명이 깜박이는데 〈그 이름으로 부를 때〉 "한 자락 미소가 물결처럼
퍼져 나가 마침내 온 우주에 가득 찬다."

2021. 6. 8.

황악산 아래서 동학 순례자 항보(恒步) 김성순

　내가 이제껏 세상을 살아오면서 참으로 여러 인연들의 과분한 은혜를
입고 있다는 생각을 갈수록 더 하게 되지만 선생처럼 내게 이런 과찬을
해 주신 경우는 처음이다. 그 글을 읽으며 큰 부끄러움과 함께 후배를
품어 주시는 너른 품을 새삼 느꼈다.

　이번에 하신 말씀 가운데서도 가족이나 주변 사람들과의 관계에서
"남의 작은 허물을 내 마음에 논하지 말고, 나의 작은 지혜를 나누라."라
는 수운의 「탄도유심급(歎道儒心急)」이나 "사람을 대하고 물건을 접함에
반드시 악을 숨기고 선을 찬양하는 것으로 주를 삼으라."라는 해월신사
의 말씀을 늘 가슴에 새긴다는 말씀이 그랬다. 수운의 불연기연(不然其
然)의 뜻 또한, 당신은 그 의미를 "부정적인 것을 보되 거기에 머물지 말
고 더 큰 긍정으로 나아가라."라고 새긴다는 말씀도 그런 것이라 싶었

다. 이번에 해 주신 여러 말씀 가운데 특히 가슴에 깊게 와닿은 것은 선생께서 올해 7월 13일부터 이번 연말까지를 당신의 마지막 날들로 삼고 날마다 남은 날을 헤아리며 마음 챙기기를 하고 있다는 말씀이셨다.

다석 선생이 자신의 67세 때를 생의 마지막으로 여기고 날마다 쓴 육필 일기 영인본을 읽으면서 선생도 올 한 해 그렇게 해 보시기로 했다는 것이다. 그렇게 해서 마지막 날이 지나도 살아 있다면 또다시 시작해 보면 되지 않겠냐며 밝게 웃으셨다.

어제가 시월 열사흘이었으니 남은 날이 채 90일도 되지 않는데, 아침에 일어나면서 이제 이번 생의 날이 90일도 안 남았구나, 나는 오늘 무슨 마음 무슨 생각으로 무엇을 하며 이날을 지낼 것인가, 그러면서 일어나는 생각을 틈틈이 메모도 하신다는 것이다.

말씀을 들으며 말로는 '오늘 하루'와 '지금 여기'를 주문처럼 되뇌면서도 마음과 생각은 여전히 바깥을 떠도는 나를 되돌아보지 않을 수 없었다.

이제는 나도 칠십 줄에 접어들어 늙어 간다는 것, 돌아간다는 것이 남의 이야기만이 아님을 몸으로도 체감한다. 선생을 뵐 때마다 드는 한 생각은 앞으로 나의 남은 길을 선생처럼 저렇게 흔들림 없이, 아니 마음에 한 뜻을 오롯이 품고 걸어갈 수 있을까 하는 것이다. 그런 점에서 선생이 지금 걷고 계신 그 마음과 자태가 내겐 큰 귀감이 아닐 수 없다.

선생과 나눈 이야기를 여기에 다 소개할 수 없어 유감이지만 여러 말씀 가운데 몇 말씀만 더 보탠다면 틱낫한 스님의 '손 안의 사과는 우주이다'란 말씀을 소개하시면서 결국 그 사과도 먹어 보아야 그 맛을 안다. 먹어 보기 전에는 하나의 생각, 관념에 지나지 않는다. 마찬가지로 동학도 몸으로 체험해 봐야 동학이다. 사상, 철학으로서의 동학을 떠나 동학적 삶을 사는 것이 중요하다. 그럴 때 동학이라는 이름도 너무 앞세우지 말아야 한다.

존경할 것이 있기 때문이 아니라 무조건 존경하는 것, 그렇게 해 보는 것이다.

선생께서는 마주 보이는 황악산을 가리키면서 소설 『큰 바위 얼굴』을 이야기하셨다. 당신도 그렇게 저 황악산을 닮아 갔으면 하시는구나 싶었다. 그런 선생의 모습에서 이미 선생은 저 백두대간의 한 줄기로 우뚝한 황악산이 되셨다고 느꼈다.

해방 전후 혼돈의 공간과 한국전쟁 시기의 참혹한 시련을 온몸으로 겪으면서도 인간이란 존재의 의미를 잃지 않고 밝음을 향해 평생을 걸어오신 선생이 바로 저 황악산 같은 분이라고.

아직도 하실 말씀이 많으신 선생과 헤어지면서 앞으로 자주 찾아와 뵙겠다고 약속했다. 그러면서 선생의 생전에 선생의 문집이나 자서전을 펴낼 수 있으면 좋겠다는 생각을 다시 해 보았다. 선생과 사모님의 삶이야말로 해방 후부터 오늘까지를 증언하는 살아 숨 쉬는 역사이기 때문이다. 누가 이 작업을 해 줄 수 있을까. 혹시 누군가 이 작업을 해 줄 수 있는 분이 있으면 좋겠다.

한 시대를 오롯이 살아온 그 한 사람이 아직 여기에 계실 때.

(페이스북에 썼던 두 글을 묶어 싣는다.)

황악산의 큰 소나무, 항보 김성순 선생님

정지창 (문학평론가, 전 영남대 독문과 교수)

항보(恒步) 김성순 선생님을 처음 뵌 것은 '대구동학연구회'(후에 '경북·대구 동학공부방'으로 개칭)에서였다. 정년 퇴임을 하고 혼자 책을 보며 동학 공부를 하다가 추연창 선생이 만든 공부 모임에 합류했을 때니까 2013년쯤 됐을 것이다. 추 선생은, 항보 선생님이 김천에서 포도 농사를 짓는 분인데 기독교 장로로서 뒤늦게 동학에 입문한 도인이라고 소개했다. 아담한 체구에 흰 수염이 돋보이는 선생님은 성품이 맑고 소탈하여 동네 어른처럼 친숙하게 다가왔다. 아마 해월 최시형 선생이 이런 모습이 아니었을까.

선생님은 대개 토요일에 기차를 타고 대구에 내려와서 공부 모임에 참석한 다음 공부방이나 다른 곳에서 하루를 묵고, 다음 날 천도교 교당에 나가 시일 의식을 마친 다음 김천으로 돌아가시곤 했다. 90이 가까운 연세에도 건강하고 부지런한 선생님은 모임에도 늘 남보다 일찍 오셔서 우리를 기다렸다.

처음 만났을 때 대구의 지형이 마치 한 마리의 큰 거북이 같다면서 그림까지 그려 가며 설명하시던 모습이 떠오른다. 금호강과 낙동강이 만나는 수로를 공중에서 굽어보면 대구의 지형이 북쪽을 향해 날아가는 거북이 형상인데, 반월당이 바로 거북이의 심장에 해당하는 지점이라고 손가락으로 짚어 주셨다. 그러면서 반월당은 1864년 3월 10일 수운 선생님이 순도하고 3일 동안 효수되었던 곳이니, 앞으로 동학의 도가 실현되는 날 대구는 바다를 향해 뛰어들 것이라는 개벽의 꿈을 우리들에게 설파하셨다.

2014년 6월 충북 보은에서 동학농민혁명 120주년과 보은취회 121주년을 기념하는 '보은생명평화대회'에 항보 선생님이 참석하여 역사학자 고 이이화 선생과 함께 막걸리 잔을 앞에 두고 앉아 있는 사진이 있다. 사진에는 안 보이지만 이 행사의 고문으로 많은 도움을 주셨던 채현국 선생도 항보 선생님을 늘 존경하는 선배라며 어른으로 모셨다. 채현국 선생은 서울에서 양산을 오가며 가끔 대구에 들러 나에게 많은 가르침을 주셨는데, 작고하기 얼마 전에 항보 선생님이야말로 정말 소중한 어른이니 정성을 다해 모시라고 신신당부하셨다. 남다른 안목과 통찰력을 가진 채 선생이 학식과 인품이 뛰어난 저명한 선배들을 제쳐 놓고 유독 항보 선생님을 잘 모시라고 당부를 한 데는 다 그럴 만한 이유가 있을 거라고 나는 믿는다.

2014년 10월 24일에는 선생님의 동갑내기 친구인 일본인 역사학자 나카즈카 아키라(中塚明) 교수가 이끄는 '한국 동학농민군의 역사를 찾는 여행'단이 항보 선생님의 주선으로 대구를 찾아 종로초등학교의 최제우 나무와 수운의 순도지인 반월당 근처를 답사하고 국채보상운동기념관에서 대구의 원로 민주 인사들과 대화의 시간을 가졌다. 특히 일본의 참의원 4선 의원 요시카와 하루코(吉川春子) 여사가 일본의 한국 침략을 사과하고 정신대 할머니들을 위해 희움 일본군 위안부 역사관의 건립기금을 모금하여 전달하는 장면은《영남일보》에도 크게 보도되었다.

이해 11월 14일에는 경북대에서 '동학의 새로운 지평'이라는 이름으로 동학농민혁명 120주년 기념 학술심포지엄이 열렸다. 박맹수(원광대), 김용휘(한양대), 박현수(경북대), 박홍식(대구한의대) 교수 등 전국의 저명한 동학 연구자들이 발제를 맡은 심포지엄은, 동학의 발원지인 대구·경북에서 뜻깊은 학술 행사를 열어야겠다는 항보 선생님과 대구 동학공부방 회원들의 염원과 노력에 의해 성사된 것이다.

2015년에는 항보 선생님을 모시고 동학 기행을 했는데, 수운과 해월의 유적지인 경주 일대와 해월이 2차 기포령을 내린 충북 옥천의 문바윗골, 예천의 동학농민군 유적지, 해월이 「내수도문」과 「내칙」을 반포한 김천 근교 산골인 용호동, 수운이 30대 초반 처가살이하며 금강산의 승려로부터 천서(天書)를 받았다는 울산의 여시바윗골, 경북 상주의 옛 동학교당과 유물전시관, 수운이 관의 지목을 피해 은거했던 남원의 은적암 등을 탐방하며 스승님들의 가르침을 되새겼다. 선생님의 안내로 직지사에서 바람재를 넘어 꼬불꼬불한 산길을 따라 구성면 용호동에 있는 옛 교당과 「내수도문」을 새긴 비문을 찾았던 일이 엊그제 같다. 《개벽신문》 46호(2015년 8월 호)에 게재된 필자의 예천 동학 기행문을 통해 항보 선생님과 함께한 순례의 한 자락을 더듬어 본다.

한 달에 한 번씩 떠나는 대구 동학 순례단의 세 번째 행선지는 경북 예천이다. 이번에는 대구에서 6월 28일(일요일)에 8명(추연창·김창환·방상언·이한옥·정연하·강기룡·신효철·정지창), 김천에서 1명(김성순 선생님), 그리고 예천 현지에서 안내해 준 3명(김두년·한해수·전장홍 선생)까지 모두 12명이 참가했다. 지금까지의 세 차례 순례 가운데 가장 많은 사람이 참가한 셈이다.

우리 일행은 예천 군청 주차장에서 김두년(필명 김소내 시인) 선생을 만나 먼저 윤치문 장군의 묘소로 향했다. 그런데 초목이 우거지고 지형이 어슷비슷하여 일행은 한동안 산등성이와 골짜기를 헤매었다. 선발대가 처음 올랐던 능선을 내려와 다음 능선을 탐사하는 사이에 어느덧 시간은 12시를 넘어섰다. 결국 김성순 선생님의 제안으로 골짜기 안쪽 뽕나무 그늘에 자리를 펴고 먼발치에서나마 윤 장군에게 제례를 올리기로 결정했다. 간소한 제물과 막걸리 한 잔을 올리고 심고 의식을 치른 다음 점심 요기를 하는 참에 한해수 선생이 드디어 묘소를 찾아냈다. 두 번이나 지나친 곳에 바로 윤 장군의 묘소가 있었다.

윤 장군는 명문가인 파평 윤씨로 사헌부 감찰을 지낸 무관 출신인데 갑오년(1894) 여름 일본군이 경복궁을 점령하고 국왕을 포로로 삼자 보국안민과 척왜양의 깃발을 내건 예천 지역 동학군에 가담하여 군사 작전을 지휘하셨다. 기록에는 예천 읍성 공격 시에 전사하였다고 되어 있으나, 현지 조사 결과 패전 후 피신 중에 유림 측 민보군에 발각되어 사형(私刑)을 당해 돌아가셨다고 한다. 야트막한 산등성이 중턱에 자리 잡은 묘소에는 그래도 상석과 묘지명이 남아 있었다. 우리는 술 한 잔을 따라 놓고 잠시 처연한 심사에 젖어 절을 올렸다.

다음으로 찾은 곳은 동학군 지도자 전기항 선생의 묘소와 추모비였다. 이곳은 안내판도 있고 진입로도 잘 닦여 있어 쉽게 찾을 수 있었다. 문중에서 가꾸어 놓은 묘소도 깔끔하고 추모비도 번듯했으나 추모비가 묘소 중간에 자리 잡고 있어 왠지 어색했다. 추연창 선생이 낭송한 비문은 이이화 선생이 짓고 예천의 소설가 박치대 선생이 글씨를 쓴 것으로 절절하고 도도한 명문이었다. 전 선생은 예천 북서쪽에 자리 잡은 금당실마을(『정감록』에 나오는 십승지 가운데 하나. 예천군 용문면 금곡리.) 출신으로 갑오년 당시 동학군의 군량미를 조달하는 모량도감(募糧都監)을 맡았다. 그는 천석꾼인 부농이었으나 군비를 마련하기 위해 전 재산을 쏟아부은 호탕한 인물(별명이 전도야지)로, 농민혁명 이후에는 무쇠솥 하나만 남았다고 한다. 보복을 피해 소백산맥 기슭에서 화전민 생활을 하며 12군데 움막을 전전하다가 1900년 73세로 돌아가셨다.

그 후 수십 년이 지나서 그의 손자(전장홍 선생의 조부) 대에서야 가까스로 고향 마을로 돌아올 수 있었다. 그러나 이곳이 워낙 보수적인 유림 세력이 강성한 고장이라 집안에서도 선조의 동학농민혁명 참여 사실을 쉬쉬하며 숨겨왔다고 한다. 후손 전장홍 선생은 동학농민혁명유족회에 참여하면서 문중의 힘을 모아 전기항 선생의 추모비를 예천 읍내나 금당실마을 송림 등 많은 사람이 볼 수 있는 곳에 세우려 하였으나 유림 측의 완강한 반대로 결국 묘소 옆에 세울 수밖에 없었다고 그간의 사정을 전해 주었다. 금당실 마을은 현재 관광지 개발을 위해 거액을 들여 전통민속마을로 꾸미고 있으나 동학혁명군과 전기항 의사의 행적을 알리거나 역사적 의미를 되새기는 문화적 내실(콘텐츠)은 빠져 있는 빈껍데기 사업이라는 느낌이 들었다. 함양 박씨 유계소를 동학농민군 연락소로 사용했다고 전하지만 이를 알려주는 표지판은 없다.

다음에 찾은 공설운동장 옆 한내(한천) 강변의 동학농민군 생매장터 추모비는 예천동학농민혁명기념사업회가 동학농민혁명 105주년을 기념하여 지난 1999년 8월 28일에 세운 것이다. 흑오석 비석의 전면에는 붉은색으로 음각된 농민군 도상이 희미하고 뒷면에는 '동학농민군생매장터'라는 제목으로 이렇게 새겨져 있다: "여기는 예천 동학농민혁명 전투의 도화선이 된 농민군 열한 사람이 생매장당한 곳으로 추정되는 지역이다. 당시 예천 동학농민혁명군 쪽은 우리끼리 서로 싸우지 말고 하나로 뭉쳐 왜를 무찌르자고 호소하였으나 보수 집강소 쪽은 오히려 갑오년 음력 8월 9일 농민군 열한 사람을 붙잡아 이 부근에 생매장하는 것으로 응답하였다. 그러자 농민군은 마침내 8월 28일에 징과 북을 치며 예천읍 총공격을 감행하였던 것이다."

갑오년 당시 예천 지역에는 옹기장수 최맹순 관동수접주의 포덕으로 전라도 농민군의 봉기 이후 입도자가 급격히 늘어 최대 7만 명에 이르렀다고 한다. 이처럼 동학 세력이 강성해지자 인근의 양반 부호들을 징치하거나 재산을 강탈하는 일이 자주 일어났고, 이에 양반들은 집강소를 설치하고 민보군을 조직하여 끝내는 농민군을 생매장하는 끔찍한 만행을 저질렀다. 그러자 최맹순 수접주 등 동학군은 잡아간 동학농민들을 내놓으라고 요구하며 예천 읍성을 포위하고 무력시위를 벌였다. 음력 8월 28일 예천 들머리인 서정 들에서 치열한 공방전이 벌어졌는데, 민보군은 현산(현재의 흑응산)에서 대포를 쏘며 농민군을 공격했다. 그러는 가운데 청복리 방면에서 불길이 치솟으며 관군 측 구원병 3천 명이 왔다는 거짓 소문이 나돌자 농민군은 대열이 무너져 달아났다. 다음날인 29일 일본군이 읍내에 들어와 민보군과 함께 동학농민군을 추적하여 무차별 학살했다. 이것이 동학농민혁명 당시 영남 최대의 격전인 예천 전투의 전말이다.

순례를 마치면서 우리는 윤치문 장군의 묘소와 동학군 연무장에 안내판을 세우고 울타리로 차단된 생매장 터 기념비를 접근성이 좋은 다른 곳으로 옮겨 줄 것을 예천군 당국에 요청하기로 의견을 모았다.

2015년 10월부터 동학공부방에서는 외부의 저명한 강사들을 초청하여 한 달에 한 번씩 강의를 듣고 토론하는 행사를 했다. 처음에는 앞산 기슭에 있는 정연하 씨의 공부방에서 회원 중심으로 진행하다가, 2016

년부터는 시내 내당동의 광개토병원 강의실을 빌려 공개강좌로 전환했다. 전택원, 김용휘, 주요섭, 고은광순, 김경재, 이이화, 윤석산, 송명호, 정지창, 김용락, 오강남 등이 강사로 참여하여 많은 시민들의 호응을 얻었다. 지난 9월에 돌아가신 강창덕 선생님을 비롯한 지역의 원로 민주 인사들이 늘 앞자리를 채워 주신 것은 항보 선생님과의 오랜 인연 때문이었을 것이다. 그렇지만 얼마 후 내부 갈등으로 공부방이 해체되었고, 이 강의의 자료를 모아 책으로 엮지 못한 것을 항보 선생님은 몹시 아쉬워했다.

항보 선생님은 2016년 11월 그의 오랜 친구인 나카즈카 교수의 저서 『야마베 겐타로(山辺健太郎)와 현대』(씨올누리)를 번역하여 출간하였다. 이 책에는 1905년생인 야마베가 소학교만 졸업한 노동자로서 제2차 세계대전 후에 독학으로 일본의 조선 침략사를 연구하여 독보적인 연구서들을 출간하는 과정이 서술되어 있다. 야마베는 1941년 치안유지법 위반으로 검거되어 예방구금소에 수용되었는데, 여기서 울산 출신의 조선인 사회운동가 김천해(본명 김학의)를 만나 4년 동안 함께 지내면서 일본의 가혹한 조선 식민지 착취의 실상을 듣고 조선 문제에 관심을 가지고 연구하게 되었다고 한다. 종전 후에 「일본 제국주의의 조선 침략과 조선 인민의 저항투쟁」(1953), 「3·1운동과 그 현대적 의의」(1955) 등의 논문과 『일한병합 소사』(이와나미 신서, 1966), 『일본의 한국 병합』(태평출판사, 1966), 『일본 통치하의 조선』(이와나미 신서, 1971) 등의 저서를 통해 재야 사학자인 야마베는 나카즈카 교수 같은 일본 학생운동 출신의 진보적인 역사학자들에게 결정적인 영향을 주었다.

그의 정신을 계승한 후배 나카즈카 교수는 일본의 조선 침략과 동학농민군 토벌에 관한 연구를 더욱 진척시켰고, 2003년 그의 책을 읽은 동갑내기 항보 선생님과 인연이 맺어졌다. 항보 선생님은 나카즈카 교수의 책 『이 정도는 알아야 한다—일본과 한국 조선의 역사』에서 다음과 같은 구절을 읽고 저자에게 전화를 함으로써 교류를 시작했다고 한다. "이웃의 불행 위에 내 행복을 추구하려 해도 그것은 머잖아 나에게 다시 돌아온다. 이것이 일본 근현대사의 역사적 교훈이다."

나도 항보 선생님의 소개로 나카즈카 교수의 저서 『일본인이 본 역사속의 한국』과 『1894년 경복궁을 점령하라』, 『일본의 양심이 보는 현대일본의 역사인식』 등을 읽고 일본의 조선 침략이 얼마나 치밀하게 계획되었고 사후에 그 기록을 조작하고 미화했는지를 알게 되었다. 평생 청일전쟁과 동학혁명을 연구한 나카즈카 교수가 메이지유신 이후 일본의 근대화 정책이 "사실은 약자의 불행 위에 강자의 행복을 추구하는 잘못된 약육강식의 정책이다."라고 말한 것은 그가 일본의 양심을 대변하는 학자라는 사실을 보여준다.

항보 선생님은 『야마베 겐타로(山辺健太郎)와 현대』의 역자 서문에서 야마베 겐타로가 모든 생명과 하나로 소통한 진정한 자연인이라고 말했지만, 내가 보기에는 야마베와 김성순 선생님과 나카즈카 교수 모두가 '마음이 맑고 뜻이 굳세어 몸이 가볍고 기운이 더하여 모두 하늘에 통하는 재능과 세상을 덮는 용기를 가진'(최치원의 난랑비 서문) 자연인이다. 뭇 생명을 소중히 알고 소통하는 자연인이야말로 국적을 떠나 동학에서 추구하는 참도인이요, 김범부 선생이 말하는, 막힌 것 없이 툭 터진 '멋쟁이' 풍류인의 원형이라고 나는 믿는다.

한편 항보 선생님은 오래전부터 수운 최제우 대신사의 순교지인 반월당에 순도비를 세우는 일에 공을 들이셨다. 우리는 선생님의 안내에 따라 종로초등학교에 있는 수령 4백 년의 회화나무(일명 최제우나무)와 옛 경상감영의 감옥과 처형장도 답사하면서 순도비를 어떻게 세울 것인지를 논의했다. 다수의 의견은 천도교가 주축이 된 범시민추진위원회를 구성하여 시민 모금과 참여로 순도비를 세우는 것이 좋겠다는 것이었다. 항보 선생님도 이런 의견에 찬동하여 순도비로 쓸 오석(烏石)을 마련하는 데도 협력했다. 비석의 앞면에는 '동학창도주 수운 최제우 순도비'라고 새기고 뒷면에는 "멀리 구하지 말고 나를 닦으라."라는 글귀를 4개 국어로 표기하자는 것이 선생님의 의견이었다. 비문은 경주 구미산의 수운 선생 묘비명을 그대로 따른 것이고 "멀리 구하지 말고 나를 닦으라."는 구절은 동학의 가르침을 한마디로 요약한 것이다.

이 같은 선생님의 의견에 모두 동의하고 대구시 당국의 허가를 얻어서 순도비건립추진위원회를 꾸려 순도비를 세울 구체적인 방안을 모색하고 있던 2017년 초에 뜻밖의 소식이 들려왔다. 천도교 대구교구에서 외부 단체나 시민들의 참여를 일체 배제하고 단독으로 현대백화점 옆에 표지석을 세우기로 결정했다는 것이었다. 항보 선생님은 중앙총부의 의견도 무시한 대구교구장의 이런 처사에 실망을 금치 못했다. 수운은 대구·경북의 시민과 한국인 모두가 모셔야 할 스승이므로 순도비 건립을 천도교 대구교구의 사업으로만 축소시킨 것은 그야말로 소탐대실이라고 선생님은 한탄했다. 언젠가는 시민들의 정성 어린 모금과 국가의 지원으로 인근의 민가들을 사들여 나무도 심고 공원으로 꾸민 다음 선생님의 뜻대로 순도비를 세울 날이 오기를 기원한다.

2018년 가을 나는 대구 녹색당 성상희 변호사의 권유로 '생명평화아시아'라는 시민단체의 공동 이사장으로 일하게 되었다. 그동안 이런저런 시민운동에 참여하면서 회원들의 의식과 심성이 바르지 않으면 얼마 가지 못해 운동의 방향이 흔들리고 내부에서 갈등과 균열이 생기는 것을 경험했기에 나는 무엇보다도 회원들의 공부 모임을 만들자고 제안했다. 생명과 평화를 추구하는 단체의 성격상 우선 한국의 생명평화사상을 알아야겠다는 뜻에서 '근현대 사상 세미나'를 조직하여 동학부터 공부를 시작하기로 했다. 2019년 9월에 시작된 세미나는 평균 열 명의 회원이 참석한 가운데 2021년 6월까지 열세 차례 진행되었다.

나는 세미나의 제안자로서 수운 최제우와 해월 최시형, 의암 손병희와 야뢰 이돈화를 중심으로 동학과 천도교 사상에 관한 네 꼭지의 발제를 맡았다. 뒤늦게 동학 공부를 시작한 만학도가 그동안 읽은 책과 동학 기행을 하며 보고 들은 것들을 요약한 보고서 수준이었다. 그렇지만 대종교(홍암 나철)와 증산도(증산 강일순), 원불교(소태산 박중빈), 박은식, 신채호, 신남철, 박치우, 박종홍, 류영모, 함석헌, 장일순 등에 관해서는 전문 연구자들이 참여하여 강의를 듣고 토론하며 많은 것을 배웠다. 코로나 사태로 참석하지 못한 항보 선생님에게 세미나 자료를 보내 드렸더니 크게 기뻐하시면서 자료집을 책으로 엮어 내자고 적극적으로 권유하셨다. 그러면서 고등학교 학생이 읽고 이해할 수 있도록 내용을 쉽게 풀어 쓰고, 노인들도 읽기 쉽게 글자를 크게 하고 행간도 넓혀 달라고 당부하셨다. 이렇게 해서 2021년 12월에 『한국 생명평화사상의 뿌리를 찾아서』(도서출판 참)가 한국 근현대 사상 세미나의 자료집 1권으로 출간되었다.

책의 내용은 「동학과 개벽운동」(정지창), 「수운 최제우의 동학사상」(정지창), 「해월 최시형의 생명사상」(정지창), 「동학에서 천도교로: 손병희의 삼전론과 이돈화의 개벽문화운동」(정지창), 「김범부의 동방사상」(정지창), 「홍암 나철과 대종교」(양승권), 「1916년 빼앗긴 땅에서 돌아난 미륵불 세상: 원불교와 소태산 대종사」(강현욱), 「사유와 삶의 방식을 바꾼 철학자 다석 류영모」(이기상), 「삶 속에서 진리를 추구한 실천적 사상가 함석헌」(손영호) 등 다섯 명의 발제문과 항보 선생님의 기고문 「한 그루 큰 나무」(거북이의 꿈)로 짜여 있다. 항보 선생님이 2017년 2월 25일에 쓴 이 글은, 선생님이 살아온 지난 세월을 돌아보며 수운의 순도지인 대구에서 동학의 꿈이 펼쳐질 날을 기다리는 간절한 염원을 담고 있다.

선생님이 사시는 곳은 김천시 봉산면 덕천리, 김천에서 직지사로 가는 길목이다. 덕천리에서 왼쪽으로 틀어 경부선 철도를 지나 황악산을 바라보며 들어가면 산기슭에 직지사가 자리 잡고 있다. 선생님이 일군 덕천포도원에서는 해발 1,111미터의 황악산 봉우리가 이마 위로 마주 보인다. 선생님은 아침마다 황악산 봉우리를 바라보며 '우주는 하나, 생명도 하나, 너와 나도 하나, 삶과 죽음도 하나'라고 그 의미를 되새긴다고 한다.

이처럼 자연의 순리에 합치하여 살아온 선생님은 아직도 안경 없이 밤늦게까지 책을 읽고 젊은이 못지않게 총기도 좋아, 우리를 만나면 시간 가는 줄 모르고 재미있게 동학 얘기를 하신다. 한시는 소리 내어 읽어야만 그 운율이 주는 감흥을 맛볼 수 있다면서 수운의 한시를 줄줄 외우며 그 뜻을 새겨 들려주시는데, 특히 선생님의 〈화결시(和訣詩)〉 해석은 일품이다. 수운이 득도한 후의 환희를 노래한 이 시를 읽으면 베토벤의 교향곡 9번에서 〈환희의 송가〉가 울려 퍼지는 듯, 복받치는 감흥을 느낀다는 선생님의 안목과 감성에 우리는 고개를 숙일 뿐이다.

"멀리 구하지 말고 나를 닦으라."라는 동학의 가르침에 따라 매일 황악산을 바라보며 마음을 닦고 기운을 바르게 하는 항보 선생님이 한 그루 큰 소나무처럼 청청하게 후학들을 이끌어 주시니 늘 든든하고 고마울 따름이다. 정초에 찾아뵙고 세배를 드릴 어른이 있다는 것은 후학들에게 얼마나 행복한 일인가.

뛰어난 '시상'과 '부지런함',
이웃에 대한 '배려'가 넘치는 분!

배종렬 (전 전농의장)

항보 김성순 장로님 일대기에 저 같은 촌로의 댓글을 올리게 해 주셔서 항보(恒步) 및 편집위원 여러분께 고맙다는 인사를 드립니다.

첫 만남

제가 항보님을 처음 뵌 것은 1977년 수원에서 있었던 크리스챤아카데미 농어민반에 참여했을 때라고 기억하고 있습니다. 제가 운이 좋아 동기 중에 뛰어난 지도자들이 많았습니다. 이병철 동지, 고 최종진 동지, 정제돈 동지, 전남에선 벌교의 이기한 동지, 해남의 황연자 양 그리고 현자(賢者) 반열에 든 항보와 같이하는 영광을 얻었습니다.

다시 뵙게 된 것은 제가 한국기독교농민회 준비위원장을 맡아 경북을 들르면 유유상종이라고 의성의 김영원 장로님, 김천의 김성순·김교정 장로님, 선산의 최경수 장로님 들을 찾아뵙고 신세를 졌지요.

그의 유청년 시절

"인걸은 지령이라 승지에 살아 보세."

우리 선조들은 훌륭한 인물들은 하늘의 영기로 태어나지만 지리 환경의 영향을 받아 인격이 형성되는 것이니 좋은 곳에서 살아 보자 하는 유훈입니다. 신라의 화랑제도가 전형적이지요. 항보 형님은 의성에서 태어나 아버지가 초등학교 교사로 34년간 근무했는데 해방 직전 경주 현곡초등학교로 옮겨오셔서 자연스럽게 현곡초등학교 6학년을 재수하셨다 들었습니다.

아동방 생긴 후에 이런 왕도 또 있는가?

수세도 좋거니와 산기도 좋을시고

금오는 남산이요 구미는 서산이라

〈용담가〉의 일절입니다. 항보 형님은 동학의 최수운, 최해월이 받은 산기와 수기를 다 받고 자라신 거라 저는 믿고 있습니다. 민족 수난기에 죽음의 고비를 겪고 찾아든 곳이지만 김천도 훌륭한 인생 도장이 아닌가요.

직지사와 같은 사찰이 많고 조선시대 말 무렵 홍역의 대가 야산(也山)의 출생지이며 그의 아들 민중사학자 이이화 선생의 출생지이고, 일제 치하 조선공산당 지도자 박헌영과 쌍벽을 이룬 김단야의 출생지이기도 하지요.

항보 형님의 뜨거운 가슴 속에 자주독립의 투혼으로 김구 선생을 사모하고 단독정부 반대운동에 참여하셨다고 알고 있습니다. 그로 인해 연행, 구속되었고 6·25 전란의 와중에 많은 보도연맹 인사들이 몰살을 당하는 참화 속에도 하늘의 보살핌으로 구사일생 살아 돌아오셨다고 들었습니다.

5·18 민중항쟁 후 나의 발걸음

군사독재자 박정희의 죽음으로 민주화의 희망을 안은 우리에게 전두환 신군부는 1980년 5월 18일 광주에서 시민 학살극을 저질렀습니다. 저는 18일 오후부터 20일 오전까지 항쟁에 함께하다가 20일 오전 비는 내리고 시내는 적막하기만 해 시민들이 포기하는 게 아닌가 오판하고 무안 고향집에 내려갔다가 21일 광주에 재진입을 시도했으나 들어갈 길이 막혀 목포, 전북 전주, 김제, 익산, 남원 등을 헤매며 광주 소식을 알리고 서울로 올라가 교계 지인들에게 알리고 호소했습니다. 27일, 숙소였던 오금동 나상기 신혼 댁에서 전남 도청이 공수대에 의해 탈환되었다는 소식을 접하고 좌절감을 안은 채 집에 돌아갈 수밖에 없었습니다.

하지만 날이 갈수록 일손이 안 잡히는 것은 물론이고 마음 붙일 곳이 없어 6월 7일 찾아간 곳이 경북 김천의 항보 형님 댁이었습니다. 하룻밤을 묵고 다음 날 김교정 장로님의 근무처인 김천 YMCA 사무실로 가 YMCA에 참여하는 장광섭 목사, 정종남 목사 등 많은 분들을 모시고 광주의 참상을 알리고 광주의 아픔에 동참하기로 했습니다. 이렇게 항보는 저의 기댈 언덕이고 위로처였습니다.

매년 일본인 동학농민혁명 탐방단과 호남 방문

『논어』에는 유붕(有朋)이 자원방래(自遠方來)면 불역락호(不亦樂乎)아, "먼 곳에서 찾아오는 벗이 있으면 즐겁지 않겠느냐."라고 말했습니다. 항보께서는 일본 동학농민혁명 역사탐방단에 매년 합류하셔서 저를 초청해 주시고 탐방단에 저를 소개시켜 주셨습니다.

탐방단이 대구·경주를 탐방할 때도 있었지만 대부분 익산·전주·정읍·고창·광주·나주·목포·진도를 탐방했는데 그때마다 노구에도 빠짐없이 동행하시면서 저를 챙겨 주셨습니다.

그 밖에도 정농회가 무안에서 모일 때도 시간을 내서서 저에게 온정을 쏟아 주셨습니다.

용담정 등 수운 대신사의 유적지 탐방을 간곡히 권고하시다

2012년 여름, 항보 형님께서 저에게 동학의 창시자 최수운 대신사 유적지 탐방을 간곡히 권유하셨습니다. 저는 정성스런 권유에 감복되어 7월 하순으로 일정을 정해 알리고, 7월 22일 11시 대구 동부버스터미널에서 상봉하였습니다. 버스 편으로 경주버스터미널에 도착했는데 항보 선생을 존경하는 지인이 승용차를 가져와 식당으로 옮겨 점심을 대접해 주었고, 식사 후 승용차로 제일 먼저 찾은 곳은 수운 선생이 탄생한 경주시 현곡면 가정리에 있는 생가터였습니다. 이젠 생가가 복원되었지만 그때는 터는 정비 중이었고 유허비만 서 있었습니다. 터 입구에 유허터를 소개하는 부속 건물이 있을 정도였습니다.

다음에는 대신사 묘지를 예방했습니다. 묘지는 조금 높은 곳에 모셔 있었고 묘지에서 내려와 가정리와 묘지 입구를 내려오면 용담정 입구가 있었습니다. 시간이 너무 늦어서 용담정은 다음 날 참배키로 하고 수도원에서 일박을 했습니다.

이 수도원에서 박남성 원장에게 배웠는데 동학에 조예가 깊고 우리 역사에도 해박해 나의 삶을 개벽하는 지도자로 여기게 되었습니다. 천

도교에서는 '연원(淵源)'을 중시하는데 나는 두 분의 '연원'을 모신 게지요.

다음 날 일찍 용담정을 찾아 수운대신사의 영정을 참배하고 용담정을 둘러봤는데 정말 한울님을 만날 만한 숭엄(崇嚴)한 곳이어서 감응했었습니다.

제3일에는 진주에서 온 동덕들과 수련을 했고 동학에 입도하였습니다. 동학은 인내천의 신앙이고 수운대신사는 「천사문답」에서도 자연의 리(理)에 어긋나는 것은 받아들이지 않으셨습니다.

동학의 『동경대전』에는 허황된 이야기는 없습니다. 천지만물을 한울처럼 존중하라는 것입니다. 동학 교리 말씀은 이만 드리겠습니다.

항보의 문서 포교

저와 함께 용담정을 다녀온 후로 시를 써 보내 주시고 『개벽』 등 많은 책을 보내 주셨습니다. 전택원 선생의 『마음에 이슬 하나』를 읽고 우리 역사에서 도선과 해월이란 두 예언자를 만나게 되었고, 박맹수 총장의 『개벽의 꿈』을 읽고 해월신사를 다시 뵙게 되었고, 장일순 선생도 뵙게 되었습니다.

그 외에도 『만고풍상 겪은 손』, 『다시개벽』, 자신이 번역한 『야마베 겐타로(山辺健太郎)와 현대』 등 많은 책을 보내 주셨습니다.

끝마치며

제목으로 부지런함을 잡았는데 말씀을 못 드렸군요. 젊어서 김천 시내에 들어가 인분과 퇴비를 날라다 허허벌판에 과수원을 만드셨다고 일러 주셨습니다. 그 공으로 농민 동지들에게 회의 경비도 대 주시고, 찾아가는 후배들을 그냥 보내지 않고 선물도 들려 주셔서 농민 동지들에게 기댈 언덕이 되어 주셨습니다. 감사드립니다.

여기서 나를 반성해 봅니다. 돌이켜보니 저도 누구 못지않게 부지런히 살았구나 하는 생각은 듭니다만, 나의 삶은 균형 있는 삶이 아니었고 옳다고 여기는 일에 매몰되어 있었다고 반성되네요. 항보 님의 삶과 같은 균형 있는 삶이 되지 못하고, 나의 집념을 위해 일을 한다고 가정과 자녀들에게 희생을 너무 강요한 것 같습니다.

후회는 없지만 저와 농민의 길 지도자들이 빈소농들에게는 큰 도움이 되지 못했구나 하는 아픔을 느낍니다. 이 나라가 세계 10대 경제 대국이 되었다고 하는데 농어촌이 소멸되어 가는 상황이 심화되고, 농어민·농어업·농어촌을 살리겠다는 농민운동 지도자들의 열정과 희생을 인식 못 한 바 아니지만, 동학의 동귀일체, 개벽의 길에는 한참 거리가 멀어 보입니다. 농어민 투쟁이 트랙터를 앞세워 전국의 지축을 울리고 여의도를 진동하지만 영세농어민과 농어민 노동자들은 쥐꼬리만 한 농어민 공익직불금도, 농어민 수당도 못 받는 열외 농어민이 많습니다.

요즘 소빈 박진도 교수와 도올 김용옥 교수 중심으로 '농어촌 개벽 대행진'을 진행하면서 박진도 교수가 '농어민 공익기여 직불금', '농어촌 주민수당' 등을 제안했습니다. 박 교수의 제안을 자세히 소개하지 못하는 것은 죄송하고요, 그 외의 연구자와 단체, 정당에서까지 농어촌 기본소득이 이슈화되고 있습니다.

우리가 바라기는 도농이 균형 발전하고 지역개발이란 미명으로 농지를 위시한 자연 파괴를 마구 진행하는 것을 막아 내고, 선천·후천적으로 경천·경인·경물을 실천하는 이들에게 '만사지(萬事知)는 식일완(食一腕)'이란 해월의 말씀처럼 식록(食祿)의 균등이 이루어지는 세상이 되기를 소망합니다.

'척양척왜', '보국안민'은 빼놓을 수 없는 주제입니다. 이 땅을 미군 없는 땅으로! 자주적 조국 통일의 과제입니다.

항보 형님 만수무강 하셔서 조국 통일의 대축제에 독자 여러분과 함께하십시다.

항보 선생과의 인연

이길재(전 가톨릭농민회 회장)

김성순 선생과 만나면 미소 짓는 얼굴을 먼저 대하게 된다. 그 미소는 선생에게 친근감과 존경심을 품게 한다. 그러나 정서적 감회에 그치지 않고 그 미소 안에 그분의 삶이 농축되어 있음을 본다.

아시는 바와 같이 김 선생은 개인적으로 만고풍상을 감내하셨고 뒤틀린 근현대사의 현장을 살아 내셨고, 특히 농민운동과 민주화 투쟁에 투신하셨다. 그리고 진실과 진리를 추구하는 삶을 살아가고 계신다.

이와 같은 투신과 삶 속에서 다듬어진 삶의 결실이 그분의 미소라 여긴다.

나와의 인연을 통해 김 선생의 삶을 회고해 본다.

김 선생이 가톨릭농민회에 가입하여 농민운동의 현장에서 처음 뵙게 되었다.

그러니까 60여 년의 인연이다.

1970년대 유신 독재에 맞서 민주화와 농민 권익을 주창하며 집회시위 현장에서 함께했다. 그리고 농민 교육과 조직회의에 머리를 맞대고 지혜를 짜내는 일을 많이 하였다.

고구마 생산 농가와 계약재배 약속을 파기하여 피해보상을 요구한 함평 고구마 피해보상운동 막판에 광주에서 약 1주일간 가농 지도부의 단식 투쟁을 함께하였다. 그리고 씨감자 보급 잘못으로 감자 농사를 망친 감자피해보상운동인, 안동 오원춘 사건 때 안동에서의 집단 농성과 전국적 활동에 동참하여 결국 한국 천주교가 유신 독재 정권에 맞서도록 도모하였다.

가톨릭농민회는 1970년대에 매년 쌀 생산비를 조사하고 쌀 생산자 대회를 지방 및 전국 단위로 열어 쌀값 보상 투쟁을 전개하였다.

이상은 대표적 농민투쟁 사례인데 이러한 투쟁 현장에서 항보 선생은 머리띠를 동여매고 늘 농민들과 함께하셨다.

나의 삶의 스승

박택균 (전 한국포도회 회장)

"일하며 라디오를 듣다 보니 스승의 날이라고 하기에 회장님 생각이 나서
전화 드렸습니다."

"오~어! 박 회장, 우째 그런 일로 전화를 다 하노, 그래 농사는 잘돼 가는 것
같아요?"

늘 라디오를 들으며 한창 포도나무에 매달려 일하고 있을 때 스승의
날이라고 옛 스승을 기리며 흘러나오는 이야기를 듣다 보면 문득 떠오
르는 분이 계셔 전화기를 꺼내 전화를 드리는 일이 매년은 아니지만 몇
차례 있었다. 어찌하다 보니 포도 농사에 들어선 지 40년, 포도를 먹을
줄만 알았지 나무가 어떻게 생겼는지, 잎사귀가 어떻게 생겼는지도 모
르는 사람이 1975년도에 나무를 심어 놓고 많이 고생하던 차에 1980년
도 말에 지인(친구의 아버님)이 한국포도회가 있고 대전 배재대학에서 세
미나를 한다는 광고를 보여 주시며 같이 가자고 하셔서 참가해 보니 딴
세상을 보게 되었다.

이것이 우리 포도회와 인연을 맺게 된 계기였고, 이곳에서 우리 회장
님을 뵙게 되었고, 어려운 환경에서도 포도 농가들을 위해 헌신하시는
모습을 35년째 곁에서 보게 되었다. 초대 회장이신 정성규 님 이후 회장

을 맡으셔서 우리 회를 이끌어 오시는 데 얼마나 힘드셨는지 다는 모르지만 어느 정도는 가늠할 수 있을 만도 하다.

1980~1990년대는 지금과 같이 정보를 쉽게 접할 수 있는 시절도 아니고 재배 수준이 천차만별인 시기였다고 할 수 있는데 일박이일, 이박삼일 총회 겸 세미나를 수년씩 해 가며 각 지역에서 현장 교육을 통해 우리 포도인들의 수준을 상향 평준화하셨다고 하면 나의 표현이 과장되었다고 할 사람이 있을까?

초조기가온을 해 가며 큰 수확을 올리는 독농가가 있는가 하면 나를 포함한 많은 농가들은 나무의 생리를 이해하지 못하는 경우가 대부분이었는데, 그런 회원들을 상대로 회장님은 열심히 일하셨다. 오이노우에 야스시(大井上康) 씨의 영양주기이론을 전파하기 위해, 회장님이 손수 수형을 손질하면서 장단점·정지 전정·개화 전 적심의 목적·화수 손질 등등을 수년간 반복해 가며 이해되도록 도왔다. 또한 일본의 민간 육종가 사와노보리 하루오(澤登晴雄) 씨·신단초 재배를 주창한 독농가 오가와 다카오(小川孝郎) 씨·소목자연형을 발표한 스즈키 히데오(鈴木英夫) 씨 등을 몇 차례씩 초청해서 강의를 통하여 새로운 품종과 재배법을 전파하시고, 일본의 연구 기관·대학·농업 잡지 등의 새로운 발표를 현지와 교류하며 보급하는 일을 지금까지도 하고 계신다. 이 일은 다른 어느 분이라도 할 수 없는 일이라고 하겠다. 그중에 특히 기억나는 일은, 1980년대 말인지 1990년대인지 충남대 이재창 교수님과 함께 스트렙토마이신을 이용하여 무핵포도를 생산하는 방법을 보급해서 일부 품종의 무핵포도 생산에 크게 기여하신 일이다. 그 외에도 충남대 이재창 교수님, 대구 카톨릭대 유영산 교수님, 충북대 김선규 교수님, 연구소의 문종

럴 박사님, 김성봉 박사님, 이종석 박사님, 임명순 박사 등을 초빙하여 재배 기술을 제고시키는가 하면, 농민운동을 하는 여러 분야의 명사들을 초빙하여 우리 농업인의 자존심을 높이고 생존권 지키는 일을 가르치셨다. 지금도 한시를 통해 말씀하시거나 선열이나 동학운동의 중요성을 강조하며 정신교육을 하시는 일은 좀 과한 면도 있으나 우리가 살아가는 현대에 꼭 필요한 말씀으로 생각하며 고마운 일이라 여긴다.

1990년대에 미국에 연수차 다녀오신 후 그곳 농민들이 자조금을 갹출하여 사업하는 것을 보고 우리에게 그 중요성을 강조하며 정부에 그 필요성을 주장하신 일은 농업 부분 전체에 큰 업적이며 대단한 일이라고 감히 말하고 싶다.

지금도 우리 회가 예산이 넉넉하지 못하지만 회장님이 맡으셨던 15년간은 정말로 어려운 살림이었다. 임의단체로 몇몇 뜻있는 분들이 모여 발기를 했으나 회비로만 운영을 해야 하는 제도이니 매해 운영상의 어려움이 있었으리라 가히 짐작이 될 것이다. 어린 시절의 나는 그 고민을 몇 차례 들은 적이 있다. 지금의 나도 그 상황이라면 큰 딜레마에 빠져 있을 것이다. 회를 계속 끌고 가자니 운영비가 없고 해체하자니 명분이 없고…. 그때나 지금이나 우리 포도 분야는 평균 경작 면적이 적은 것이 사실이 아닌가.

군대를 두 번이나 가신 회장님의 가정은 형편이 어떤가. 결혼기념일이 같은 삼 형제 중 장남으로 오기와 열정으로 가꾼 작은 면적의 밭에서 얼마의 수확이 나오겠는가. 회장 일을 수행하려니 정부며 연구 기관, 대학 등을 상대해야 하고, 각 지역 순방, 독농가 면담, 외국인들과의 교류, 각종 회의 참석, 『포도』 회지 원고를 쓰고 발행도 하는 등 이 모든 일을 혼자서 다 하시려니 농사는 어찌 잘될 것이며 또 가정은 편안하셨을지 미루어 짐작할 수 있다. 사모님도 참 무던하신 분이라 사모님께 머리가 숙여질 뿐이다. 아마 우리 집이라면 저녁마다 무릎 꿇고 요강을 들고 있어야 했을 것이다.

한국포도회가 외부에 큰 자랑거리로 내놓을 것이 있는데 그것은 지령 127회를 기록한 『포도』 회지다(『포도』 회지는 2021년 12월, 153호가 간행되었다.). 그 어느 임의단체에서 이만한 회지를 35년간 이어서 발간하고 있는가? 좁은 소견으로 국내뿐 아니라 세계에서도 그 유래가 없지 않을까 생각한다. 이것은 잡지가 아니고 전문 정보를 담은 회보로 큰 자랑거리가 아닐 수 없다. 그런데 중요한 일은 그 일을 대부분 혼자서 하신 것이다. 포도 산업에 종사하는 우리 모두는 이 일에 감사해야 할 것이다. 또 하신 일 중에 본회 내에 연구분과 구성을 요구하신 일이 있다. 부족한 내가 회를 맡고 있을 때 연구분과 조직의 필요성을 설명하시며 자비를 내어놓을 터이니 구성하자고 수차례 제안을 하셨는데 부족한 나는 위화감을 조성할 수 있을 텐데 왜 하자고 하시나 생각하며 차일피일 미루었다. 그러나 결성된 지 10년도 안 되는 지금 얼마나 성과를 많이 내고 있는가. 지금까지도 이 모임에 매번 참석하셔서 독려하시는 것을 여러 회원분들은 알고 계실 것이다. 회장님의 뜻을 기리기 위해서라도 분과 회원들은 최선을 다하여야 할 것이다.

이번에 새로 구성된 영농조합의 유통사업단을 보시고 큰 기대를 안고 흡족해하시며 더불어 우리 회가 협동조합으로 전환해야 한다고 주장하시는 모습을 보며 선견지명을 지니신 분의 말씀을 잘 새겨들어야 하지 않을까 생각한다. 이처럼 미수가 훨씬 지난 연세(1929년생)에도 강건하시며 어느 모임에나 꼭 참석하셔서 우리를 격려하시며 호되게 꾸지람도 하시는 모습을 보는 우리는 참으로 행복하고 복된 사람들이니 어찌 내가 스승이라고 하지 않을 수 있겠는가. 그래서 나는 행복한 사람이다. 우리 회장님의 그늘은 백 리를 덮을 것이다. 회장님, 고맙습니다.

한 그루 큰 나무

이수안(한국포도회 회원)

'천지는 한 뿌리

만물은 한 송이 꽃'

그렇다!

인류는 한 그루 큰 나무

각 민족은 그 가지

그리고 나는 그 가지 끝의 작은 이파리

　한국포도회 김성순 명예회장님의 자작시 〈한 그루 큰 나무〉 첫째 연의 내용이다. 이 시에는 '그대와 나는 한 몸'이라는 작가의 세계관이 담겨 있다. 하여 그대를 이롭게 하는 것이 곧 나를 이롭게 하는 것이며, 한 걸음 더 나아가 삶과 죽음도 끝없이 순환한다는 것이다. 회장님처럼 깊은 철학이 없는 나로서는 삶과 죽음이 어떻게 순환하는지 이해하기 어렵다. 하지만 그대와 내가 한 몸이라는 말에는 쉽게 공감한다.

　지금은 수입 포도의 홍수 시대가 되어 포도 농가에 어려움이 크다. 포도 농가의 위기는 다른 작목의 농가에도 연쇄적으로 위기를 불러오고, 마침내는 한국 농업이 어려움에 부닥칠 수도 있다고 예견할 수 있다.

　그 때문에 어떻게든 한국 포도라는 하나의 나무는 살아남아야 한다.

농사꾼 개개인의 작은 이파리들은 '김성순'이라는 처음의 뿌리 위에서 수입 과일의 거대한 파고에 맞서 살기 위해 고군분투하고 있다.

회장님을 처음의 뿌리라고 표현한 것은 한국포도회의 창립을 두고 하는 말이다. 전국에 흩어진 포도 농사꾼을 하나의 나무로 결집시키고, 오랜 세월 공들여 가꾸어 준 큰마음이 없었다면 나는 일찌감치 포도 농사를 포기하고 말았을 것이다.

벌써 30년 전의 일이다. 나는 포도 재배 기술도 없으면서 겁도 없이 포도나무를 심었다. 삼 년 뒤 첫 수확을 맞았지만 결과는 참혹했다. 꽃떨이 현상이 심해 잎만 무성하고 열매는 부실했던 것이다. 그 어떤 농사보다 까다롭고 잔일 많은 포도 농사를 아무 준비도 없이 덜컥 시작해 놓고 그런 결과가 나오리란 예견조차 못했다. 그렇게 나는 무지하고 준비 안 된 철없는 농사꾼이었다.

다행히도 그 무렵 회장님이 중심이 되고 같은 뜻을 가진 분들이 의기투합해서 창립한 한국포도회의 존재를 알게 되었다. 마침 안성의 어느 포도밭에서 한국포도회가 열린다는 소식을 듣고 참석했다. 스즈키라는 일본분에게 '소목자연형'의 전지법을 배워 보는 자리였다. 김성순 회장님이 지인인 스즈키 씨를 초대해 이루어진 자리였다. 그렇게 회장님은 한국 포도의 발전을 위해 일본의 다양한 신기술을 도입하는 데 마음을 썼다.

그때 나는 저만치에서 회장님을 처음 뵈었는데 매우 깊은 인상을 받았다. 생활한복 차림의 회장님은 스즈키 씨가 전지 시범을 보일 때나 회원들이 자기 의견을 말할 때, 그 복장만큼이나 온화한 미소로 경청하셨다. 하지만 한국 포도가 어떤 모습으로 발전해야 할지에 대해 이야기할 때 회장님은 매우 열정적으로 말씀하셨다.

병아리 농사꾼에게 제일 유익했던 것은 회보 『포도』를 통해 기술을 전수받는 것이었다. 회지의 얇은 두께와는 달리 그 내용은 더듬대는 농사꾼을 충분히 이끌어 줄 만큼 옹골졌다. 품종별, 수형별로 다르게 관리해야 하는 내용이나 병충해 방제 요령, 계절에 맞게 해야 할 일, 새로운 품종 소개 등등. 예산도 없는 상황에서 회장님은 중단 없이 회지를 발간해 오랜 세월 나같이 부실한 농사꾼의 길잡이가 되게 해 주셨다. 고백컨대 그 양분이 끊임없이 이어졌기에 철부지 농사꾼이었던 내가 어엿한 농사꾼으로 성장할 수 있었다.

이제는 후배들이 회장님의 바통을 이어받았다. 연구분과에서 연구한 결과를 회지에 발표해 공유하고, 자신만의 특별한 기술이나, 자신이 도전해 본 새로운 재배법을 나누며 끊임없이 성장해 가고 있다. 한 걸음 더 나아가 수입 포도의 홍수 속에서 우리 포도의 제값을 받기 위해 유통사업단을 구성해 운영하는 등의 적극적인 노력도 하고 있다. 후배들의 이런 모습을 바라보는 회장님도 흡족하시지 않을까.

하지만 이것은 나의 짐작일지도 모른다. 회장님은 이제 한 차원 더 높은 곳에 의미를 두고 계시다는 것을 자주 느끼기 때문이다.

87세의 회장님은 뒷모습이 꼿꼿해 회갑 언저리의 나이로 보인다. 하지만 하얀 수염의 앞모습에서는 여든 고령을 실감할 수 있다. 그럼에도 한국포도회 이사회나 연구분과 회의가 있는 날이면 꼬박꼬박 참석하신다. 그것은 젊은이 못지않은 열정 때문만은 아닐 것이다. 회장님의 그 진지한 시선에서 나는 멈추지 않는 성장을 꿈꾸는 후배들에게 성숙의 가치를 일깨워 주고 싶은 각별한 애정을 보고는 한다.

FTA 체제가 본격화되면서 우리 농업은 위기를 맞고 있다. 따라서 한국포도회 이사회나 연구분과 회의의 열기는 대단하다. 열띤 분위기의 회의가 마무리되어 갈 즈음이면 회장님의 카랑카랑한 목소리가 회의장을 채운다. 좀 전까지 수입 포도의 홍수 속에서 어떻게 해야 살아남을 수 있는지 토론하던 열기는 이내 잠잠해지고, 회의장은 숙연한 분위기로 바뀐다. 회장님은 "우리가 이룬 물질의 성장에 걸맞게 정신도 함께 성장해야 한다."라는 말씀을 주로 하신다. FTA라는 발등에 떨어진 불 끄기에 급급한 후배들도 이때만큼은 조용히 경청한다.

지금 우리 포도 농사꾼들은 살아남아야 한다는 절박함에 앞만 보고 달리는 형국이다. 그러나 회장님 말씀을 차분히 따라가다 보면 복닥거리던 마음도 슬그머니 가라앉을 때가 있다. 이럴 때 싹 트는 여유라는 작은 씨앗을 잘 다독이고 가꾼다면 우리는 한 단계 더 성숙할 수 있지 않을까.

뿌리의 활동이 활발한 사월 마지막 날, 한국 포도라는 한 그루 큰 나무를 생각한다. 너무도 척박한 땅에 위태롭게 서 있는 나무. 그러나 포도나무는 그런 땅에서 더 건강하게 자라지 않던가. 수입 포도가 넘쳐 나는 막막한 상황이지만 한국 포도는 이 위기를 극복하는 과정을 통해 더 단단해지리라 믿는다. 깊은 바닷속의 흔들리지 않는 물처럼 극한상황에서도 한국 포도를 꿋꿋이 이끌어 갈 제2, 제3의 김성순이 바통을 받아 이어 갈 것이므로.

누군가에게 등을 내어 줄 수 있는 용기

신채원(연결술사, 글 쓰는 사람, 인터뷰하는 사람, 독립연구활동가)

내 나이가 팔십 중반이 다 돼 가는데, 꼭 할 이야기가 있어요.

내 나이가 곧 구십을 바라보는데, 꼭 할 이야기가 있어요.

내 나이가 구십을 넘겼는데, 꼭 할 이야기가 있어요.

…

선생님은 이따금 저에게 전화로 이렇게 말씀하시며 김천으로 와 줄수 있는지를 물으셨습니다.

(저는 선생님을 할아버지라고 불렀습니다.)

할아버지, 내일 갈까요, 모레 갈까요?

김천으로 달려간 제게 해 주시는 말씀은 늘 시작과 끝이 같았지만 반복되는 이 과정 속에서 똑같은 말씀도 어떨 땐 선생님이 눈물을 흘리시면서 말씀하시고, 어떨 땐 담백하게 말씀하시고, 또 어떨 땐 강한 어조로 또박또박 말씀하신다는 것을 알았습니다.

선생님을 처음 뵙던 날을 선명하게 기억합니다.

팔십 중반 할아버지의 눈빛은 소년처럼 아직 가 보지 않은 세상에 대해 호기심이 가득해 보였습니다.

어쩌면 어둠 속에서 누군가의 손을 잡았을 때처럼 온 세상이 환하게 밝아 오던 신새벽을 보았던 그날이었기 때문이었는지도 모르겠습니다.

보은취회 현장에서였습니다. 사람과 생명의 가치를 다시 생각하던 그 날이었습니다.

저는 선생님과의 첫 만남에서 이야기를 나누다가 눈물을 흘렸습니다. 그때부터였던 것 같습니다. 내일을 약속할 수 없는 만남에 대해 마음의 준비를 해야 한다고, 늘 가슴에 커다란 돌을 얹어 놓은 것처럼 한 번 더 마음을 붙잡은 채 말씀을 들어야겠다고 생각했습니다.

그렇게 시작된 선생님과의 만남은 10년 동안 이어졌습니다.

선생님은 조금 느린 걸음으로 걷게 되셨고, 저는 조금 더 빠른 걸음으로 걷게 되었습니다.

단독정부 수립에 반대하여 대구형무소에서 수감되셨던 이야기, 그리고 간수로 계셨던 친척 어르신으로부터 들었던 함께 수감되었던 사람들의 행방, 초등학교 운동장에서 미결수로 공판을 받던 날의 햇살에 대해서요.

선생님을 뵐 때마다 저는 같은 이야기 속에서도 질문을 찾기 시작했습니다. 그리고 선생님의 기억 속에 잊히지 않는, 잊을 수 없는 목숨들의 이야기까지 들을 수 있었습니다.

저는 민간인 학살 연구자입니다.

보은취회 현장에서 사람이 하늘인 세상을 꿈꿨던 사람들의 열망을 보았다면, 공주 우금치에서, 장흥 석대들에서는 스러져 간 목숨들의 처절한 절규를 보았습니다.

그리고 선생님의 기억 속에 있는 젊은 날 참담한 현장을 함께 살다 간 얼굴들을 보여 달라고 떼를 쓰듯 몇 번이고 보채듯 여쭤보아야 했습니다.

말씀을 이어 나가시다가 목이 메여 눈물을 삼키시던 순간도 여러 번 있었습니다.

젊은 청년이 동학을 공부하고, 민간인 학살을 연구한다는 것만으로도 선생님께서는 대견해하시며 미래에 희망이 되어 달라고, 당신 이야기 잘 듣고 혹시 듣고 싶어 하는 사람 있으면 전해 달라고 말씀하십니다.

나카즈카 아키라 선생님을 인터뷰하던 날도 잊을 수 없는 기억으로 남습니다. 한일 동학 기행을 한참 이어 가던 어느 해, 저는 박맹수 선생님의 통역으로 단독 인터뷰를 진행한 바 있습니다. 역사적인 순간이었습니다. 제겐 다시없을 기회였습니다.

선생님과 나카즈카 아키라 선생님의 인연은 앞서 다른 글에 언급되어 있지만, 두 분은 동갑 친구가 되어 서신으로 안부를 주고받으시며 1년에 한 번, 나카즈카 아키라 선생님이 한국에 방문하시면 매년 '올해가 마지막이 될 수도 있겠다.'는 생각으로 만남을 이어 가고 계십니다.

전주의 한 호텔 로비에 있는 찻집에서 나카즈카 아키라 선생님과의 인터뷰가 2시간 남짓 진행되었는데 선생님이 그 현장에 오셔서 두 분이 말씀을 나누는 모습을 지켜보며 저는 이 장면을 다시 볼 수 있을까 싶은 생각에 또 눈물을 흘렸습니다.

두 분이 동갑내기 친구라고 하시며, 나카즈카 아키라 선생님이 "내가 생일이 빨라."라고 말씀하시며 웃으시던 모습은 지금 생각해도 명장면입니다.

선생님이 제게 주시는 가르침은 "함께, 멀리 가라."라는 말 한마디로 정리할 수 있겠습니다. 많은 가르침을 주고 계시지만, 지금까지는 그렇습니다.

토끼와 거북이 이야기에서, 서로를 등에 태우고 함께 바다를 건너가라고 말씀하시는 것처럼 저는 이웃과 벗, 스승과 형제들의 손을 잡고 더 멀리 가 보려고 합니다.

선생님께서 저에게 하루도 빠짐없이 굳건하게 살아온 90년의 이야기를 들려주셨는데, 제가 그냥 살 수는 없습니다. 제 한 걸음에 선생님께서 제게 보여 주신 성찰과 실천은 무엇이어야 할지, 마음의 기둥을 굳건히 세우고 한 발 한 발 나아가려고 합니다.

봄이었다
건너갈 수 없는 길 앞에서도 꽃은 피었다
언 강물을 맨발로 걷던 날도 있었다
가도 가도 끝이 없을 땐
달빛에 길을 물었다
성실한 고백이었다
특별할 것 없는 찰나의 빛이
봄을 건너왔다
다 걸어 본 사람만 아는
가깝지도 멀지도 않는 길이었다
바위가 제 몸을 깎아
물이 흐르도록 길을 내었다

항보 김성순 선생님과의 만남

임근수(시인, 추풍령중학교 교장)

항보 선생님께 처음 인사드린 것은 2017년 10월 25일이었다. 당시 영동군에서는 지역 주민을 위해 인문학 강좌를 실시하고 있었는데, 여기에 이날 채현국 선생님을 강사로 모셨다. 채현국 선생님이 영동 지역 근방에 계시는 지인들에게 두루 연락하시어 여기에 참석하신 항보 선생님께 자연스럽게 인사드리게 되었다. 전에 채현국 선생님과 만난 것은 양산 개운중학교 교장으로 계시던 박종현 선생님과의 인연 때문이었다. 서울로 두세 번 더 찾아뵈면서 많은 이야기를 들었지만, 혼자 듣기 아쉬워 영동에 채현국 선생님을 모시게 된 것이었다.

박종현 선생님은 돌아가시기 몇 달 전 항보 선생님과 이곳 추풍령중학교를 방문하셨다. 몸에 피로가 가득해 보이셨으나 그것이 마지막 인사라는 것을 미처 알지 못하였다. 이제 채현국 선생님까지 모두 고인이 되셨으니 세월의 무상함을 새삼 느끼게 된다. 이런 비보들을 들으면서 93세의 항보 선생님도 지금은 비록 강건하게 생활하고 계시지만 언제 무슨 일이 일어날지 두려움이 함께하였다. 이를 계기로 항보 선생님의 평생 작업들을 정리하는 것이 시급해 보였고, 이에 도움을 드리면 좋겠다는 각오를 하게 되었다.

2017년 10월 25일 그날도 여지없이 항보 선생님은 선생님의 트레이드 마크처럼 복사한 인쇄물을 한아름 가지고 오셨는데, 을암 배종렬 선생님께서 표현하신 '문서 포교'용일 것이다. 그 인쇄물에는 항보 선생님의 평생 삶을 축약한 내용의 시와 동학에 대한 가르침이 들어 있었다. 당시 첫인상은 존경할 만한 어른이 주변에 계시는데 미처 알아보지 못했다는 안타까움이었다. 그날, 가까이 계시니 자주 찾아뵙겠다고 후일을 약속했다.

항보 선생님과의 인연은 직장이 처한 지리적 위치가 가장 큰 영향을 끼쳤을 것이다. 경기도 파주의 학교에 근무하다가 2016년 9월 추풍령중학교에 부임하게 되면서 학교와 항보 선생님 댁 덕천포도원까지는 10킬로미터 남짓, 차로 천천히 가도 15분이면 충분했다. 시간이 될 때마다 항보 선생님 댁을 들르면 최근 읽은 책들, 과거 이야기, 동학에 관한 이야기, 농민운동 이야기 등등 끝없는 이야기를 풀어놓으셨다. 틈틈이 찾아뵌 3년여 동안 선생님의 일생 전체를 들을 수 있었다. 이야기를 듣다 보면 두세 시간씩 훌쩍 지나기 일쑤여서 90 전후의 어르신 건강이 걱정될 정도였다.

항보 선생님의 일생을 들으면서 이런 이야기들이 묻히는 것이 너무 아까워 책으로 엮어 보시기를 권했고, 선생님도 동의하셔서 선생님이 발표하신 원고들을 출판하기 위해 한글 문서화하는 작업을 도와 드렸다. 그러나 진척이 되지 않고 시간만 흐르고 있었는데, 생명평화운동에 앞장서셨던 여류 이병철 선생님이 김천을 들르셨다가 이 상황을 보시고는 두 팔을 걷어붙이고 나서 주셨다. 여류 선생님이 간행위원회를 꾸리고 본격적으로 책자 출간 작업이 시작되었다. 이를 계기로 문집 간행에 속도가 붙기 시작하였다. 그것이 2021년 10월 말경이었다.

진행하는 과정에서 제일 고민이 되었던 것은 항보 선생님이 걸어온 길을 정리하는 것이었다. 항보 선생님을 아시는 분들은 항보 선생님이 농민운동사에서 중요한 역할을 하셨고, 동학에 대해서도 깨달음과 수행에 깊이가 있으시고, 관심 갖고 참여하신 생명평화운동 등 우리 시대의 존경받을 만한 어른이라고 생각할 것이다. 그런데 항보 선생님 본인께서는 '시골 촌로의 삶'이라 하시면서, 이미 선행 작업으로 가제본까지 된 구술 자서전의 출간을 극구 만류하셨다. 결국 글 모음, 간단한 약력, 항보 선생님과 인연 있는 분들과 관련된 글로 책의 방향을 다시 잡을 수밖에 없었다.

선생님의 글은 《개벽신문》과 『씨올의 소리』, 『생명평화 등불』 등에 게재된 것과 다른 몇 권의 책에 실린 것들이 주가 되었다. 선생님 글의 특징은 "지금 이 시기에 가장 중요한 이야기(메시지)는 무엇일까?"에 생각이 머무셨고, 꼭 자신의 생각이 아니더라도 지금 시점에서 '의미 있는 이야기'를 전달하려고 무던히 애쓰셨다는 것이다. 그러다 보니 선생님의 글은 내 이야기인지 다른 사람의 이야기인지에 구별을 두기보다는 지금 이 시대에 무슨 이야기를 주변 사람들하고 나누어야 할지를 고민하는 내용이다.

가장 최근에 탈고하신 항보 선생님의 글은 『천 년의 만남』에서 동심원(同心圓)의 세계로'라는 글이다. 선생님께서는 지상에 살아가는 각자가 나무와 같은 불이자(不移者)가 되어 동심원(同心圓)처럼 제자리에서 선한 영향력을 행사하여 전국에 퍼져 나가길 기원한다. 경인(敬人)·경천(敬天)·경물(敬物) 하며 공존공생(共存共生)하여 생명과 평화가 넘치는 세상이 이루어지길 마지막까지 고대하고 계신다. 현세대의 기후 위기를 극복하는 데에도 동학사상이 큰 역할을 할 것이라고 생각하신다.

문집을 엮다 보니 400페이지가 훌쩍 넘을 것으로 보이고 곳곳에 들어 있는 시편들이 한 권의 시집 분량으로 충분해서 시집으로 독립시켜 엮을 것을 항보 선생님께 권했다. 여기에 문학평론가 정지창 교수의 발문과 여류 선생님의 글은 항보 선생님의 시에 빛을 더해 주는 역할을 해 주었다. 또한 시에출판사를 운영하는 양문규 시인이 흔쾌히 출판을 맡아 『거북이 마침내 하늘을 날다』 시집이 출간되게 되었다.

선생님 시의 주인공은 거북이다. 거북이는 '나 자신'이며, 수운과 연결된 동학 수행자이기도 하다. 거북이는 말이 없고 겸손하며 겁이 많고 욕심이 없어 만년을 산다. 또한 상생과 유무상자(有無相資)를 통하여 행복의 공동체를 만들어 간다. 임진년 수군 뱃머리에 날리던 거북 구 자 깃발처럼, 수많은 거북이들이 마침내 하늘을 날아 새날, 새 시대의 도래를 알린다.

평생 역사의 격동기를 회피하지 않고 맞받으며, 부끄럽지 않은 삶을 살고자 노력했던 항보 선생님, 포도 농사를 지으며 농민으로서의 민주화운동, 한일시민교류, 동학 수행자, 생명평화에 대한 헌신의 삶은 이 땅에서 고민하며 사는 젊은이에게 큰 울림을 줄 것이다.

이번 대선이 끝나고 선생님께서는 '전화위복(轉禍爲福)'을 강조하시는 말씀을 자주 하신다. 지금껏 '살아 보니' 그렇다는 것이다. 지금은 화(禍)로 보이지만, 결국은 복(福)이 될 것이라는 말씀은 위로의 뜻만은 아닐 것이다. 변증법적으로 역사는 발전하니까. 평생을 역사의 격랑 속에서 떠내려가지 않고, 힘겹게 그러나 온몸을 던져 올곧게 살아오신 삶에, 선생님과 함께한 지난 시간에 감사드린다.

항보(恒步) 김성순(金聖淳) 연보

1929.10.10.	경북 의성군 단밀면 대사리에서 부 김한규, 모 신정귀 사이 4남4녀의 셋째, 아들로서는 맏이로 태어남.
1936.	경북 상주 서정공립학교 입학.
1942.	평남 강서군 성암초등학교 졸업.
1943.	경주 현곡초등학교 6학년 재수학. 대구사범학교 심상과 15기 입학.
1945.	대구사범학교 3학년 때 해방. 3년 수료.
1945.	대구 칠성초등학교 부임(1년 6개월 근무).
1948.	경대 사대부중 4학년 복학.
1949.8.12.	단독정부 반대 유인물 배포로 구속.
1950.8.15.	감옥에서 6·25를 맞이함. 3년 언도.
1951.4.22.	재심 1년 6개월 출감.
1951.6.	공군 기술하사관 입소. 강릉비행장 근무.
1953.6.	신원조회로 불명예제대.
1953.10.	제주도 모슬포 훈련소 입소(육군). 육군 20사단(양평) 통신중대 복무.
1957.	김종국에서 김성순(金聖淳)으로 개명.
1958.1.	만기제대.
1958.4.5.	김정옥(金貞玉) 여사와 결혼.
1958.	김천 직지천 하천부지 농사 시작.
1960.3.	김천 직지천 포도 400주 식재.
1963.	4년생 포도 30만 원(당시 쌀 100가마 가격) 수입.
1965.	일본에서 포도 신품종 11종 수입. 사와노보리 하루오(澤登晴雄)-일본 포도애호회 이사장, 이후 5차례 한국 방문 교류.
1965.6.	새실 마을금고 창립(현 김천 다수동 새마을금고)
1966.	새실 재건학교 개교(2년 운영).
1970.1.3.	현 덕천포도원 부지로 이전.
1970.	『씨올의 소리』 창간 독자.
1976.10.	크리스찬아카데미 농촌 9기 교육.
1976.	가톨릭농민회 참여(경북 지역 총무).

1977.4.	함평 고구마 사건 단식 농성 참여.
1979.8.15.	오원춘 사건 진상규명 촉구 집회 참여, 즉결심판 회부 구류 20일.
1980.	한국포도회 창립(부회장, 회지 주관). 한일포도농가 교류. 정농회 입회.
1983.	한국포도회 2대 회장 취임. 3, 4, 5, 6대 회장 역임.
1988.5.15.	《한겨레신문》 김천지국장(2년).
2003. 9.	일본 역사학자 나카즈카 아키라 첫 만남.
2005.9.13.	생명평화결사 전국순례단 김천 방문. 도법 스님과의 만남.
2006.1.	생명평화 수련 참가(실상사 교육원).
2006.	덕천영농조합 법인 설립. 와인 제조 허가. 남촌 포도주 생산.
2007.6.3.	동학과의 만남.
2009.2.25.	경주 용담정과 수운 선생 묘소 방문.
2009.10.	일본의 사학자 나카즈카 아키라(中塚明) 일본 동학농민혁명 사적지 답사단과 교류(11회).
2010.12.	천도교에 입교.
2011.	《개벽신문》에 동학 관련 글 중심 2019년까지 30여 편 발표.
2013.	수운 최제우 선생 순도비 건립과 동학 대구공부방 참여.
2013~14.	나카즈카 아키라(中塚明) 일본 동학농민혁명 전적지 답사단 김천, 대구 방문. 한일 교류회.
2014.10.24.	일본 참의원 4선 요시카와 하루코 의원 등과 한일 교류회.
2014.11.14.	동학농민혁명 120주년 기념 강연(경북대).
2016.	『일본의 조선침략사 연구의 선구자 야마베 겐타로(山辺健太郎)와 현대』(씨올누리) 번역 출간.
2016.4.4.	동학혁명실천시민행동 주최, 동학정신연구회 주관 김성순 선생 초청 강연회(서울시민청 태평홀).
2020.~2021.	『생명평화 등불』 51호~53호에 「시골 장로 동학 순례기」 발표.
2021.3.	3·1절 영세중립국 선언에 동참.
2021.10.	국민총행복 개벽 대행진 추진위원 참여.
2022.2.14.	《한겨레신문》 인터뷰 기사 '93살 항보 선생의 포도나무, 역사, 그리고 지혜'(강성만 기자).
2022.3.	시집 『거북이 마침내 하늘을 날다』(시와에세이) 출간.

황악산 거북이의 꿈

등록 1994.7.1 제1-1071
1쇄 발행 2022년 5월 25일

지은이 김성순
펴낸이 박길수
편집장 소경희
편 집 조영준
관 리 위현정
디자인 이주향
펴낸곳 도서출판 모시는사람들
        03147 서울시 종로구 삼일대로 457(경운동 수운회관) 1207호
전 화 02-735-7173, 02-737-7173 / 팩스 02-730-7173

인 쇄 (주)성광인쇄(031-942-4814)
배 본 문화유통북스(031-937-6100)
홈페이지 http://www.mosinsaram.com/

값은 뒤표지에 있습니다.
ISBN 979-11-6629-104-3   03810